四部要籍選刊·集部

文選

四

浙江大學出版社

本册目録（四）

述德

勸勵

卷二十

獻詩

公讌

祖餞

卷二十一

詩乙

詠史

文選卷第十七

梁昭明太子撰

文林郎守太子右内率府録事參軍事崇賢館直學士臣李善注上

論文

陸士衡文賦一首

音樂上

王子淵洞簫賦一首　傅武仲舞賦一首

論文

文賦并序

陸士衡 臧榮緒晉書曰機字士衡吳郡人祖遜吳丞相父抗吳大司馬機少襲領父兵爲牙門將

軍年二十而吴滅退臨舊里與弟雲勤學積十一年譽流京華聲溢四表被徵爲太子洗馬與弟雲俱入洛司徒張華素重其名舊相識以文華呈天才綺練當時獨絶新聲妙句係蹤張蔡機妙解情理心識文體故作文賦

余每觀才士之所作竊有以得其用心作謂作文也用心言士用心於文莊子堯曰此吾所用心夫放言遣辭良多變矣夫作文者放其言遣其理多變故非一體妍蚩好惡可得而言文之好惡可得而言論也范曄後漢書趙壹刺世疾邪曰孰知辯其妍蚩廣雅曰妍好也說文曰妍慧也釋名曰蚩癡也聲類曰蚩騃也然妍蚩亦好惡也每自屬文尤見其情論衡曰幽思屬文著記美言屬綴也杜預左氏傳曰尤甚也士衡自言每屬文甚見爲文之情恒患意不稱物文不逮意爾雅曰逮及也蓋非知之難能之難也尚書曰非知之艱行之惟艱故作文賦以述先士之盛藻因論作文之利害所由利害由好惡孔安國尚書傳曰藻水草之有文者故以喻文焉佗日殆

可謂曲盡其妙言既作此文賦佗日而觀之近謂委曲盡文之妙理論語鯉曰它日又獨立趙歧孟子章句曰它日異日也至於操斧伐柯雖取則不遠此喻見古人之法不遠毛詩曰伐柯伐柯其則不遠注則法也伐柯必用其柯大小長短近取法於柯謂不遠也若夫隨手之變良難以辭逮言作之難也文之隨手变改則不可以辭逮也莊子輪扁謂桓公曰斲徐則甘而不固疾則苦而不入不疾不徐得於手而應於心口不能言也有數存焉蓋所能言者具於此云蓋所言文之躰者具此賦之言

佇中區以玄覽頤情志於典墳漢書音義張晏曰佇久佇待也中區區中也字書曰玄幽遠也老子曰滌除玄覽河上公曰心居玄冥之處覽知萬物故謂之玄覽幽通賦曰皓頤志而不傾左氏傳楚子曰左史倚相能讀三墳五典遵四時以歎逝瞻萬物而思紛遵循也循四時而歎其逝往之事攬視萬物盛衰而思慮紛紜也淮南子曰四時者春生夏長秋收冬藏悲落葉於勁秋喜柔條於芳春秋暮衰落故悲春條敷暢故喜也淮南子曰木葉落長年悲心懍懍以懷霜志眇眇而臨雲懍懍危懼貌眇眇高遠貌懷霜臨雲言高

潔也說文曰懍懍寒也孔融薦祢衡表曰志懷霜雪舞賦曰氣若浮雲志若秋霜詠世德之駿烈誦先人之清芬言歌詠世有俊德者之盛業先民謂先世之人有清美芬芳之德而誦勉毛詩曰王配于京世德作求又曰在昔先民有作遊文章之林府嘉麗藻之彬彬論語曰文質彬彬然後君子孔安國注曰彬彬文質見半之貌慨投篇而援筆聊宣之乎斯文韓詩外傳曰孫叔敖治楚三年而國霸楚史援筆而書之於策尚書中候曰玄龜負圖出洛周公援筆以寫也

其始也皆收視反聽耽思傍訊收視反聽言不視聽也耽思傍訊靜思而求之也毛萇詩傳曰耽樂之久廣雅曰訊問也精騖八極心遊萬仞精神爽也八極萬仞言高遠也淮南子曰八紘之外乃有八極包咸論語注曰七尺曰仞其致也情曈曨而彌鮮物昭晰而互進爾雅曰致至也埤蒼曰曈曨欲明也說文曰昭晰明也傾群言之瀝液漱六藝之芳潤楊子法言曰或問群言之長曰群言之長德言也宋衷曰群非一也周禮曰六藝禮樂射御書數也浮天淵以安流濯下泉而潛浸言思慮之至無處不至故上至天淵於安流之中下至下泉於潛浸之所劇秦美新曰盈塞天淵之間楚辭曰使江水兮安流毛詩曰洌彼下泉浸彼苞稂

於是沈辭怫悅若游魚銜鉤而出重淵之深[怫悅難出之貌]浮藻聯翩若翰鳥纓繳而墜曾雲之峻[聯翩將墜貌王弼周易注曰翰高飛也說文曰繳生絲縷也謂縷繫矰矢而以弋射]收百世之闕文採千載之遺韻[論語子曰吾猶及史之闕文]謝朝華於已披啓夕秀於未振[華秀以喻文也已披言已用也]觀古今於須臾撫四海於一瞬[高唐賦曰須臾之間司馬遷曰卒卒無須臾之間莊子老聃曰俛仰之間再撫四海之外呂氏春秋曰萬世猶一瞬說文曰開闔目數搖也尸閏切]然後選義按部考辭就班[小雅曰班次也]抱暑者咸叩懷響者畢彈[言皆擊擊而用]或因枝以振葉或沿波而討源[孔安國尚書傳曰順流而下曰沿源水本也]或本隱以之顯或求易而得難[言或本之於隱而遂之顯或求之於易而便得難之或爲未非也]或虎變而獸擾或龍見而鳥瀾[周易曰大人虎變其文炳也言文之來若龍之見煙雲之上如鳥之在波瀾之中應劭曰擾馴也莊子曰君子尸居而龍見大波曰瀾]或妥帖而易施或岨

峿而不安妥帖易施貌公羊傳曰帖服也廣雅曰帖靜也王逸楚辭序曰義多乖異事不妥帖岨峿不安貌楚辭曰圜鑿而方枘兮吾固知其鉏鋙而難入妥他果切帖吐協切岨助舉切峿魚呂切罄澄心以凝思眇衆慮而爲言周易曰神也者妙萬物而爲言者也籠天地於形內挫萬物於筆端淮南子曰太一者牢籠天地也說文曰挫折也韓詩外傳曰辟文士之筆端辟武士之鋒端辟辯士之舌端始躑躅於燥吻終流離於濡翰廣雅曰躑躅跢跦也鄭玄毛詩箋云志往謂踟躕也蹢與躑同跢跦與踟跦同蒼頡篇曰吻脣兩邊也莫粉切字林曰吻口邊流離津液流貌劉公幹詩曰敘意於濡翰毛萇詩傳曰濡漬也濡如娛切漢書音義韋昭曰翰筆也協韻音寒理扶質以立幹文垂條而結繁言文之體必須以理爲本垂條以樹喻也廣雅曰幹本也鄭玄禮記注曰繁盛也信情貌之不差故每變而在顏楚辭曰情與貌其不變思涉樂其必笑方言哀而已歎操觚以率爾或含毫而邈然觚木之方者古人用之以書猶今之簡也史由急就章曰急就奇觚觚木簡也論語先進篇子路帥爾而對毫毛謂筆毫毛也王逸楚辭注曰鋭毛爲毫也毛詩曰聽我藐藐毛萇曰藐藐然不入伊茲事

之可樂固聖賢之所欽茲事謂文也左氏傳仲尼曰志有之言足以志文足以言不言誰知其志言而不文
行之不遠課虛無以責有叩寂寞而求音春秋說題辭曰虛生有形淮南子曰寂寞音之主也
函緜邈於尺素吐滂沛乎寸心毛萇詩傳曰函含也古詩曰中有尺素書列子文摯謂叔龍曰
吾見子之心矣方寸之地虛矣言恢之而彌廣思按之而逾深杜預左氏傳注曰恢大也按抑按也
言思慮一發愈深恢大播芳蕤之馥馥發青條之森森說文曰蕤草木華垂貌纂要曰草木
華曰蕤字林曰森多木長貌以喻文采若芳蕤之香馥青條之森盛也粲風飛而猋豎鬱雲起乎
翰林爾雅曰颫颻謂之猋長楊賦曰翰林以爲主人體有萬殊物無一量文章之體有萬變之殊中
衆物之形無一定之量也淮南子曰斟酌萬殊紛紜揮霍形難爲狀紛紜亂貌揮霍疾貌西京賦曰跳丸劒之
揮霍辭程才以效伎意司契而爲匠衆辭俱湊若程才效伎取捨由意類司契爲匠老子曰有
德司契論衡曰能雕琢文書謂之史匠也在有無而僶俛當淺深而不讓毛詩曰何有何無僶

俛求之俛僶由勉強也論語子曰當仁不讓於師雖離方而遯員期窮形而盡相方圓謂規矩也言文章在有方圓規矩也故夫夸目者尚奢愜心者貴當其事既殊爲文亦異故欲夸目者爲文尚奢欲快心者爲文貴當愜猶快也起頰切言窮者無隘論達者唯曠言其窮賤者立說無非湫隘其論通達者發言唯存放曠詩緣情而綺靡賦體物而瀏亮詩以言志故曰緣情賦以陳事故曰體物綺靡精妙之言瀏亮清明之稱漢書甘泉賦曰瀏清也字林曰清瀏流也碑披文以相質誄纏緜而悽愴碑以敘德故文質相半誄以陳哀故纏緜悽慘銘博約而溫潤箴頓挫而清壯博約謂事博文約也銘以題勒示後故博約溫潤箴以譏刺得失故頓挫清壯頌優遊以彬蔚論精微而朗暢頌以襃述功美以辭爲主故優遊彬蔚論以評議臧否以當爲宗故精微朗暢彬蔚已見上文漢書音義曰暢通也奏平徹以閑雅說煒曄而譎誑奏以陳情敘事故平徹閑雅說以感動爲先故煒曄譎誑雖區分之在茲亦禁邪而制放要辭達而理舉故無取乎冗長論語

子曰辭達而已矣文穎漢書注曰冗散也如勇切言文章體要在辭達而理舉也其爲物也多姿其爲體也屢遷萬物萬形故曰多姿文非一則故曰屢遷琴賦曰既豐贍以多姿周易曰爲道也屢遷其會意也尚巧其遣言也貴妍暨音聲之迭代若五色之相宣言音聲迭代而成文章若五色相宣而爲繡也爾雅曰暨及也又曰迭更也論衡曰學士文章其猶絲帛之有五色之功杜預左氏傳注曰宣明也雖逝止之無常固崎錡而難便言雖逝止無常唯情所適以其體多變固崎錡難便也逝止由去留也崎錡不安貌楚辭曰嶔岑崎錡崎音綺錡音蟻苟達變而識次猶開流以納泉言其易也如失機而後會恒操末以續顛言失次也謬玄黃之秩敘故淟涊而不鮮言音韻失宜類繡之玄黃謬敘故淟涊垢濁而不鮮明也禮記曰朱綠之玄黃之以爲黼黻文章楚辭曰切淟涊之流俗王逸曰淟涊垢濁也或仰逼於先條或俯侵於後章廣雅曰條科條也凡爲文之體先後皆須意別不能者則有此累或辭害而理比或言順而義妨周易曰比輔也說文曰妨害也離之則雙美合之則

兩傷考殿最於錙銖定去留於毫芒漢書音義項岱曰殿負也最善也韋昭曰第一爲最極下曰殿又曰下功曰殿上功曰最鄭玄禮記注曰八兩爲錙漢書曰黃鍾之一籥容千二百黍重十二銖然百黍重一銖也應劭漢書注曰十黍爲一絫十絫爲一銖賓戲曰銳思毫芒之內音義曰芒稻芒毫兎毫苟銓衡之所裁固應繩其必當言銓衡所裁苟有輕重雖應繩墨須必除之聲類蒼頡篇曰銓稱也曰銓所以稱物也七全切漢書曰衡平也平輕重也尚書曰惟木從繩則正莊子曰匠石治木直者應繩或文繁理富而意不指適極無兩致盡不可益言其理既極而無兩致其言又盡而不可益立片言而居要乃一篇之警策以文喻馬也言馬因警策而彌駿以喻文資片言而益明也夫駕之法以策駕乘今以一言之好最於衆辭若策驅馳故云警策論語子曰片言可以折獄左氏傳繞朝贈士會以馬策曹子建應詔詩曰僕夫警策鄭玄周禮注曰警勑戒也雖衆辭之有條必待茲而效績必待警策之言以效其功也家語公父文伯之母曰男女效績愆則有辟亮功多而累寡故取足而不易言其功既多爲累蓋寡故以取足而不改易其文或藻思綺合清麗千

眠說文曰謂文藻思如綺會千眠光色盛貌炳若縟繡悽若繁紡說文曰縟繁彩色也又繡五色彩備也蔡邕琴賦曰繁紡既抑雅音復揚必所擬之不殊乃闇合乎曩篇言所擬不異闇合昔之曩篇爾雅曰曩久也謂久舊也雖杼軸於予懷怵佗人之我先杼軸以織喻也雖出自己情懼佗人先已也毛詩曰杼軸其空苟傷廉而愆義亦雖愛而必捐言他人言我雖愛之必須去之也王逸楚辭注曰不受曰廉說文曰捐棄也或苕發穎豎離衆絕致苕草之苕也言作文利害理難俱美或有一句同乎苕發穎豎離於衆辭絕於致思也毛詩傳曰苕陵苕也孫卿子曰蒙鳩爲巢繫之葦苕小雅曰禾穗謂之穎形不可逐響難爲係言方之於影而形不可逐譬之於聲而響難係也鶡冠子曰影之隨形響之應聲塊孤立而特峙非常音之所緯文之綺麗若經緯相成一句既佳塊然立而特峙非常音所能緯也心牢落而無偶意徘徊而不能揥牢落猶遼落也言思心牢落而無偶揥之意徘徊而未能也蔡邕曾師賦曰時牢落以失次咢絓蹇而陽絕說文曰揥取也他狄切協韻他帝切或爲禘禘猶去也石韞玉而山輝水懷珠而川媚

雖無佳偶因而留之譬若水石之藏珠玉山川爲之輝媚也尸子曰水中折者有玉圓折者有珠孫卿子曰玉在山而木潤淵生珠而岸不枯高氏注玉陽中之陰故能潤澤草珠陰中之陽有明故岸不枯廣雅曰韞裹也

彼榛楛之勿翦亦蒙榮於集翠 榛楛喻庸音也以珠玉之句旣存故榛楛之辭亦美毛詩曰榛楛濟濟郭璞山海經注曰榛小栗楛木可以爲箭

綴下里於白雪吾亦濟夫所偉 言以此庸音而偶彼嘉句譬以下里鄙曲綴於白雪之高唱吾雖知美惡不倫然且以益夫所偉也宋玉對楚王問曰客有歌於郢中者其始曰下里宋玉笛賦曰師曠爲白雪之曲淮南子曰師曠奏白雪而神禽下降白雪五十絃瑟樂曲名下里俗之謠歌說文曰偉猶奇也協韻禹貴切

或託言於短韻對窮迹而孤興 短韻小文也言文小而事寡故曰窮迹迹窮而無偶故曰孤興

俯寂寞而無友仰寥廓而莫承 言事寡而無偶俯求之則寂寞而無友仰應之則寥廓而無所承

譬偏絃之獨張含清唱而靡應 言累句以成文猶衆絃之成曲今短韻孤起譬偏絃之獨張絃之獨張含清唱而無應韻之孤起藴麗則而莫承也毛萇詩傳曰靡無也應於興切

或寄辭於瘁音徒靡言而弗華 瘁音謂惡辭也靡美也言空美而不光華也班固漢書贊

曰纖微憔悴之音作而民思憂薛君韓詩章句曰靡靡好也混妍蚩而成體累良質而爲瑕妍謂言靡蚩謂瘁音既混妍蚩共爲一躰翻累良質而爲瑕也象下管之偏疾礼記曰玉瑕不掩瑜鄭玄曰瑕玉之病也胡加切故雖應而不和言其音既瘁其言徒靡靡類乎下管其聲偏疾升歌與之間奏雖復相應而不和諧杜預左氏傳注曰象類也礼記曰升歌清廟下管象武王肅家語注曰下管堂下吹管象武舞也或遺理以存異徒尋虛以逐微言寡情而鮮愛辭浮漂而不歸漂猶流也不歸謂不歸於實猶絃么而徽急故雖和而不悲說文曰么小也於遥切淮南子曰鄒忌一徽琴而威王終夕悲許慎注曰鼓琴循絃謂之徽悲雅俱有所以成樂直雅而無悲則不成或奔放以諧合務嘈囋而妖冶埤蒼曰嘈啈聲皃啈與囋及囐同才曷切徒悅目而偶俗固高聲而曲下言聲雖高而曲下張衡舞賦曰既娛心以悅目廣雅曰耦諧也耦與偶古字通寤防露與桑間又雖悲而不雅防露未詳一曰謝靈運山居賦曰楚客放而防露作注曰楚人放逐東方朔感江潭而作七諫然靈運有七諫有防露之言遂以七諫爲防露也礼記曰桑間濮上之音亡

國之音也鄭玄曰濮水之上地有桑間先亡國之音於此水上或清虛以婉約每除煩而去濫左氏傳君子曰臣除煩而去惑闕大羹之遺味同朱絃之清氾雖一唱而三歎固既雅而不豔言作文之躰必湏文質相半雅豔相資今文少而質多故既雅而不豔比之大羹而闕其餘味方之古樂而同清氾言質之甚也餘味謂樂羹皆古不能備其五聲五味故曰有餘也礼記曰清廟之瑟朱絃而踈越一唱而三歎有遺音者矣大饗之礼尚玄酒而俎腥魚大羹不和有遺味者矣鄭玄曰朱絃練朱絃也練則聲濁越瑟底孔畫踈之使聲遲唱發歌句者三歎三人從而歎之大羹肉湆不調以鹽菜也遺猶餘也然大羹之有餘味以爲古矣而又闕之甚甚之辞也若夫豐約之裁俯仰之形廣雅曰約儉也因宜適變曲有微情毛萇詩傳曰適之也楚辞曰結微情以陳辞說文曰微妙也或言拙而喻巧或理朴而辭輕或襲故而彌新或沿濁而更清孔安國尚書傳曰襲因也礼記曰明王以相沿鄭玄曰沿猶因述也或覽之而必察或研之而後精譬猶舞者赴節以投袂歌者應絃而遣聲王粲七釋曰邪睨鼓下亢音赴節左氏傳

曰投袂而起杜預曰投振也是蓋輪扁所不得言故亦非華說之所能精莊子曰桓公讀書於堂上輪扁斲輪於堂下釋椎鑿而上問桓公敢問公之所讀者何言也公曰聖之言曰聖人在乎公曰死矣輪扁曰然則君之所讀者聖人之糟魄耳公曰寡人讀書輪人安得議乎有說則可無說則死輪扁曰臣也以臣之事觀之斲輪徐則甘而不固疾則苦而不入矣不徐不疾得於手而應於心口不能言也有數存焉於其間臣不能以喻臣之子臣之子亦不能受之於臣是以行年七十而老斲輪郭子玄云言物各有性効學之無益也李頤曰齊桓公也扁音篇又扶緬切斲丁角切謂斲輪之人扁其名也魄音普莫切李頤曰酒滓曰糟司馬彪曰爛食曰魄甘緩也苦急也李曰數術也王充論衡曰虛談竟於華葉之言無根之深安危之際文人不與徒能華說之効也普辭條與文律良余膺之所服尚書帝曰律和聲孔安國曰律六律也禮記子曰回得一善則拳拳服膺不失之練世情之常尤識前脩之所淑纏子董無心曰罕得事君子不識世情尤非也楚辭曰蹇吾法夫前脩非時俗之所服淑善也雖濬發於巧心或受欰於拙目言文之難不能無累雖復巧心濬發或於拙目受蚩欰笑也欰與蚩同彼瓊敷與玉藻若中原之有菽瓊敷玉藻以喻文也毛詩

曰中原有菽庶人采之毛萇曰中原原中也菽藿也力采者得之同橐籥之罔窮與天地乎並育老子曰天地之間其猶橐籥乎虛而不屈動而愈出河上公曰橐籥中空虛故能育聲氣也王弼曰橐排橐籥樂器按橐冶鑄者用以吹火使炎熾說文曰橐囊也音託籥音藥雖紛藹於此世嗟不盈於予掬毛詩曰終朝采綠不盈一掬毛萇曰綠王芻兩手曰掬患挈缾之屢空病昌言之難屬挈缾喻小智之人以注在上何休曰提猶挈也左氏傳曰雖有挈缾之智守不假器論語曰回也屢空尚書帝曰禹亦昌言孔安國曰昌當也王逸楚辭注曰屬續也故踸踔於短垣放庸音以足曲廣雅曰踸踔無常也今人以不定爲踸踔不定亦無常也莊子曰夔謂蚿曰吾以一足踸踔而行爾無如矣謂脚長短也踸勑甚切踔勑角切國語曰有短垣君不踰爾雅曰庸常也恒遺恨以終篇豈懷盈而自足言才恒不足也苔賓戲曰孔終篇於西狩懼蒙塵於叩缶顧取笑乎鳴玉缶瓦器而不鳴更蒙之以塵故取笑乎玉之鳴聲也文子曰蒙塵而欲無昧不可得也李斯上書曰擊甕叩缶若夫應感之會通塞之紀紀綱紀也周易曰不出戶庭知通塞也來不可遏去不

可止莊子曰其來不可却其去不可止毛詩傳曰遏止也孔安國曰遏絕藏若景滅行猶響起枚乘上書曰景滅迹絕王命論曰趣時如響起方天機之駿利夫何紛而不理莊子蚿曰今予動吾天機司馬彪曰天機自然也又大宗師曰其耆欲深者其天機淺也劉瓛曰言天機者言萬物轉動各有天性任之自然不知所由然也思風發於胸臆言泉流於脣齒論衡曰吾言潏潏而泉出紛威蕤以馺遝唯毫素之所擬威蕤盛貌馺遝多貌封禪書曰紛綸萎蕤毫筆也篆文曰書縑曰素揚雄書曰齎細素四尺文徽徽以溢目音泠泠而盈耳延篤仁孝論曰煥乎爛兮其溢目也論語曰洋洋乎盈耳哉及其六情底滯志往神留春秋演孔圖曰詩含五際六情絕於申宋均曰申申公也仲長子昌言曰喜怒哀樂好惡謂之六情國語曰夫人氣縱則底底則滯韋昭曰底著也滯廢也兀若枯木豁若涸流莊子曰形固可使如枯木心固可使如死灰郭象注莊子曰遺身而自得雖掞然而不持坐忘行忘而爲之故行若曳枯木止若聚死灰是以云其神凝也向秀曰死灰枯木取其寂漠無情耳爾雅曰涸竭也國語泉涸而成梁涸水盡也攬營魂以探賾頓精爽於自求自求

於文也楚辭曰營魂而升遐周易曰探賾索隱鉤深致遠左氏傳樂祁曰心之精爽是謂魂魄孟子曰使自求之理翳翳而
愈伏思乙乙其若抽方言曰翳奄也乙抽也乙難出之貌說文曰陰氣尚強其出乙乙然乙音軋新論曰桓譚
嘗欲從子雲學賦子雲曰能讀千賦則善爲之矣譚慕子雲之文嘗精思於小賦立感發病彌日瘳子雲說成帝祠甘泉詔雄作賦思精苦困倦小
臥夢五藏出外以手收而內之及覺病喘悸少氣士衡與弟書曰思苦生疾是以或竭情而多悔或率
意而寡尤左氏傳趙武曰范會言於晉國竭情無私淮南子曰人輕小害至於多悔論語子曰言寡尤行寡悔包曰尤過也
雖茲物之在我非余力之所勠物事也勠并也言文之不來非予力之所并國語曰勠力一心
賈逵曰勠力併力也故時撫空懷而自惋吾未識夫開塞之所由開謂
天機駿利塞謂六情底滯伊茲文之爲用固衆理之所因恢萬里而無
閡通億載而爲津言文能廓萬里而無閡假令億載而今爲津法言曰著古昔之昬昬傳千里之忞忞者莫
如書軌曰昬昬目所不見忞忞心所不了小雅曰閡限也俯貽則於來葉仰觀象乎古人葉世

也幽通賦曰終保己而貽則尚書曰予恐來世又曰予欲觀古人之象**濟文武於將墜宣風聲於不泯**論語子貢曰文武之道未墜於地尚書畢命曰彰善癉惡樹之風聲毛詩曰靡國不泯毛萇曰泯滅也爾雅曰泯盡也**塗無遠而不彌理無微而弗綸**法言曰彌綸天地之事記久明遠者莫如書周易曰易與天地準故能彌綸天地之道王肅曰彌綸纏裹也**配霑潤於雲雨象變化乎鬼神**論衡曰山大者雲多太山不崇朝辨雨天下然則賢聖有雲雨之智彼其吐文萬牒以上賈子曰神者變化而無所不爲也**被金石而德廣流管絃而日新**金鍾鼎也石碑碣也言文之善者可被之金石施之樂章禮記曰金石絲竹樂之器也漢書曰聖王已沒鍾鼓管絃之聲未衰吳越春秋樂師謂越王曰君王德可刻之於金石聲可託之於管絃毛詩曰漢廣德廣所及也周易曰日新之謂盛德

音樂

樂記曰凡音之起由人心生也心之動物使之然也感於物而動故形於聲聲相應故生變變成方謂之音比音而樂之及干戚羽旄謂之樂注曰方猶文章也又曰聲成文謂之音

洞簫賦

漢書音義如淳曰洞者通也簫之無底者故曰洞簫釋名簫肅也言其聲肅肅然清也大者二十三

管長三尺四寸小者十六管一名籟

王子淵 漢書曰王襃字子淵蜀人也宣帝時爲諫議大夫帝太子體不安苦忽忽不樂詔使襃等皆之太子宮娛侍太子朝夕誦書竒文及自所造作疾平復乃歸太子嘉襃所爲甘泉及洞簫頌令後宮貴人左右皆誦讀之益州有金馬碧雞之寶使襃祀焉於道病卒

原夫簫幹之所生兮于江南之丘墟 廣雅曰原本也江圖曰慈母山此山竹作簫笛有妙聲丹陽記曰江寧縣慈母山臨江生簫管竹王襃賦云于江南之丘墟即此處也其竹圓異衆處自伶倫採竹嶰谷後見此竒故歷代常給樂府而呼鼓吹山幹小竹也王逸楚辭注曰幹體也 洞條暢而罕節兮標敷紛以扶踈 條暢條直通暢也罕稀也言竹節稀踈而相去標竹之末也宋玉笛賦曰竒篠異幹罕節簡支敷紛茂盛扶踈四布 徒觀其旁山側兮則嶇嶔巋崎倚巇迤㠟誠可悲乎其不安也 嶇嶔巋崎皆山險峻之貌迤㠟邪平之貌言竹生其旁故欹側不安㠟音靡 彌望儻莽聯延曠盪又足樂乎其

敞閑也儻莽曠瀁寛廣之貌儻佗朗切敞大貌言竹生敞閒之處又足樂也託身軀於后土兮經萬載而不遷左氏傳晉大夫謂秦伯曰君履后土而戴皇天后土地也言竹託生於地經歷萬載不易其貞萃也吸至精之滋熙兮稟蒼色之潤堅周易曰精氣爲物滋熙潤悅貌孔安國尚書傳曰稟受也周易曰震爲蒼莨竹感陰陽之變化兮附性命乎皇天孫卿子曰陰陽大化周易曰四時變化翔風蕭蕭而逕其末兮迴江流川而溉其山風賦曰翺翔乎激水之上荊軻歌曰風蕭蕭兮易水寒言風蕭蕭徑過其末回江謂江回曲也說文曰溉猶灌也言江之流注灌溉其山也揚素波而揮連珠兮聲磕磕而澍淵呂忱曰波水涌也漢武帝秋風辭曰橫中流兮揚素波杜預左氏傳注曰揮湔也湔音賛字指曰磕大聲也說文曰注灌也澍與注古字通朝露清冷而隕其側兮玉液浸潤而承其根說文曰液津也夷石切孤雌寡鶴娛優乎其下兮春禽羣嬉翺翔乎其顛說文曰嬉樂也秋蜩不食抱樸而長吟兮玄猨悲嘯搜

索乎其間爾雅曰蜩蜋蜩方言曰楚謂蟬爲蜩家語子夏曰蟬飲露而不食蜩徒凋切抱音附蒼頡篇曰朴木皮也上林賦曰玄猨素雌搜索往來貌搜所求切索所白切處幽隱而奧庰兮密漠泊以獑猭廣雅曰奧藏也說文曰屏蔽也庰與屏同嗼咱竹窊貌獑猭相連延貌字書獑猭獸逃走也漠與嗼同浦百切泊與咱同士百切獑敕陳切猭敕貟切惟詳察其素體兮宜清靜而弗諠方言曰素本也言審視竹之本體清而不讙譁也幸得謚爲洞簫兮蒙聖主之渥恩謚號也實二切言得謚爲簫而恒施用之豈非蒙聖王之厚恩也可謂惠而不費兮因天性之自然論語子曰因人所利而利之斯不亦惠而不費乎家語孔子曰器用陶匏以象天地之性也萬物無可以稱之者故其自然之體於是般匠施巧夔妃准法墨子曰公輸爲雲梯鄭玄曰般伎巧者莊子曰匠石之齊見櫟社樹匠伯不顧司馬彪曰匠石字伯尚書帝曰夔命汝典樂教冑子妃未詳也一云夔列子曰孔子就師襄學琴帶以象牙掍其會合帶猶飾也方言曰掍同也言以象牙飾其會合之際言巧密也掍胡本切鎪鏤離灑絳脣錯雜爾雅曰鏤鎪也離灑鎪鏤之貌絳脣謂簫孔以

朱飾之灑所宜切鄰菌繚糾羅鱗捷獵言簫之形也鄰菌繚糾相著貌如羅魚鱗布列也捷獵參差也膠緻理比挹抐擨㩉膠緻理比言細密也挹抐擨㩉言中制也比扶至切挹於泣切抐女立切擨於頰切㩉奴恊切於是乃使夫性昧之宕冥生不覩天地之體勢闇於白黑之貌形性昧宕冥謂天性闇昧過於幽冥也說文曰宕過也生初生也淮南子曰夫盲者不能別晝夜分白黑矣憤伊鬱而酷䀑愍眸子之喪精鄭玄禮記注曰憤怒氣充實也伊鬱不通酷猶甚也蒼頡篇曰䀑憂貌奴谷切廣雅曰眼珠子謂之眸趙岐孟子注曰眸子目瞳子也寡所舒其思慮兮專發憤乎音聲言冥生之人而絶所見思慮無所故得專意發憤在於音聲論語子曰發憤忘食故吻吮値夫宮商兮龢紛離其匹溢言口吻所吮皆遇宮商紛離匹溢聲四散也字林曰吻口邊也說文曰吮嗽也似兗切形旖旎以順吹兮瞋㖤喖以紆鬱言簫聲既發形旖旎以隨之漢書音義張揖曰旖旎猶阿那也司馬相如賦曰又猗狔以招搖說文曰顄頤也釋名曰喖咽下垂也言氣之盛而㖤喖類瞋也楚辭曰鬱結紆軫王逸曰紆曲也㖤與顄劉並音含喖音胡氣旁迕

以飛射兮馳散渙以逫律 旁迕言氣競旁出遞相逆迕也飛射氣出迅疾也散渙分布也逫律出遲貌逫張律切
趣從容其勿述兮鶩合遝以詭譎 勿述無所逆誤之貌合遝盛多貌封禪書曰奇物譎詭詭譎猶奇怪也
或渾沌而潺湲兮獵若枚折 聲或渾沌不分潺湲或復其聲模無似枚之折也雜字曰潺浸水流貌獵聲也詩曰伐其條枚毛萇詩傳曰枚幹也廣雅曰獵折也
或漫衍而駱驛兮沛焉競溢 漫衍流溢貌駱驛相連延貌沛多貌
惏慄密率掩以絕滅 惏慄寒貌恐懼也風賦曰憯悽惏慄密率安靜也掩止息貌
嚶霵曄踕跳然復出 嚶霵曄踕衆聲疾貌說文曰跳躍也嚶胡急切霵戢或爲驫同助急切跳徒彫切
若乃徐聽其曲度兮廉察其賦歌 廉亦察也
啾咇嚌而將吟兮行鍖銋以龢囉 啾衆聲也咇嚌聲出貌行猶且也胡庚切鍖銋聲不進貌龢囉聲迭蕩相雜貌咇音筆嚌音櫛鍖湯錦切銋奴錦切
風鴻洞而不絕兮優嬈嬈以婆娑 鴻洞相連貌嬈嬈柔弱也婆娑分散貌廣雅曰嬈奇也
翩緜連以牢落兮漂乍棄而爲他 說文曰漂浮也芳妙切他謂奇聲也言聲漂結

而去棄其舊調而更爲奇聲要復遮其蹊徑兮與謳謠乎相龢謳謠已發簫聲於其蹊徑要復
而遮之與之相和也龢古和字故聽其巨音則周流氾濫并包吐含若慈父
之畜子也韓詩曰夫爲人父者必懷慈仁之愛以畜養其子也含下闇切其妙聲則清靜厭瘱
順叙甲迭若孝子之事父也妙聲聲之微妙也厭安靜貌曹大家列女傳注曰瘱深邃也音翳字林曰
迭滑也迭佗戾切科條譬類誠應義理澎濞慷慨一何壯士言聲之慷慨如壯士澎濞
波浪相激之聲說文曰慷慨壯士不得志於心也優柔溫潤又似君子大戴禮曰優之柔之禮記曰溫潤而澤
故其武聲則若雷霆輘輷佚豫以沸愲輘輷大聲也埤蒼曰怫愲不安貌輘力萌切輷呼萌
切沸或爲潰扶味切愲音謂其仁聲則若颽風紛披容與而施惠呂氏春秋曰南方曰
颽風颽風長物故曰施惠容與寬裕之貌或雜遝以聚斂兮或拔摋以奮棄雜遝衆多貌拔
摋分散也何休公羊傳注曰側手擊曰摋拔扶割切摋蘇割切悲愴怳以惻惐兮時恬淡以綏肆

楚辭曰愴怳懭悢兮惻惐傷痛也廣雅曰恬靜也說文曰淡安也綏遲也王肅尚書注曰肆緩也**被淋灑其靡靡兮**

時橫潰以陽遂孔安國尚書傳曰被及也淋灑不絕貌靡靡聲之細好也橫潰旁決貌陽遂清通貌言其聲或盛壯而細密時復橫潰而清通也橫音于孟切鄭玄周禮注曰陽清也又禮記注曰遂達也**哀悄悄之可懷兮良醰醰而有味**毛詩曰中心悄悄說文曰憂煩悄邑憂貌字林曰悄含怒也於玄切又曰醰甜同長味也大含切**故貪饕者聽之而廉隅兮狼戾者聞之而不懟**尚書曰叨懫曰欽孔安國曰貪饕急懫禮記曰儒者有砥礪廉隅戰國策曰張儀去趙王狼戾無親爾雅曰懟怨也**剛毅彊虣反仁恩兮嘽唌逸豫戒其失**字書曰虣古文暴字也嘽唌逸豫舒緩自放縱之貌嘽吐誕切唌音誕**鍾期牙曠悵然而愕兮杞梁之妻不能爲其氣**呂氏春秋曰伯牙鼓琴志在太山鍾子期曰善哉巍巍乎若太山須臾志在流水子期曰善哉洋洋若流水子期死伯牙破琴絕絃終身不復鼓琴以爲世無人爲鼓琴者按列女傳齊杞殖妻也齊莊公襲莒殖戰死杞梁之妻無子內外無五屬之親既非所歸乃就其夫之屍於其城下而哭之內誠動人道路過者莫不爲之揮涕十日而城爲之崩杞梁字殖名也鄭玄注禮魯襄公

二十九年齊侯襲莒是也列子曰伯牙善鼓琴鍾子期善聽左氏傳曰師曠侍於晉侯杜預曰師曠晉樂太師字書曰愕驚也琴操曰杞梁妻嘆者齊邑芑梁殖之妻所作也殖死妻嘆曰上則無父中則無夫下則無子將何以立吾亦死而已援琴而鼓之曲終遂自投水而死芑與杞同也

師襄嚴春不敢竄其巧兮浸淫叔子遠其類家語曰孔子學鼓琴於師襄七略有莊春言琴宋玉笛賦曰於是天旋少陰白日西靡命嚴春使叔子浸淫猶漸冉相親附之意也毛萇詩傳曰昔顏叔子獨處于室鄰之嫠婦又獨處室夜暴風雨至屋壞婦人趨而至叔子納之而使執燭放於平旦蒸盡搯屋而繼之自爲避嫌不審矣趙岐孟子章句曰放至也方往切

嚚頑朱均惕復惠兮桀蹠鬻博儡以頓頽左氏傳富辰曰心不則德義之經爲頑口不道忠信之言爲嚚史記曰堯子丹朱不肖舜子商均亦不肖復惠復黠慧也桀夏桀也蹠盜蹠也莊子曰施及三王天下大駭矣下有桀蹠上有曾史鬻夏育也古字同博申博也未詳其始陸機夏育贊曰夏育之猛千載所希申博角勇臨頷奮椎儡羸疾貌頽即愁頽也吹參差而入道德兮故永御而可貴楚辭曰吹參差兮誰思王逸曰參差洞簫時奏狡弄則彷徨翱翔埤蒼曰彷徨猶彷佯也或留而不行或行而不留言逝止無常狡急也弄小曲也

愺恅爤漫亡耦失疇埤蒼曰嘽蔘寂靜也嘽蔘與愺恅音義同愺麤老切恅閭草切爤漫分散也上林賦曰爤漫遠遷薄索合沓罔象相求薄迫也索求也合沓重沓也罔象虛無罔象然也莊子曰黃帝遊赤水之北遺其玄珠罔象求之而得故知音者樂而悲之不知音者怪而偉之故聞其悲聲則莫不愴然累欷撆涕抆淚說文曰撆拭也匹結切廣雅曰歔欷悲也抆亦拭也亡粉切其奏歡娛則莫不憚漫衍凱阿那腲腇者已憚漫衍凱歡樂貌阿那腲腇舒遲貌埤蒼曰腲腇肥貌腲一罪切腇乃罪切是以蟋蟀蚸蠖蚑行喘息言所感深爾雅曰蟋蟀蛬也郭璞曰促織也爾雅曰蠖蚇蠖也郭璞曰今蝍蠘也周書曰蚑行喘息說文曰蚑徐行凡生類之行皆曰蚑蚑音奇說文曰喘疾息也螻蟻蝘蜒蠅蠅翊翊方言曰南楚謂螻蛄爲括螻力侯切爾雅曰蚍蜉大螘螘與蟻同爾雅曰蜥蜴蝘蜓蝘蜓蝘於典切蜓徒典切蠅蠅翊翊遊行貌遷延徙迤魚瞰雞睨皆蟲之形也遷延徙迤却退貌魚目不瞑雞好邪視故取喻焉瞰視也睨邪視也垂喙蜿轉瞪瞢忘食韓詩外傳曰夔賓有聲倮介之蟲無不延頸以聽說文曰喙口也許穢切或爲咮鳥

口也都遣切蝁轉動貌埤蒼曰瞪直視也直耕切瞢視不審諦也莫耕切況感陰陽之龢而化風俗之倫哉家語曰人也者天地之德陰陽之交亂曰狀若捷武超騰踰曳迅漂巧兮狀聲之狀也捷武言捷巧曳亦踰也或爲跇鄭德曰跇度也弋制切漂疾也妨妙切又似流波泡溲汎㴋趨巇道兮泡溲盛多貌汎㴋微小貌又云波急之聲方言曰泡盛也薄交切溲所求切汎房法切埤蒼曰㴋裁有水也所獵切巇道嶔巇之道哮呷咬喚躋蹟連絕淈殄沌兮言其聲之大哮呷咬喚或躋或蹟時連時絕淈然相亂殄沌不分也埤蒼曰哮嚇大怒也呼交切杜預左氏傳注曰躋升也將雞切漢書音義韋昭曰蹟頓也竹利切淈胡忽切沌徒損切攪搜㶅捎逍遙踊躍若壞頹兮攪搜㶅捎水聲也壞頹言如物崩壞頹毀也攪胡卯切搜所卯切㶅胡角切捎所學切優游流離躊躇稽詣亦足耽兮韓詩曰搔首躊躇稽詣言聲稽留如有所詣也蒼頡篇曰詣至也頹唐遂往長辭遠逝漂不還兮頹唐隤墜貌本或無此十二字賴蒙聖化從容中道樂不淫兮中於道德雖樂不荒左氏傳曰吳公子札來聘爲之歌頌曰遷而不淫樂而不荒條暢洞達

中節操兮言聲有條貫通暢洞達而中於節操終詩卒曲尚餘音兮言簫中次詩而曲將盡尚有餘音也吟氣遺響聯緜漂撇生微風兮漂撆餘響音少騰相擊之貌漂匹遥切撆匹曳切連延駱驛變無窮兮

舞賦一首并序按周禮舞師樂師掌教舞有兵舞有干舞有羽舞有旄舞呂氏春秋曰堯時陰氣滯伏陽氣閉塞使人舞蹈以達氣舞者音聲之容也

傅武仲范曄後漢書曰傅毅字武仲扶風茂陵人也少博學建初中肅宗博召文學之士以毅爲蘭臺令史少逸氣亦與班固爲竇憲府司馬早卒

楚襄王既遊雲夢使宋玉賦高唐之事高唐賦序曰楚襄王與宋玉遊於雲夢之臺望高唐之觀王曰試爲寡人賦之將置酒宴飲謂宋玉曰雲夢藪名在南郡華容縣高唐觀名此並假設爲辭寡人欲觴羣臣何以娛之左氏傳曰欒盈觴曲沃人杜預曰飲酒於曲沃玉曰臣

聞歌以詠言舞以盡意尚書曰歌詠言孔安國曰歌詠其義以長其言毛萇詩序曰言之不足故嗟嘆之嗟嘆之不足故詠歌之詠歌之不足不知手之舞之足之蹈之説苑曰聲樂易良而合於歌情盡舞意是以論其詩不如聽其聲謂言之不足故詠歌之聽其聲不如察其形謂詠歌之不足故手舞足蹈也言不如視其舞形鄭玄注樂記曰宮商角徵羽雜比曰聲單曰音激楚結風陽阿之舞張晏曰激楚歌曲也列女傳曰聽激楚之遺風結風亦曲名上林賦曰鄢郢繽紛激楚結風文穎曰激衝激急風也結風迴風亦急風也楚地風既自漂疾然歌樂者猶復依激結之急風爲節楚辭曰宮庭震驚發激楚兮淮南子曰夫足蹀陽阿之舞又曰歌采蔆發陽阿鄭人聽之曰不若延露以和非歌者拙也聽者異也高誘曰陽阿古之名倡也材人之窮觀天下之至妙噫可以進乎孔安國尚書傳曰噫恨辭也鄭玄注禮記曰噫弗寤之聲王曰如其鄭何樂記曰鄭衛之音亡國之音也恐其同於鄭舞當如之何楚辭曰二八齊容起鄭舞王逸曰鄭國舞也王曰小大殊用鄭雅異宜韓詩曰舞則纂綦兮薛君曰言其舞應雅樂也弛張之度聖哲所施禮記孔子曰一張一弛文武之道是以樂記干戚之容雅美

蹲蹲之舞禮記曰干戚羽旄謂之樂鄭玄曰干楯也戚斧也武舞所執也毛詩小雅曰坎坎鼓我蹲蹲舞我一本或云旌旄之舞禮設三爵之制頌有醉歸之歌禮記曰君子飲酒也禮三爵而油油以退鄭玄曰油油悅敬貌毛詩魯頌曰振振鷺鷺于飛鼓咽咽醉言歸于胥樂兮夫咸池六英所以陳清廟協神人也樂動聲儀曰黃帝樂曰咸池顓頊樂曰五莖帝嚳樂曰六英宋均曰能爲天地四時六合之英華也毛詩曰清廟祀文王也尚書曰八音克諧神人以和鄭衛之樂所以娛密坐接歡欣也禮記曰鄭衛之音亂世之音餘日怡蕩非以風民也其何害哉餘日聽覽之餘日也怡蕩怡悅放蕩也爾雅曰怡樂也毛詩序曰風教也王曰試爲寡人賦之玉曰唯唯夫何皎皎之閑夜兮明月爛以施光古詩曰明月何皦皦楚辭曰夜皎皎兮既明朱火曄其延起兮燿華屋而熺洞房古詩曰朱火然其中青煙颺其間廣雅曰熺熾也虛疑切楚辭曰姱容脩態絙洞房黼帳袪而結組兮鋪首炳以焜煌司馬相如美人賦曰黼帳周垂袪猶舉也長門賦曰張羅綺之幔帳兮垂楚組之連綱漢書曰鋪首鳴說

文曰鋪著門抪首陳茵席而設坐兮溢金罍而列玉觴毛詩曰文茵暢轂鄭玄注曰茵
蓐也詩曰我姑酌彼金罍鄭玄曰君黃金罍玉觴玉爵也周禮曰朝覲有玉几玉爵騰觚爵之斟酌兮漫既
醉其樂康儀禮曰騰觚于賓又曰小臣請媵爵鄭玄曰今文媵皆作騰禮記禮器篇注曰凡觴一升曰爵二升曰觚毛詩曰既醉
以酒楚辭曰君欣欣兮樂康毛萇詩傳曰康樂也嚴顏和而怡懌兮幽情形而外揚爾雅
曰懌樂也文人不能懷其藻兮武毅不能隱其剛言皆欲騁其材能效其技也左
氏傳曰致果爲毅簡惰跳踃般紛挐兮淵塞沈蕩改恒常兮言失度也簡惰
踈簡怠惰也埤蒼曰踃跳也先聊切紛挐相著牽引也毛詩曰其心塞淵毛萇曰塞實也淵深也於是鄭女出進二
八徐侍楚辭曰二八齊容起鄭舞淮南子曰鼓舞或作鄭舞高誘注曰鄭褒也楚王之幸姬善歌儛名曰鄭舞楚辭曰二八迭奏女樂羅些
姣服極麗姁媮致態姁媮和悅貌態謂姿態也姁況于切媮以朱切貌嫽妙以妖
蠱兮紅顏曄其揚華毛萇詩傳曰嫽好貌理紹切妖蠱淑豔也揚華揚其光華眉連娟以

增繞兮目流睇而橫波連娟細貌繞謂曲也言眉細而益曲也上林賦曰長眉連娟橫波言目邪視如水之橫流也神女賦曰望余幃而延視兮若流波之將瀾珠翠的皪而炤燿兮華袿飛髾而雜纖羅珠翠珠及翡翠也說文曰的皪珠光也劉熙釋名曰婦人上服謂之袿上林賦曰飛纖垂髾司馬彪曰髾燕尾也衣上假飾子虛賦曰雜纖羅垂霧縠司馬彪曰纖細也顧形影自整裝順微風揮若芳裝服也揮動也若杜也美人佩以爲芳香也七發曰掄流波雜杜若動朱脣紆清陽動朱脣將歌也神女賦曰朱脣的其若丹毛詩曰有美一人清陽婉兮毛萇曰清陽眉目之閒亢音高歌爲樂方杜預左氏傳注曰方法也歌曰攄予意以引觀兮繹精靈之所束攄散也引大也言精靈有所窘束今將舒繹之也方言曰繹理也弛緊急之紆張兮慢末事之骫曲言將觀舞故緊急之紆先巳張者今廢弛之末事之骫曲者今輕慢之周禮曰弛懸也鄭玄曰弛釋下也說文曰緊纏絲急也蒼頡篇曰骫曲也於詭切言鄭衛之末事而委曲順君之好無益故廢而慢之舒恢炱之廣度兮闊細體之苛縟恢炱廣大之貌苛縟煩數之貌言度之恢炱者更令舒緩體之煩數者使之踈

闊楚辭曰收恢台之孟夏兮㚇與台古字通賈逵國語注曰苛煩也賀多切鄭玄喪服注曰縟數也言舒廣大之度則細體之事不利於德者
踈而闊之嘉關雎之不淫兮哀蟋蟀之局促毛詩序曰關雎樂得淑女以配君子憂在進賢不淫其色
毛詩曰蟋蟀刺晉僖公也儉不中禮蟋蟀在堂歲聿云暮今我不樂日月其除古詩曰蟋蟀傷局促小見之貌啓泰眞之否
隔兮超遺物而度俗太眞太極眞氣也否隔不通也言所否閉隔絶使通之呂氏春秋曰陶唐氏之時陰多滯伏陽
道壅塞乃作舞宣導之莊子孔子謂老聃曰先生似遺物離人揚激徵騁清角激徵清角皆雅曲名琴操曰伯牙鼓琴作
激徵之音韓子師曠曰清徵之聲不如清角賛舞操奏均曲舞操而奏操也琴道曰琴有伯夷之操樂汁圖徵曰聖人
立五均均者亦律調五聲之均也宋均曰長八尺施絃形態和神意協從容得志不劫雍容閑雅得其
大體不相迫劫也協和也鄭玄禮記注曰劫脅也於是躡節鼓陳舒意自廣言舞人躡鼓以爲節此鼓既陳
故志意舒廣遊心無垠遠思長想莊子曰乘物以遊心晉灼曰垠崖也其始興也若俛若
仰若來若往雍容惆悵不可爲象象形象也謂停節之間形態頓乏如惆悵失志也變態不

極不可盡述其形象也其少進也若翾若行若竦若傾兀動赴度指顧應聲兀然而動赴其節度手指目顧皆應聲曲羅衣從風長袖交横王孫子曰衛靈公侍御數百隨珠照日羅衣從風韓子曰長袖善舞駱驛飛散颯擖合并駱驛不絶貌颯擖屈折貌與曲度相合并也鶣䴏燕居拉揩鵠驚鶣䴏輕貌拉揩飛貌鵠音篇拉音臘綽約閑靡機迅體輕綽約美貌閑美閑緩而柔美赴曲機疾體自輕少上林賦曰便娟綽約莊子曰綽約若處子埤蒼曰嫺雅也機迅體輕言舞之回折如弩機之發迅姿絶倫之妙態懷慤素之絜清神女賦曰懷貞亮之絜清説文曰慤貞也薛君韓詩章句曰素質也脩儀操以顯志兮獨馳思乎杳冥脩治儀容志操以自顯心志杳冥謂遠而出冥也對問曰鵾翔乎杳冥之上在山峨峨在水湯湯與志遷化容不虚生列子曰伯牙鼓琴志在登高山鍾子期曰善哉峨峨乎若太山志在流水鍾子期曰善哉湯湯然若江河伯牙所念鍾子期必得之言舞人與志遷化亦如此者容不虚生必有所象也湯音洋明詩表指嘳息激昂歌中有詩舞人表而明之指而合節表明也韓詩外傳曰魯哀公嘳然太息説文曰

嘳大息也嘳與喟同漢書王章妻謂章曰今在困厄不自激卬如淳曰激厲抗揚之意也卬我郎切氣若浮雲志若秋霜言既高且絜也觀者增歎諸工莫當工樂師也於是合場遞進按次而俟遞迭也俟待也言待次第而出也埒材角妙夸容乃理晉灼漢書注曰埒等言鬬巧妙也夸猶美也理謂裝飾也軼態橫出瑰姿譎起眄般鼓則騰清眸吐哇咬則發皓齒瑰美也譎異也般鼓之舞載籍無文以諸賦言之似舞人更遞蹈之而爲舞節古新成安樂宮辭曰般鼓鍾聲盡爲鏗鏘張衡七盤舞賦曰歷七盤而屣躡又曰般鼓煥以騈羅王粲七釋曰七盤陳於廣庭疇人儼其齊俟揄皓袖以振策竦并足而軒跱邪睨鼓下伉音赴節安翹足以徐擊驅頓身而傾折卞蘭許昌宮賦曰振華足以却蹈若將絶而復連鼓震動而不亂足相續而不并婉轉鼓側蜲蛇丹庭與七盤其遞奏覲輕捷之翾翾義並同也說文曰哇謟聲也於佳切咬淫聲也烏交切楚辭曰美人皓齒嫮以姱兮摘齊行列經營切儗指摘行列使之齊整經營往來之貌摘佗歷切相摩切也鄭玄禮記注曰儗猶比也魚里切扱引也言舞人舉引皆有所比擬也廣雅曰扱引也彷彿神動迴翔竦峙子虛賦曰若神仙之彷彿說文曰彷彿見不審也擊不致筴蹈不頓趾

蹈鼓而足趾不頓言輕且疾也**翼爾悠往闇復輟已**言翼然而往闇而復止闇猶奄也古人呼闇殆與奄同方言曰奄遽也**及至迴身還入迫於急節**已輟止復迴身旋入舞場逼迫於曲之急節也**浮騰累跪跗蹋摩跌**言舞者之容也浮騰跳躍也累跪進跪貌跗蹋摩跌或反足跗以象蹈或以足摩地而揚跌也鄭玄禮記注曰跗足趾也方于切字書曰跌失蹠也徒結切**紆形赴遠漼似摧折**言要之曲折漼然以摧折紆曲其形以踢其身也漼折貌七罪切**纖縠蛾飛紛猋若絶**纖縠細縠也蛾飛如蛾之飛也紛猋飛揚貌上林賦曰垂霧縠大戴禮曰食桑者有絲而蛾郭璞爾雅注曰蠶蛾也**超逾鳥集縱弛殟歿**殟歿舒緩貌言舞勢超逾如鳥疾速飛集也縱弛之際又且舒緩弛捨也字林曰鳥逾跳也殟烏骨切歿音没**蜲蛇姌嫋雲轉飄曶**說文曰委蛇邪行去也姌嫋長貌蜲與逶同於危切蛇音移姌如劒切嫋音弱如雲轉之疾也飄忽如風之疾也毛萇詩傳曰迴風爲飄曶與忽同呼没切**體如遊龍袖如素蜺**遊龍素蜺喻美麗也宋玉神女賦曰蜿若遊龍從風翺翔司馬相如大人賦曰垂絳幡之素蜺**黎收而拜曲度究畢**言舞將罷徐收斂容態而拜曲度於是究畢蒼頡篇曰邌徐也邌與黎同力奚切曹憲曰瞭眑而拜

上音戾下居蚪反今檢玉篇目部無此二字遷延微笑退復次列舞畢退次行列也好色賦曰遷延引身觀者稱麗莫不怡悅於是歡洽宴夜命遣諸客言懽情已洽而宴迫於夜故命遣諸客也擾躟就駕僕夫正策埤蒼躟疾行貌史記曰天下躟躟僕夫執駕者策轡也大戴禮曰驪駒在門僕夫具存車騎並狎巃嵸逼迫狎謂多而相排也巃嵸聚貌巃力董切嵸音揔良駿逸足蹌捍凌越駿馬也逸疾也爾雅曰蹌動也蹌捍馬走疾之貌言馬駿逸奔突而走相凌越也龍驤橫舉揚鑣飛沫鄒陽上書曰蛟龍驤首鑣馬勒旁鐵也馬舉首而橫走動鑣則飛馬口之沫也馬材不同各相傾奪傾奪謂馳競也或有踰埃赴轍霆駭電滅列子伯樂曰天下之馬絕塵弭轍言馬踰越於塵埃之前以赴車轍如雷霆之聲忽驚忽滅也蹠地遠羣闇跳獨絕許慎淮南子注曰蹠踏也遠出於羣言疾速之甚也鄭玄尚書五行傳曰闇跳行疾貌闇跳獨絕言行急無比也或有宛足鬱怒般桓不發言馬按足緩步鬱怒氣遟留不發也周易曰初九盤桓利居貞後往先至遂爲逐末言逸材之馬雖後往而能先至遂爲

馳逐者之末也逐者以發足爲本或有矜容愛儀洋洋習習鄭玄毛詩注曰洋洋莊敬貌又詩箋云習習和調貌遲速承意控御緩急言遲速任意也毛詩曰又良御忌抑磬控忌毛萇曰止馬曰控忌辭也音兾家語孔子曰御者同是車馬其所爲進退緩急異也車音若雷騖驟相及長門賦曰雷隱隱而響起聲象君之車音言車聲隱隱如遠雷之音相連屬也駱漠而歸雲散城邑駱漠駱驛紛漠奔馳之貌中夜車皆歸城邑之中寂然而空有同雲散也天王燕胥樂而不泆毛詩曰籩豆有且侯氏燕胥皆也皆來相與燕也孝經曰滿而不溢娛神遺老永年之術優哉游哉聊以永日家語孔子歌曰優哉游哉聊以卒歲毛詩曰且以喜樂且以永日

文選卷第十七

賜進士出身通奉大夫江南蘇松常鎮太等處承宣布政使司布政使胡克家重校刊

文選卷第十八

梁昭明太子撰

文林郎守太子右内率府録事參軍事崇賢館直學士臣李善注上

音樂下

馬季長長笛賦一首　嵇叔夜琴賦一首

潘安仁笙賦一首　成公子安嘯賦一首

長笛賦并序

周禮笙師掌教吹笛說文曰笛七孔長一尺四寸今人長笛是也風俗通曰笛滌也蕩滌邪志納之雅正

馬季長　范曄後漢書曰馬融字季長扶風茂陵人也將作大匠嚴之子爲人美容貌有俊才好吹笛爲校書郎順帝時遷南郡太守免與馬皇后親坐高堂施絳帳前授生徒後列女樂鄭玄盧植皆其弟子後拜議郎卒

融既博覽典雅精核數術仲長子昌言曰精核是非議之嘉也說文曰覈考實事也核與覈古字通漢書曰術數者皆羲和卜史之職韋昭曰歷數占術也又性好音能鼓琴吹笛而爲督郵無留事韋昭釋名曰督郵主諸縣罰負殿糾攝之也辨位曰言督郵書掾者郵過也此官不自造書主督上官所下所過之書也史記齊威王語即墨大夫曰自子之居即墨無留事獨臥郿平陽鄔中有雒客舍逆旅漢書右扶風有郿縣平陽鄔聚邑之名也鄔烏古切毛詩曰王餞于郿毛萇曰地名說文曰鄔小障也一曰庳城在阜部服虔通俗文曰營居曰鄔左氏傳荀息曰今號爲不道保於逆旅吹笛爲氣出精列相和歌錄曰古相和歌十八曲氣出一精列二魏武帝集有氣出精列二古曲融去京師京師謂洛陽也踰年暫聞甚悲而樂之追慕王子淵枚乘劉伯康傅武仲等簫琴笙頌唯笛獨無王子淵作洞簫賦枚乘未詳所作以序言之當爲笙賦文章志曰劉玄字伯康明帝時官至中大夫作簧賦傅毅字武仲作琴賦故聊復備數作長笛賦其辭曰

惟鐘籠之奇生兮于終南之陰崖字林曰惟有也戴凱之竹譜曰鐘籠竹名毛詩曰終南何有毛萇曰周之山名尚書大傳曰觀乎南山之陰謂山北託九成之孤岑兮臨萬仞之石磎山海經曰栢山四成郭璞曰成亦重也言九者數之多也爾雅曰山小高曰岑孔安國曰八尺曰仞包氏曰七尺曰仞爾雅曰山瀆無所通谿尸子曰焦原者臨萬仞之谿特箭槀而莖立兮獨聆風於極危箭槀二竹名也言似二竹或生而莖立或生於極危爾雅曰東南之美者會稽之竹箭焉郭璞方言注曰箭者竹名也鄭玄周禮注曰箭幹謂之槀尚書曰惟箘簵楛鄭玄曰箘簵蒼頡篇曰聆聽也音零秋潦漱其下趾兮冬雪揣封乎其枝說文曰潦雨水也鄭玄周禮注曰漱齧齒也爾雅曰趾足也鄭玄毛詩箋曰團聚貌揣與團古字通徒歡切漢書音義孟康曰揣持也巔根跱之槷刖兮感迴飈而將頹巔根根生於巔也作巔根將巔墜也槷刖危貌感觸也爾雅曰猋飆謂之猋猋與飈同頹落也槷吾結切刖五刮切夫其面旁則重巘增石簡積頵砡面前也爾雅曰重巘隒郭璞曰謂山形如累巘巘曰甑山狀似之因以名也又曰簡大也說文曰頵頭頵落也五隕切字林曰砡齊頭也牛六切

兀嵏猔嶷傾昃倚伏兀嵏猔嶷嶔峻之貌嵏力于切猔助緇切嶷魚飢切庨窌巧老港洞坑谷庨窌巧老深空之貌港洞相通也庨苦交切窌郎交切巧老依字港胡貢切嶰壑澮㟏嵌窞巖𥨍爾雅曰小山別大山曰嶰又兩山夾澗也澮㟏嶰壑深平之貌鄭玄曰澮所以通水於川也㟏音兌嵌即坎也周易曰入於坎窞凶王弼曰最處嵌底也說文曰窞坎中小坎也徒感切巖巖深巖也說文曰巖岸也巖𥨍不平也廣雅曰𥨍窟也字從穴從復扶福切運裛窏洝岡連嶺屬運裛迴旋相纏也窏洝甲曲不平也屬連也窏於孤切洝音按林簫蔓荆森槮柞樸說文曰篠小竹也簫與篠通本草經曰蔓荆實味苦森槮木長貌鄭玄毛詩箋曰柞櫟也子落切樸包木也補木切於是山水猥至渟涔障潰廣雅曰猥衆也埤蒼曰渟水止也薛君韓詩章句曰涔漁池也音岑賈逵國語注曰障防也字林曰潰旁決也頣淡滂流碓投瀺穴頣淡水搖蕩貌頣胡感切淡徒敢切碓投似碓之所投也說文曰碓舂也都隊切瀺瀺水注聲也字林曰流水行也瀺穴瀺注隙穴也士咸切爭湍苹縈汨活澎濞許慎淮南子注曰湍水疾也苹縈迴旋之貌汨活疾貌字林曰澎濞水瀑至聲也苹芳耕切汨古沒切活古活切波瀾鱗淪窊

隆詭戾爾雅曰大波爲瀾郭璞曰言蘊淪也鱗淪相次貌說文曰㝗邪下也㝗隆高下貌詭戾乖違貌㝗烏瓜切潏瀑
噴沫犇遯碭突潏瀑沸湧貌噴沫跳沫也碭徒郎切搖演其山動杌其根者
歲五六而至焉說文曰搖動也賈逵國語注曰演引也張揖注漢書上林賦曰杌搖也字林曰至到也是以
間介無蹊人迹罕到孟子曰山徑之蹊間介然用之而成路趙岐曰介然人用之不止則蹊成爲路杜預注左
氏傳曰介猶間也間介一也蹊徑也言山間隔絶無有蹊徑也漢書曰舟車所不至人迹所不及猨蜼晝吟鼯鼠
夜叫爾雅曰蜼卬鼻而長尾張揖上林賦注曰蜼似獼猴而大郭璞爾雅注曰鼯鼠一名夷鼬狀如小狐似蝙蝠肉翅亦謂之飛生聲如
人呼寒熊振頷特麏麚昏髟振動也方言曰頷頤也胡感切爾雅曰鹿牡麚牝麀也昏視髟長髦也言或顚視或
振髦昏昌夷切髟方妙切山雞晨羣壄雉晁雊毛詩曰雉之朝雊尚求其雌說文曰雄雞之鳴爲雊壄古野字
晁古朝字求偶鳴子悲號長嘯由衍識道噍噍讙譟由衍行貌羽獵
賦曰噍噍昆鳴噍子由切鄭玄周禮注曰譟讙也經涉其左右唴聒其前後者無晝

夜而息焉［左右謂林之左右國語管子曰四民雜處則其言庬哤聒雜聲也說文曰聒讙語也］夫固危殆險巇之所迫也［險巇猶傾側也］衆哀集悲之所積也故其應清風也纖末奮蕱錚鐄謍嚍［方言曰捎動也蕱與捎同所交切謍嚍並謂其仿聲也錚鐄聲也錚士庚切說文曰錚金聲鐄與鍠同音宏字林曰謍小聲也呼盲切埤蒼曰嚍大呼也呼交切］若絙瑟促柱號鍾高調［淮南子曰張瑟者小絃絙大絃緩高氏注曰絙急也楚辭曰絙瑟兮交鼓又曰破伯牙之號鍾王逸曰絙急張絃也博物志曰鑑脅號鍾善琴名］於是放臣逐子棄妻離友彭胥伯奇哀姜孝己［彭彭咸胥伍子胥也琴操曰尹吉甫周上卿人也有子伯奇伯奇母死更娶後妻生伯邦乃譖伯奇於吉甫曰見妾有美色然有邪心吉甫曰伯奇爲人慈仁豈有此也妻曰試置空房中君登樓而察之後妻知伯奇仁孝乃取毒蜂綴衣領伯奇前持之於是吉甫大怒放伯奇於野宣王出遊吉甫從伯奇乃作歌感之於宣王宣王曰此放子辭吉甫乃求伯奇射殺後妻左傳曰魯哀公夫人姜氏歸於齊將行哭而過市曰天乎仲爲不道殺適立庶市人皆哭魯人謂之哀姜帝王世紀曰高宗有賢子孝己其母早死高宗惑後妻之言放之而死天下哀之尸子曰孝己事

親一夜而五起視衣厚薄枕之高下也家語曰曾子遣妻告其子曰高宗以後妻殺孝己尹吉甫以後妻放伯奇吾上不及高宗中不及吉甫庸知得免於非乎

攢乎下風收精注耳 收精不窺注耳專聽

靁歎頹息掐膺擗摽 歎聲若雷息聲若頹也楚辭曰吒增歎兮如雷靁與雷古今字也爾雅曰焚輪謂之頹郭璞曰暴風從上下也埤蒼曰掐爪也説文曰膺匈也國語曰無掐膺韋昭曰掐掐叩也苦洽切魏書程昱傳曰昱於魏武前忿爭聲氣忿高邊人掐之乃止毛詩曰寤擗有摽毛萇曰擗摽拊心貌

泣血泫流交横而下 毛詩曰鼠思泣血禮記曰高子皐之執親之喪泣血三年未嘗見齒楚辭曰横垂涕兮泫流

通旦忘寐不能自禦 淮南子曰病疵瘕者通旦不寐鄭玄周禮注曰禦禁也

於是乃使魯般宋翟構雲梯抗浮柱 魯宋二國名也淮南子曰魯般古之巧人注公輸班也爲木鳶而飛論衡曰魯班刻木爲鳶飛三日不下爲母作木車木人爲御機關一發遂去不還人謂班母亡翟墨子之名也墨子曰公輸般爲雲梯垂成大山四起所謂善攻具也必取宋於是墨子見公輸般而止之張湛列子注曰雲梯可以凌虚甘泉賦曰抗浮柱之飛榱按墨子削竹以爲鵲鵲三日不行韓子云爲木鳶三年不飛一日而敗抱朴子曰墨子名翟宋人或云孔子時人或云在後今案其人在七十弟子後也

蹉纖根跋篾

縷言以足蹉蹋纖根又跋躡細縷也蹉七何切一作搓埤蒼曰搓擲也方言曰篾䇊小也縷言細似縷也上林賦曰布結縷顏監注蔓生着地之處皆生細根如相結故名縷今俗呼鼓箏草而幼童對銜之手鼓中央則聲如箏因以名彼雖草名抑亦義兼似縷也**膺陗陁腹陘阻**言以膺服於陗陁而腹突於陘阻也淮南子曰岸陗者必陁許慎曰陗峻也七笑切陁落也直紙切字林曰陁小崩也爾雅曰山絶陘郭璞曰連山中斷也陘音刑**逮乎其上匍匐伐取挑截本末規摹彠矩**聲類曰挑泱也鄭玄毛詩箋曰挑支落之佗堯切說文曰摹規也莫奴切彠亦矱字王逸楚辭注曰矱度也矩法也彠於縛切**夔襄比律子野協呂**尚書帝曰夔命汝典樂教胄子家語孔子學琴於師襄鄭玄周禮注曰比次也周禮大師掌六律六呂六律陽聲黄鍾太簇姑洗蕤賓夷則無射六呂陰聲大呂應鍾南呂林鍾中呂夾鍾左氏傳曰師曠侍於晉侯杜預曰曠晉樂太師子野也孟子曰師曠之聰不以六律不能正五音**十二畢具黄鍾爲主**呂氏春秋曰黄帝命伶倫爲律伶倫制十二簫聽鳳鳥之鳴以別十二律以比黄鍾之宮故黄鍾宮律之本也髙誘曰六律六呂各有管也故曰十二簫漢書律歷志曰十二陽六爲律陰六爲呂律者黄帝之所作也黄帝使伶倫自大夏之西昆侖之陽取竹解谷生其薄厚均者斷兩節間吹之以爲黄鍾之律本氣至則應六律六呂者述十二月之音氣也

黄鍾律呂之長故曰爲主撟揉斤械剸掞度擬蒼頡篇曰撟正也鄭玄周禮注曰揉謂以火撟也如酉切說文曰斤斫木又曰械治也字林曰剸裁也大丸切又曰剡銳也周易曰掞木爲矢掞與剡音義同度擬量度比擬也鏓硐隤墜

程表朱裏說文曰鏓大鑿中木也然則以木通其中皆曰鏓也蘇董切廣雅曰硐磨也音動說文曰隤墜也徒雷切爾雅曰墜落也說文曰程示也張晏漢書注曰表猶外也定名曰笛以觀賢士以其滌穢故可觀士陳於東

階八音俱起儀禮大射禮曰樂人宿縣于階東周禮曰播之以八音孔安國注曰八音金石絲竹匏土革木食舉

雍徹勸侑君子食舉謂進食於天子而設樂食竟奏詩之樂以徹食徹去也蔡雍禮樂志曰天子中樂殿中食舉樂也周禮曰及徹而歌徹鄭玄曰歌之者歌雍也周禮曰王以樂侑食鄭玄曰侑助也然後退理乎黄門之高廊漢書音義如淳曰令樂家五日一習爲理樂桓譚新論曰漢之三主內置黄門工倡重丘宋灌名師郭張漢書曰平原郡有重丘縣名師有名師也宋灌郭張皆其姓也工人巧士肆業脩聲工樂人也巧伎巧也賈逵國語注曰肆習也於是遊閒公子暇豫王孫史記曰宛孔氏有遊閒公子之名國語優施曰我教暇豫之事君韋

昭曰閒暇也服虔曰諸公閒游戲若依服解閒當工莧切韋昭曰優游閒暇也按史記貨殖傳有遊閑公子飾冠劒連車騎此則韋説勝閒音閑豫樂也

心樂五聲之和耳比八音之調左氏傳曰五聲六律杜預曰五聲宮商角徵羽乃相與集乎其庭詳觀夫曲胤之繁會叢雜何其富也胤亦曲也字或爲引蔡雍琴操有思歸引衛女之所作富謂聲之富也紛葩爛漫誠可喜也紛葩盛多貌波散廣衍實可異也毛萇詩傳曰衍溢也掌距劫遻又足怪也言聲之相逆遻也説文曰掌柱也鄭玄禮記注曰劫脅也郭璞穆天子傳注曰遻觸也五故切啾咋嘈啐似華羽兮絞灼激以轉切蒼頡篇曰啾衆聲也鄭玄周禮注曰咋咋然聲大也仕白切埤蒼曰嘈啐聲貌嘈音曹啐才喝切鶡冠子曰南方萬物華羽焉故調以羽絞灼激聲相繞激也切猶磨切也震鬱怫以憑怒兮耾碭駭以奮肆楚辭曰怫鬱兮弗陳王逸曰蘊積也怫扶弗切左氏傳蹶由曰今君震電憑怒杜預曰憑大也埤蒼曰耾聲貌碭突也杜預左氏傳注曰肆放也氣噴勃以布覆兮乍跱蹠以狼戾蒼頡篇曰噴吒也普寸切或作憤防

粉切勃盛貌布覆周布四覆也跱蹠言其聲跱立如有所蹠蹋也狼戾乖背也戰國策張儀曰趙王狼戾無親靁叩鍛之岌峇兮正瀏溧以風洌言音如靁之叩鍛岌峇爲聲也蒼頡篇曰鍛椎也都亂切岌及苦協切峇苦合切漢書音義孟康曰瀏清也毛萇詩傳曰溧寒也說文曰洌清也瀏溧清涼貌洌寒貌薄湊會而凌節兮馳趣期而赴蹪凌乘也節曲節也趣向也期會也蹪謂顚仆也爾乃聽聲類形狀似流水又象飛鴻列子曰伯牙鼓琴志在流水鍾子期曰洋洋乎若江河琴道曰伯夷操似鴻鴈之音氾濫溥漠浩浩洋洋氾濫任波摇蕩之貌說文曰氾濫也上林賦曰汎淫氾濫溥漠以翺撫水之貌謂飛鴻之狀也長矕遠引旋復迴皇孟康漢書注曰矕視也莫干切廣雅曰引伸也李尤七疑曰迴皇競集充屈鬱律瞋菌碨抰皆衆聲鬱積競出之貌屈音掘瞋尺鄰切菌去倫切碨於迴切抰烏郎切酆琅磊落駢田磅唐衆聲宏大四布之貌酆普耕切琅力耕切磅唐廣大盤礴也宋玉笛賦曰磅唐千仞取予時適去就有方莊子曰去就取予能知六者塞道者也高誘呂氏春秋注曰適中適也毛萇詩傳曰方則也洪殺衰序希數

必當鄭玄周禮注曰殺減也所屆切左氏傳魏獻子曰遲速衰序杜預曰衰差序次也衰楚危切微風纖妙若存若亡老子曰若存若亡蓋滯抗絶中息更裝方言曰燼餘也蓋與燼同在進切喪服子夏傳曰抗極也許愼淮南子注曰裝束也調更裝而奏之奄忽滅没瞱然復揚方言曰奄遽也瞱盛貌或乃聊慮固護專美擅工聊慮固護精心專一之貌說文曰擅專也漂淩絲簧覆冒鼓鍾漂淩謂漂蕩淩駕也覆冒謂掩覆冠冒也風俗通曰簧笙中簧也大笙謂之簧或乃植持縼纆佁儗寬容言聲或植立而相牽引持似於縼纆也說文曰縼以長繩繫牛也徐絹切漢書音義張晏曰二股謂之糾三股謂之纆佁儗寬容之貌佁敕吏切儗五吏切簫管備舉金石並隆毛詩曰既備乃奏簫管備舉漢書曰石曰磬金曰鍾鄭玄禮記注曰隆盛也無相奪倫以宣八風尚書曰八音克諧無相奪倫呂氏春秋曰舜以夔爲樂正於是正六律和均五聲以通八風杜預左氏傳注曰八風八方之風金乾主磬其風不周石坎主鼓其風廣莫革艮主笙其風明庶匏震主簫其風條竹巽主柷敔其風清明木離主琵琴其風景絲坤主鍾其風涼土兌主壎其風閶闔律呂既和哀聲

五降左氏傳醫和對晉平公曰先王之樂中聲以降五降之後不容彈矣杜預曰聲成五降而息也降罷退也曲終闋盡
餘絃更興鄭玄禮記注曰闋終也苦穴切繁手累發密櫛疊重左氏傳醫和曰於是
有煩手淫聲慆堙心耳乃志平和君子不聽也手煩不已則雜聲並奏記
傳所謂鄭衛之聲謂此也樂記曰鄭衛之音亂世之音也又雜樂姦聲以
濫溺而不止鄭音好濫淫志衛音促速煩志言鄭衛之聲煩手雜也密櫛密如櫛也毛詩曰其比如櫛踾蹴攢仄蜂聚
蟻同踾蹴迫蹙貌攢仄攢聚貌埤蒼曰踾蹋地聲也字林曰蹴踖不進踾音複蹴子六切衆音猥積以送
厥終然後少息蹔怠雜弄間奏易聽駭耳有所搖演
言變易人之視聽也搖動也演引也言有所動引於心安翔駘蕩從容闡緩毛萇詩傳曰間代也莊子
曰惠施之材駘蕩而不得駘蕩安翔貌蒼頡篇曰闡開也漢書曰闡諧慢易之音作惆悵怨懟窊圔窴赧
字林曰懟怨也窊圔聲下貌圔於洽切窴赧聲緩也窴恥輦切赧女善切聿皇求索乍近乍遠聿皇疾貌臨
危自放若頹復反蚡緼繙紆緸冤蜿蟺蚡緼繙紆聲相糾紛貌蚡扶云切緼

於文切緸宛蜿蟺盤屈摇動貌鄭玄曰蜿委也緸音因蜿於阮切蟺音善箟民笏抑隱行入諸變箟民笏抑隱手循
孔之貌毛萇詩傳曰行往也鄭玄周禮注曰變猶更也樂成則更奏絞槩汩湟五音代轉絞槩汩湟音相切摩
貌言聲相絞槩如水之聲汩湟水流貌絞古巧切槩古愛切汩于筆切湟音黃挼拏捘臧遞相乘邅說文
曰挼摧也奴迴切蒼頡篇曰拏捽也引也奴家切廣雅曰捘按之也子潰切臧猶抑也邅邅迴也張連切一云邅當爲蹍司馬彪莊子注曰蹍蹈也
女展切反商下徵每各異善反商猶變商也淮南子曰變宮生徵變徵生商變商生羽琴道曰下徵七絃揔
會樞極沈約宋書曰下徵調法林鍾爲宮南呂爲商注云第三孔也本正聲黃鍾之羽今爲下徵之商也故聆曲引者觀
法於節奏察變於句投以知禮制之不可踰越焉廣雅
曰聆聽也引亦曲也蔡邕琴操曰思歸引者衛女之所作也琴引者秦時倡屠門高之所作也禮記曰文采節奏聲之飾也說文曰逗止也投與逗
古字通音豆投句之所止也聽簉弄者遥思於古昔虞志於怛惕以
知長戚之不能閒居焉簉弄蓋小曲也說文曰簉倅字如此毛萇傳曰怛怛惕惕憂勞也閒音閑故

論記其義協比其象徬徨縱肆曠漾敞罔老莊之槩也老子巳見遊天台賦史記曰莊子者蒙人也名周其要本歸於老子之言其言汪洋自恣其適己也曠若廣切敞罔大貌槩猶節也溫直擾毅孔孟之方也尚書曰皐陶曰擾而毅直而溫言正直而有溫和也溫和正直柔而能毅也史記曰孔子名丘字仲尼姓孔氏魯昌平鄉陬邑人又曰孟軻鄒人也序詩書述仲尼之意激朗清厲隨光之介也激切明朗清而能厲厲列也莊子曰湯將伐桀因卞隨而謀之卞隨曰非吾事也湯又因瞀光而謀之瞀光曰非吾事也湯伐桀克之以讓卞隨卞隨曰再來漫我以其辱行乃自投桐水而死湯又讓瞀光瞀光曰無道之世不踐其土況尊我乎乃負石而自沈盧水高士傳曰湯伐桀求道于卞隨隨不應及滅讓於卞隨隨曰君以我爲食天下遂投盧水而死湯又讓務光光亦投水而死劉熙孟子注曰介操也牢剌拂戾諸賁之氣也牢剌牢落乖剌也說文曰剌戾也左氏傳曰吴公子光享王鱄諸抽劒刺王說苑曰勇士孟賁水行不避蛟龍陸行不避虎狼節解句斷管商之制也史記曰管仲夷吾者潁上人也任政於齊又曰商君者衛之諸庶孼子也名鞅姓公孫氏好刑名之學秦封之於商號商君條決繽紛申韓之察也言科條能分決繽紛能整

理也史記曰申不害者京人也學本於黃老而主刑名又曰韓非者韓之諸公子也喜刑名法術之學見韓稍弱數以書諫韓王王不能用乃觀王者得失之變作孤憤五蠹說林十萬言秦王見其書曰嗟乎寡人得見與之游死不恨**繁縟駱驛范蔡之說也**辭旨繁縟又相連續也說文曰縟彩飾也范雎蔡澤並辯士也范雎已見西京賦蔡澤見歸田賦**犛櫟銚䛔晳龍之惠也**犛櫟銚䛔皆分別節制之貌犛音棃櫟音歷銚他堯切䛔胡麥切左氏傳曰鄭駟歂殺鄧晳而用其竹刑杜預曰鄧晳鄭大夫也史記曰公孫龍趙人爲堅白同異之辯晉太康地記曰汝南西平縣有淵水可用淬刀劒特利故有堅白之論云黃以爲堅白以爲利也或辯之曰白所以爲不堅黃所以爲不利也**上擬法於韶箾南籥**左氏傳昭二十九年吳公子札來聘魯人爲奏四代樂見舞韶箾者曰德至哉杜預曰舜樂也音簫又曰見舞象箾南籥者曰美哉杜預曰象箾舞者所執南籥舞也文王樂也南言文王化自北而南謂從岐周被江漢也爾雅釋樂曰大籥謂之産注籥如笛三孔而短小廣雅曰七孔箾音簫**中取度於白雪淥水**宋玉諷賦曰臣援琴而鼓之作幽蘭白雪之曲淮南子曰手會淥水之趣高誘曰淥水古詩**下采制於延露巴人**淮南子曰歌采菱發陽阿鄙人聽之不若延露以和宋玉對問曰客有歌於郢中者其始曰下里巴人**是以尊**

畀都鄙賢愚勇懼毛萇詩傳曰子都世之美好者鄙陋也呂氏春秋曰愚智勇懼可得而知魚鼈禽獸聞之者莫不張耳鹿駭熊經鳥申鵖眎狼顧拊譟踴躍鹽鐵論曰邊境無鹿駭狼顧之憂淮南子曰鵖視而狼顧熊經而鳥申此養形之人也莊子音義曰熊經若熊之舉樹而引氣也各得其齊人盈所欲禮記曰樂者樂也君子樂得其道小人樂得其欲齊分限也在細切皆反中和以美風俗禮記曰喜怒哀樂之未發謂之中發而皆中節謂之和漢書王尊曰廣教化美風俗屈平適樂國介推還受禄言各反其常性也屈平屈原也必適樂國而求仕不沈湘流以殞身也史記屈原者名平楚人同姓爲懷王左司徒爲上官大夫心害其能讒平及懷王卒襄王立又爲令尹子蘭使上官大夫短屈原於襄王王怒而遷之原至江南乃作懷沙賦於是懷石因投汨羅以死也今言屈平聞此笛聲即還之楚國不投汨羅而死下他皆放此毛詩曰適彼樂國左氏傳僖二十四年晉侯賞從亡者介之推不言禄禄亦不及推曰獻公之子九人唯君在矣惠懷無親内外弃之天未絶晉必將有主主晉祀者非君而誰而二三子以爲己力不亦誣乎其母曰盍亦求之以死誰懟曰尤而效之其又甚焉其母曰能如是乎與汝皆隱遂死而晉侯求之不獲以綿上爲之田澹臺

載尸歸皐魚節其哭博物志曰澹臺滅明之子溺死於江弟子欲收而葬之明止之曰螻蟻何親魚鼈何仇弟子曰何夫子之不慈乎對曰生爲吾子死非吾鬼遂不收葬韓詩外傳曰孔子出行聞有哭聲甚悲則皐魚也披褐擁劍哭於路左孔子下車而問其故對曰吾少好學周流天下以後吾親死一失也高尚其志不事庸君而晚仕無成二失也少擇交遊寡親友而老無所託三失也夫樹欲靜而風不止子欲養而親不待往而不可反者年也逝而不可追者親也吾於是辭矣立哭而死孔子謂弟子曰識矣於是門人辭歸養親者一十三人

長萬輟逆謀渠彌不復惡左傳曰莊十二年長萬南宮萬也弑宋閔公於蒙澤蒙澤宋地梁國有蒙縣南宮氏長萬名也左傳曰桓十二年傳云初鄭伯將以高渠彌爲卿昭公惡之固諫不聽昭公立懼其殺己辛夘殺昭公而立公子亹君子謂昭公知所惡矣公子達曰高伯其爲戮乎復惡已甚矣注曰公子達魯大夫復重本爲昭公所惡而復殺君重也昭公鄭莊公子忽姓高渠彌名也鄭家大將欲爲卿

蒯聵能退敵不占成節鄂左傳曰定十四年衛靈公逐太子蒯聵太子奔宋至哀公二年衛靈公卒而立蒯聵之子輒爲衛侯晉趙鞅乃納蒯聵于戚至哀三年衛石姑帥師圍之父子爭國爲讎敵也韓詩外傳云不占陳不占也齊人崔杼弑莊公陳不占聞君有難將往赴之食則失哺上車失軾其僕曰敵在數百里外而懼怖如是雖往其益乎占曰死君

之難義也無勇私也乃驅車而奔之至公門之外聞鼓戰之聲遂駭而死君子謂不占無勇而能行義可謂志士矣愕直也從邑者乃地名也非此所施也字林曰鄂直言也謂節操謇鄂而不怯懦也王公保其位隱處安林薄楚辭曰露新夷死林薄王逸曰草木交曰薄宦夫樂其業士子世其宅淮南子曰古者至德之時農安其業大夫安其職而處士脩其道鱓魚喁於水裔仰駟馬而舞玄鶴韓詩外傳曰昔伯牙鼓琴而淫魚出聽瓠巴鼓琴而六馬仰沫淮南子瓠巴鼓瑟而淫魚出聽注曰瓠巴楚人也亦善於瑟淫魚出頭於水而聽之淮南子水濁則魚噞喁政苛則人亂注楚人噞喁魚出頭也淮南子伯牙鼓琴而駟馬仰秣即頭去謂馬笑韓子師曠援琴一奏有玄鶴二八來集再奏而列三奏延頸而鳴舒翼而舞尚書大傳曰虞舜歌樂曰和伯之樂舞玄鶴于時也緜駒吞聲伯牙毀絃孟子淳于髡曰昔緜駒處高唐而齊右善歌伯牙巳見上瓠巴聑柱磬襄弛懸列子曰瓠巴鼓琴而鳥舞魚躍孫卿子曰昔瓠巴鼓琴潛魚出聽江遯文釋曰瓠巴齊人也說文曰聑安也丁篋切論語曰擊磬襄入于海周禮曰大憂令弛懸鄭玄曰弛釋下也懸鍾格也留眎矃眙累稱屢讚字林曰矃直視貌蒼頡篇曰矃直下視貌丑庚切字林曰眙驚貌勑吏切失容墜席搏

拊雷抃廣雅曰搏擊也說文曰抃撫手也雷抃聲如雷也

僬眇睢維涕洟流漫僬眇睢維目開合之貌僬子小切方言曰眇小也士小切聲類曰睢大視也字林曰睢仰目也許惟切字林曰維持也周易曰齎咨涕洟王弼曰齎咨嗟嘆之聲也說文曰洟鼻液也勑計切

是故可以通靈感物寫神喻意喻曉也禮記曰樂和故萬物皆化言可以通於神靈感致萬物舒寫精神曉喻志意也

致誠効志率作興事致極也効驗也尚書咎繇曰率作興事愼乃憲欽哉孔安國曰憲法也天子率臣下爲起治事當愼汝法度敬其職也

溉盥汙濊澡雪垢滓矣毛萇詩傳曰溉滌也古載切本或爲槩音義同禮記曰食於簋者盥亦滌也公緩切說文曰濊水多也澡洗手也莊子曰澡雪而精神高誘淮南子注曰雪拭也說文曰滓瀲也滓壯里切瀲音殿

昔庖羲作琴神農造瑟庖羲即伏羲也琴操曰昔伏羲氏之作琴所以修身理性反天眞也淮南子曰神農之初作瑟以歸神反望及其天心也

女媧制簧暴辛爲塤禮記曰女媧之笙簧世本曰女媧作簧暴辛爲塤宋均曰女媧黃帝臣也暴辛周平王時諸侯作塤有三孔郭璞爾雅注曰塤燒土爲之大如雞卵塤虛袁切

倕之和鐘叔之離磬禮記曰垂之和鐘叔之離磬鄭玄曰垂堯之共工也

世本曰叔舜時人和離謂次序其聲縣也或鑠金礱石華晥切錯皆理器之名也樂汁圖徵曰鑠金爲鐘四時九乳鑠金雖出樂緯此金謂黃金摠飾衆器非止鐘也賈逵注傳曰消鑠也說文曰金有五色黃爲長鑠與爍同國語張老曰天子之室斲其椽而礱之加密石焉韋昭曰礱磨也力東切禮記曰華而晥大夫之簀與鄭玄曰華畫也說者以晥爲刮節目也晥胡綰切爾雅曰骨謂之切犀謂之剒毛萇詩傳曰治骨曰切尚書曰錫貢磬錯孔安國曰治玉曰錯丸挻彫琢刻鏤鑽笮韓詩曰松栢丸丸薛君曰取松與栢然則丸取也漢書音義如淳曰挻擊也舒連切一作埏老子曰埏埴以爲器河上公注曰埏和也埴土也和土爲食飲之器也淮南子曰陶人克埏埴許重曰埏抒也埴土爲也爾雅玉謂之彫石謂之琢郭璞曰治玉石也爾雅曰金謂之鏤木謂之刻郭璞曰治器之名也說文曰鑽所以穿也又曰鑿穿木也國語臧文仲曰中刑用刀鋸其次用鑽笮韋昭注爲笮而賈逵注爲鑿然笮與鑿音義同也鑽子丸切窮妙極巧曠以日月然後成器其音如彼解嘲曰曠以日月唯笛因其天姿不變其材伐而吹之其聲如此天姿天然之姿也蓋亦簡易之義賢人之業也周易曰乾以易知坤以簡能易則易知簡則易從易知則有親易從則有功有親則可久

有功則可大可久則賢人之德可大則賢人之業此言簡易不煩劇也若然六器者猶以二皇聖哲黈益六器琴瑟笙簧塤鐘磬淮南子曰二皇鳳至於庭高誘曰二皇伏羲神農也聖哲謂女媧暴辛垂叔之流黈猶演也他斗切況笛生乎大漢而學者不識其可以裨助盛美忽而不讃悲夫説文曰裨益也婢移切有庶士丘仲言其所由出而不知其引妙尚書曰庶邦庶士風俗通曰笛武帝時丘仲所作其辭曰近世雙笛從羌起羌人伐竹未及已風俗通曰笛元羌出又有羌笛然羌笛與笛二器不同長於古笛有三孔大小異故謂之雙笛龍鳴水中不見己截竹吹之聲相似見胡鍊切己謂龍也剡其上孔通洞之裁以當簻便易持麤麤者曰簻細者曰杖言裁笛以當簻故便而易持也簻馬策也竹瓜切裁或爲材易京君明識音律故本四孔加以一君明所加孔後出是謂商聲五音畢漢書曰京房字君明漢武帝時人也修易尤好鐘律知五聲然京房修易故曰易京笛本四孔京加

一孔於下爲商聲故謂五音畢沈約宋書曰笛京房備其五音言易京者猶如莊周蒙人謂蒙莊及磬襄宋翟之比

琴賦并序

尸子曰舜作五絃之琴以歌南風南風之薰兮可以解吾人之慍是舜歌也白虎通曰琴者禁也禁人邪惡歸於正道故謂之琴

嵇叔夜 臧榮緒晉書曰嵇康字叔夜譙國人幼有奇才博覽無所不見拜中散大夫以呂安事誅

余少好音聲長而翫之杜預左氏傳注曰翫習也以爲物有盛衰而此無變文子曰夫物盛則衰滋味有猒而此不勌莊子曰聲色滋味之於人心不待學而樂之左氏傳闇没女寬曰及饋之畢願以小人之腹爲君子之心屬猒而已說文曰猒從甘田犬會意字也可以導養神氣宣和情志管子曰導血氣而求長年淮南子曰古之人神氣不蕩乎外處窮獨而不悶者莫近於音聲也孟子曰柳下惠遺佚而不怨阨窮而不憫是故復之而不足則吟詠以肆志吟詠之不足則寄言以廣意毛詩序曰言之不足故詠歌之詠歌之不足不知手

之舞之杜預左氏傳注曰肆申也尚書曰詩言志然八音之器歌舞之象歷世才士並爲之賦頌其體制風流莫不相襲淮南子曰晚世風流俗敗禮義廢仲長子昌言乘此風順此流而下走誰復能爲此限者哉孔安國尚書傳曰襲因也稱其材幹則以危苦爲上賦其聲音則以悲哀爲主美其感化則以垂涕爲貴麗則麗矣然未盡其理也高誘戰國策注曰麗美麗也推其所由似元不解音聲覽其旨趣亦未達禮樂之情也趣意也禮記曰故知禮樂之情者能作衆器之中琴德最優桓譚新論曰八音廣博琴德最優馬融琴賦曰曠三奏而神物下降何琴德之深哉故綴敘所懷以爲之賦其辭曰

惟椅梧之所生兮託峻嶽之崇岡毛詩曰椅桐梓漆爰伐琴瑟毛萇曰椅梓屬也史記曰龍門有桐樹高百尺無枝堪爲琴披重壤以誕載兮參辰極而高驤披開也重

壤謂地也泉壤稱九故曰重也毛萇詩傳曰誕大也載生也爾雅曰北極北辰也孔安國尚書傳曰襄上也驤與襄同含天地之醇和兮吸日月之休光謂包含天地醇和之氣引日月光明也周易曰天地絪緼萬物化醇鬱紛紜以獨茂兮飛英蕤於昊蒼說文曰蕤草木花貌汝誰切夕納景于虞淵兮旦晞幹於九陽納藏也淮南子曰日入于虞淵之汜又曰入于虞淵是謂黃昏高誘曰視物黃也晞乾也幹本也楚辭曰夕晞余身乎九陽王逸曰九陽謂九天之崖也經千載以待價兮寂神跱而永康論語子曰我待價者也價者物之數也康安也且其山川形勢則盤紆隱深確嵬岑嵓盤曲紆屈隱幽深邃也崔嵬高峻之貌岑嵓危嶮之形字林曰嵒山巖也互嶺巉巖岝崿嶇崟皆山石崖巘嶮峻之勢丹崖嶮巇青壁萬尋若乃重巘增起偃蹇雲覆偃蹇高貌言高在上偃蹇然如雲覆下也邈隆崇以極壯崛巍巍而特秀巍巍高大貌廣雅曰秀出也蒸靈液以播雲據神淵

而吐溜蒸氣上貌言山能蒸出雲以沾潤萬物播布也孔子曰夫山者典吐風雲以通乎天地之間說文曰津液也溜水流也爾乃顛波奔突狂赴爭流觸巖觝隈鬱怒彪休觝至也隈水曲也彪休怒貌洶涌騰薄奮沫揚濤灄汨澎湃蜿蟺相糾灄汨去疾貌澎湃相戾之形也蝁蟺展轉也糾繚也蝁於阮切蟺音善糾巳蚪切放肆大川濟乎中州肆猶縱也中州猶中國也安回徐邁寂爾長浮安回波靜遠去象上林賦曰安翔徐回又曰寂漻無聲澹乎洋洋縈抱山丘說文曰澹水搖也詳觀其區土之所產毓奧宇之所寶殖廣雅曰奧藏也毛萇詩傳曰宇居也珍怪琅玕瑤瑾翕赩高唐賦曰珍怪奇偉尚書曰球琳琅玕皆美玉名說文瑾玉名翕赩盛貌詩傳曰赩赤色貌叢集累積奐衍於其側蒼頡篇曰奐散貌衍溢也若乃春蘭被其東沙棠殖其西楚辭曰春蘭兮秋菊山海經曰崑崙之丘有木焉其狀如棠而黃華赤實其味如李而無核名曰沙棠御水人食之使不溺涓子宅其陽玉

醴涌其前列仙傳曰涓子者齊人好餌朮著天地人經三十八篇釣於澤得符鯉魚中隱於宕山能致風雨造伯陽九山法淮南王少得文不能解其音旨其琴心三篇有條理焉楊雄太玄賦曰茹芝英以禦飢飲玉醴以解渴宋玉笛賦曰丹水涌其左醴泉流其右玄雲蔭其上翔鸞集其巔清露潤其膚惠風流其間邊讓章華臺賦曰惠風春施竦肅肅以靜謐密微微其清閑爾雅曰謐靜也微微幽靜也夫所以經營其左右者固以自然神麗而足思願愛樂矣東都主人曰闕庭神麗於是遯世之士榮期綺季之疇周易曰遯世無悶列子曰孔子遊於泰山見榮啓期行乎郕之野鹿裘帶索鼓琴而歌孔子曰先生何以爲樂曰天地萬物惟人爲貴吾得爲人一樂也男貴女賤吾得爲男二樂也生有不見日月不免繈褓者吾年九十是三樂也貧者士之常死者人之終處常得終復何憂乎孔子曰能自寬也班固漢書曰漢興有東園公綺季夏黃公角里先生當秦之時避世而入商洛深山以待天下之定卽四皓也皇甫謐高士傳曰四皓皆河內軹人一曰在汲乃相與登飛梁越幽壑飛梁橋也甘泉賦曰歷側景而絕飛梁援瓊枝陟

峻崿以遊乎其下莊子曰南方生樹名瓊枝周旋永望邈若凌飛言若鳥之凌飛左氏傳史克曰奉君以周旋邪睨崑崙俯闞海湄說文曰睨邪視也崑崙山名也闞視也毛萇詩傳曰水草交曰湄指蒼梧之迢遞臨迴江之威夷漢書有蒼梧郡山海經曰南方蒼梧之丘其中有九嶷山舜之所葬在長沙零陵界洞簫賦曰迴江流川而溉其山韓詩曰周道威夷悟時俗之多累仰箕山之餘輝高士傳曰堯讓位於許由由辭曰鷦鷯巢在深林不過一枝偃鼠飲河不過滿腹隱乎沛澤堯讓不已於是遁於中岳潁水之陽箕山之下死因葬於箕山之巔十五里堯因就封其墓號曰箕公子仲武陽城槐里人也呂氏春秋曰昔堯朝許由於沛澤之中曰請屬天下於夫子許由遂之箕山之下羡斯嶽之弘敞心慊慨以忘歸西京賦曰赫昈昈以弘敞爾雅曰慊慨樂也史記曰穆天子見西王母樂之忘歸情舒放而遠覽接軒轅之遺音軒轅黃帝也遺音謂琴也慕老童於騩隅欽泰容之高吟山海經曰騩山神耆童居之其音常如鐘磬音郭璞曰耆童老童也顓頊之子山海經曰顓頊生老童思玄賦曰太容吟曰念哉騩山在三危西九十里顧茲

梧而與慮思假物以託心莊子曰不以身假物乃斷孫枝准量所任說文曰斵斫也張衡應問曰可剖其孫枝鄭玄周禮注曰孫竹枝根之末生者也蓋桐孫亦然至人攄思制爲雅琴莊子曰不離於眞謂之至人又曰至人無已神人無功郭象曰無已故順物順物而至劉向有雅琴賦乃使離子督墨匠石奮斤孟子曰離婁黃帝時人黃帝亡其玄珠使離婁索之能視百里之外見秋毫之末離子離朱也淮南子曰離朱之明察鍼末於百步之外桉愼子爲離珠周禮禁督逆祀者鄭玄曰督正也字書曰督察也莊子曰匠石之齊見櫟社樹觀者如市匠石不顧司馬彪曰匠石字伯夔襄薦法般倕騁神夔及師襄班垂並已見上文鏤會㲄廁朗密調均鏤會謂鏤鏤其縫會也㲄廁謂㲄纏其塡廁之處也說文曰㲄纏也廣雅曰廁間也華繪彫琢布藻垂文孔安國尚書傳曰繪會五彩也胡憒切錯以犀象籍以翠綠犀象二獸名翠綠二色也紘以園客之絲徽以鍾山之玉列仙傳曰園客者濟陰人也常種五色香草積數十年食其實一旦有五色神蛾止香樹末客收而薦之以布生桑蠶焉時有好女夜至自稱我與君作妻道蠶狀客與俱蠶得百頭繭皆如甕繅繭六十日乃盡

訖則俱去莫知所如淮南子曰譬若鍾山之玉許慎曰鍾山北陸無日之地出美玉 爰有龍鳳之象古人之
形西京雜記曰趙后有寶琴曰鳳凰皆以金玉隱起爲龍螭鸞鳳古賢列女之像 伯牙揮手鍾期聽聲廣雅
曰揮動也呂氏春秋曰伯牙鼓琴鍾子期聽之志在泰山鍾子期曰善哉巍
巍乎若太山須臾志在流水子期曰湯湯乎若流水子期死伯牙破琴絕
絃終身不復鼓琴以爲世無賞音列子曰伯牙善鼓琴鍾子期聽伯牙鼓
琴每奏鍾期輒窮其趣伯牙捨琴而嘆曰善哉子之聽夫志相象猶吾心
也吾於何逃聲哉 華容灼爚發采揚明何其麗也說文曰灼明也又曰爚火光也 伶
倫比律田連操張漢書曰黃帝使伶倫自大夏之西崑崙之陰取竹之嶰谷斷兩節閒而吹之以爲黃鍾之宮制
十二籥以聽鳳凰之音以比黃鍾之宮皆可以生之是爲律本韓子曰田
連成竅天下善鼓琴者也然而田連鼓上成竅撫下而不成曲或曰成連
古之善音者琴操伯牙學琴於成連先生先生曰吾能傳曲而不能移情
吾師有方子春善於琴能作人之情今在東海上子能與我同事之乎伯
牙曰夫子有命敢不敬從乃相與至海上見子春受業焉 進御君子新聲憀亮何其偉也
憀亮聲清徹貌亦與聊字義同 及其初調則角羽俱起宮徵相證王逸楚辭注曰

證驗也參發並趣上下累應躍踔磦硌美聲將興廣雅曰蹠踔無常也磦硌壯大貌磦與磊砢同力罪切固以和昶而足躭矣廣雅曰昶通也勑兩切爾乃理正聲奏妙曲揚白雪發清角淮南子曰師曠奏白雪而神禽下白雪五十弦瑟樂曲未詳韓子曰昔衛公之晉於濮水上宿夜有鼓新聲者召師涓撫琴寫之公遂之晉晉平公曰試聽之師曠援琴一奏有玄鶴二八來舞再奏而列三奏延頸鳴舒而舞音中宮商師曠曰不如清角師曠奏之有雲從西北方起之大風起天雨隨之此言感天地清角爲勝宋玉對問曰其爲陽春白雪韓子師曠曰清徵之聲不如清角紛淋浪以流離奐淫衍而優渥粲奕奕而高逝馳岌岌以相屬廣雅曰奕奕盛貌王逸楚辭注曰岌岌高貌沛騰遌而競趣翕韡曄而繁縟韡曄盛貌繁縟聲之細也郭璞爾雅注曰遌相觸遌也狀若崇山又象流波浩兮湯湯鬱兮峩峩列子曰伯牙鼓琴志在登高山鍾子期曰善哉峩峩兮若泰山志在流水巳見上文怫愲煩寃紆餘婆娑怫愲煩寃聲蘊積不安貌怫扶味切愲音渭風賦曰勃鬱

頌寃上林賦曰紆餘委蛇陵縱播逸霍濩紛葩言聲陵縱播布而起霍濩然似水聲紛葩開張貌霍濩盛貌魯靈光殿賦曰霍濩燐亂檢容授節應變合度競名擅業安軌徐步洋洋習習聲烈遐布含顯媚以送終飄餘響乎泰素含顯媚之聲以送曲終也列子曰太素者質之始也若乃高軒飛觀廣夏閑房子虛賦曰軒長廊之有牕冬夜肅清朗月垂光新衣翠粲纓徽流芳翕呷翠粲張揖曰翠粲衣聲也班婕妤自傷賦曰紛翠粲兮紈素聲洛神賦曰披羅衣之璀粲粲字雖不同其義一也爾雅曰婦人之徽謂之縭郭璞曰今之香纓也於是器冷絃調心閑手敏毛萇詩傳曰閑習也觸⿰扌毘如志唯意所擬說文曰批反手擊也與⿰扌毘同蒲結切如志謂如其志意初涉淥水中奏清徵淥水已見上文韓子曰師曠奏清徵有玄鶴二八集廊門雅昶唐堯終詠微子七略雅暢第十七曰琴道曰堯暢逸又曰達則兼善天下無不通暢故謂之暢昶與暢同又曰微子操微子傷殷之將亡終不可奈何見鴻鵠高飛援琴作操寬明弘潤優遊

躇跱躇跱躊躇踈跱掚紾安歌新聲代起楚辭曰翔江州而安歌王逸曰安意歌吟也漢書曰李延年善歌爲新變之聲謌曰凌扶搖兮憩瀛洲要列子兮爲好仇爾雅曰扶搖風也莊子曰扶搖而上者九萬里史記曰瀛洲海中神山也列子曰勃海之中有山曰瀛洲莊子列子御風泠然者風仙也劉向上列子表曰列子者鄭人與鄭繆公同時漢書曰列子名禦冦先莊子莊子稱之毛詩曰窈窕淑女君子好仇餐沆瀣兮帶朝霞眇翩翩兮薄天遊鄭玄曰餐夕食也說文曰餐吞也楚辭曰餐六氣而飲沆瀣兮漱正陽而食朝霞淩陽子明經曰夏食沆瀣沆瀣北方夜半氣也廣雅曰薄至也齊萬物兮超自得委性命兮任去留莊子有齊物篇楚辭曰漠靈靜以恬愉澹無爲而自得服鳥賦曰縱軀委命不私與己激清響以赴會何絃歌之絧繆會節會也論語曰子之武城聞絃歌之聲毛詩傳曰綢繆猶纏緜也於是曲引向闌衆音將歇引亦曲也半在半罷謂之闌改韻易調奇弄乃發揚和顏攘皓腕舞賦曰嚴顏和而怡懌洛神賦曰攘皓腕於神滸飛纖指以馳鶩紛𪘲譶以流漫𪘲譶

聲多也僁不及也師立切說文曰譶疾言也徒合切或徘徊顧慕擁鬱抑按盤桓毓養
從容祕翫廣雅曰盤桓不進貌從容舉動也毓與育同闛爾奮逸風駭雲亂闛疾貌七
發曰波湧而雲亂牢落凌厲布濩半散牢落猶遼落也洞簫賦曰翩緜連以牢落劉歆遂初賦曰過句注而
凌厲上林賦曰布濩宏澤甘泉賦曰半散照爛粲以成章豐融披離斐韡奐爛豐融盛貌風賦曰被麗披
離斐韡明貌斐敷尾切韡于鬼切風賦曰眴奐粲爛英聲發越采采粲粲廣雅曰英美也或
閒聲錯糅狀若詭赴言其狀若詭詐而相赴也鄭玄禮記注曰糅雜也雙美並進駢
馳翼驅駢併也翼疾貌蒼頡篇曰隨後曰驅初若將乖後卒同趣或曲而不
屈直而不倨左傳吳公子季札聞歌頌曰直而不倨曲而不屈杜預曰倨傲也居預切或相凌而不
亂或相離而不殊左氏傳曰武城人斷其後之木而不殊漢書音義曰殊猶絕也時劫掎以
慷慨或怨嫿而躊躇說文曰掎偏引也嫿嬌也子庶切或作姐古字通假借也姐子也切韓詩曰愛而不

見搔首躊躇躊躇猶躑躅也忽飄飆以輕邁乍留聯而扶疏言扶疏四布也或
參譚繁促複疊攢仄參譚相隨貌參七感切譚徒感切一音並依字攢仄聚聲長笛賦曰踾蹴攢仄從
横駱驛奔遯相逼魯靈光殿賦曰從横駱驛拊嗟累讚間不容息淮南
子曰時之反側間不容息高誘曰不容氣息促之甚也瓌豔奇偉殫不可識高唐賦曰譎詭奇偉不可究陳
若乃閑舒都雅洪纖有宜說文曰閑雅也毛萇詩傳曰都閑也清和條昶
案衍陸離案衍不平貌上林賦曰陰淫案衍之音衍弋戰切廣雅曰陸離參差也穆温柔以怡
懌婉順敘而委蛇毛萇傳曰婉然美貌委蛇聲長貌鄭玄毛詩箋曰委蛇委曲自得之貌或乘險
投會邀隙趨危會節會也邀要也嚶若離鵾鳴清池翼若游鴻
翔曾崖蒼頡篇曰嚶嚶鳥聲也琴道曰操似鴻鴈詠之聲張衡舞賦曰含清哇而吟詠若離鵾鳴姑耶紛文斐
尾慊縿離纚紛文斐尾文彩貌慊縿離纚羽毛貌微風餘音靡靡猗猗

靡靡順風貌猗猗衆盛貌或摟挽櫟捋縹繚潎冽摟挽櫟捋皆手撫紾之貌爾雅曰摟牽也劉熙孟子注曰摟牽也力頭切說文曰挽反手擊也廣雅曰櫟擊也毛詩曰薄言捋之傳曰捋取也縹繚潎冽聲相糾激之貌說文曰繚纏也上林賦曰轉騰潎冽潎冽水波浪貌言聲似也輕行浮彈明嫿睽慧說文曰嫿靜好也睽察也七祭切疾而不速留而不滯左氏傳吳公子札觀頌曰處而不底行而不流淮南子曰流而不滯翩緜飄邈微音迅逝遠而聽之若鸞鳳和鳴戲雲中迫而察之若衆葩敷榮曜春風古本葩字爲此芫郭璞三蒼䒷爲古花字今讀音于彼切字林音于彼切張衡思玄賦曰天地烟煴百卉含蘤鳴鶴交頸雎鳩相和以韻推之所以不惑既豐贍以多姿又善始而令終字書曰贍足也封禪書曰豈不善始善終哉毛詩曰高朗令終令善也嗟姣妙以引麗何變態之無窮西京賦曰盡變態乎其中若夫三春之初麗服以時班固終南山賦曰三春之季孟夏之初纂要曰一時三月謂之三春九十日謂之九春西京賦曰麗服揚菁乃攜友生以遨以嬉毛詩曰雖有兄

弟不如友生又曰以遨以遊說文曰嬉樂也涉蘭圃登重基春秋運斗樞曰山者地之基背長林翳華芝甘泉賦曰登夫鳳皇而翳華芝臨清流賦新詩楚辭曰竊賦詩之所明王逸曰賦鋪也嘉魚龍之逸豫樂百卉之榮滋樂動聲儀孔子曰風雨動魚龍仁義動君子歸田賦曰百卉滋榮理重華之遺操慨遠慕而長思重華謂舜也琴道曰舜操者昔虞舜聖德玄遠遂升天子喟然念親巍巍上帝之位不足保援琴作操若乃華堂曲宴密友近賓蘭肴兼御旨酒清醇邊讓章華臺賦曰蘭肴山竦椒酒淵流毛詩曰旨酒思柔醇厚也進南荊發西秦南荊即荊豔楚舞也古妾薄命行歌曰齊謳楚舞紛紛漢書有秦倡員紹陵陽度巴人宋玉對問曰既而曰陵陽白雪國中唱而和之者彌寡雰然集所載與文選不同各隨所用而引之又對曰客有歌於郢中者始曰巴人變用雜而並起竦衆聽而駭神料殊功而比操豈笙籥之能倫若次其曲引所宜則廣陵止息東武太山廣陵等曲今並猶存未詳

所起應璩與劉孔才書曰聽廣陵之清散傅玄琴賦曰馬融譚思於止息魏武帝樂府有東武吟曹植有太山梁甫吟左思齊都賦注曰東武太山皆齊之土風謡歌謳吟之曲名也然引應及傅者明古有此曲轉以相證耳非嵇康之言出於此也佗皆類此

飛龍鹿鳴，鵾雞遊絃。

漢書曰房中樂有飛龍章毛詩序曰鹿鳴宴羣臣也蔡邕琴操曰鹿鳴者周大臣之所作也王道衰大臣知賢者幽隱故彈絃風諫古相和歌者有鵾雞曲遊絃未詳

更唱迭奏，聲若自然。

高唐賦曰更唱迭和

流楚窈窕，懲躁雪煩。

言流行清楚窈窕之聲足以懲止躁競雪蕩煩懣也懲直陵切

下逮謡俗，蔡氏五曲。

歌録曰空侯謡俗行蓋亦古曲未詳本末俗傳蔡氏五曲遊春渌水坐愁秋思幽居也

王昭楚妃，千里別鶴。猶有一切，承閒簉乏，亦有可觀者焉。

琴操曰王襄女漢元帝時獻入後宮以妻單于昭君心念鄉土乃作怨曠之歌歌録曰石崇楚妃歎歌辭曰楚妃歎莫知其所由楚之賢妃能立德著勳垂名於後唯樊姬焉故令歎詠聲永世不絶疑必爾也相鶴經曰鶴一舉千里蔡邕琴操曰商陵牧子娶妻五年無子父兄欲爲改娶牧子援琴鼓之歎別鶴以舒其憤懣故曰別鶴操鶴一舉千里故名千里別鶴也崔豹古今注曰別鶴操商陵牧子所作也牧子娶妻五年無子父母將爲之改娶妻

聞之中夜起聞鶴聲倚戶而悲牧子聞之愴然歌曰將乖比翼隔天端山川悠遠路漫漫攬衣不寢食後人回以爲樂章也漢書音義曰一切權時也遷已見上文然非夫曠遠者不能與之嬉遊非夫淵靜者不能與之閑止莊子老聃曰其居也淵而靜非夫放達者不能與之無吝說文曰吝亦貪惜也非夫至精者不能與之析理也周易曰非天下之至精其孰能與於此莊子曰判天下之美析萬物之理若論其體勢詳其風聲器和故響逸張急故聲清說苑曰應侯與賈子坐聞有鼓瑟之聲應侯曰今瑟一何怨也賈子曰張急調下使之怨也夫張急者良材也調下者官卑也取良材而卑官之能無怨乎蔡邕月令章句曰凡絃之緩急爲清濁琴緊其絃則清縵則濁間遼故音庳絃長故徽鳴間遼謂絃間遼遠也絃長謂徽闊而絃長也阮籍樂論曰琵琶箏笛間促而聲高琴瑟之體間遼而音埤義與此同鄭玄周禮注曰庳短也音婢傅毅雅琴賦曰時促均而增徽接角徵而控商性絜靜以端理含至德之和平禮記曰絜靜精微易教也孝經曰昔者先王有至德要道禮記曰樂行血氣和平

誠可以感盪心志而發洩幽情矣說文曰泄除去也舞賦曰幽情形而外揚是故懷
戚者聞之莫不憯懍慘悽愀愴傷心字林曰慘毒也漢書音義郭璞曰愀變色貌說文曰
愴傷也憯七感切慘七敢切愀七小切含哀懊咿不能自禁字林曰懊咿内悲也列子曰喜懼抃舞不能自禁懊
於六切咿音伊其康樂者聞之則欨愉懽釋抃舞踊溢說文曰欨笑貌也况于切
留連瀾漫嗢噱終日服虔通俗篇曰樂不勝謂之嗢噱嗢烏沒切噱巨略切若和平者聽
之則怡養悅悆淑穆玄真廣雅曰養樂也恬虛樂古棄事遺身莊子
曰虛靜恬惔者道德之至也又曰棄事則形不勞是以伯夷以之廉顏回以之仁論語子曰伯夷
叔齊餓於首陽之下又曰顏回問仁子曰克己復禮爲仁列子子夏問孔子曰顏回之爲仁奚若子曰回之仁賢於丘比干以
之忠尾生以之信論語曰比干諫而死莊子盜跖曰尾生與女子不來水至不去抱柱而死高誘注淮南子曰尾生魯
人與婦人期於梁下不至而水溺死惠施以之辯給萬石以之訥慎莊子曰惠施多方其書五

車高誘曰惠施宋人仕魏爲惠王相漢書曰萬石君奮恭謹舉朝無比奮長子建次甲次乙慶皆以馴行孝謹官至二千石景帝曰石君及四子皆二千石人臣尊寵迺舉集其門凡號奮爲萬石君建郎中令奏下建讀之驚恐曰書馬者與尾而五今迺四不足一譴死矣其爲謹雖佗皆如是服虔曰作馬字下四而爲五建上書奏誤作四慶爲太僕御出上問車中幾馬慶策數馬舉手曰四馬孔安國曰訥遲鈍也其餘觸類而長所致非一同歸殊途或文或質周易曰引而伸之觸類而長之又曰天下同歸而殊途一致而百慮禮記曰虞夏之質殷周之文至矣捴中和以統物咸日用而不失禮記曰樂者天地之命中和之紀周易曰百姓日用而不知其感人動物蓋亦弘矣禮記曰樂其感人深于時也金石寢聲匏竹屏氣孔安國曰屏除也王豹輟謳狄牙喪味孟子淳于髡曰昔王豹處淇而河西善謳說文曰謳齊歌也淮南子曰淄澠之水合狄牙嘗而知之天吴踊躍於重淵王喬披雲而下墜山海經曰朝陽之谷有神名曰天吴是爲水伯其形首足尾並人面而色青楚辭曰譬若王喬之乘雲兮載赤霄而凌太清舞

鸑鷟於庭階，游女飄焉而來萃。說文曰：鸑鷟，鳳屬，神鳥也。國語曰：周文王時，鸑鷟鳴於岐山。韓詩曰：漢有游女，不可求思。薛君曰：游女，漢神也。言漢神時見，不可求而得之。列女傳曰：游女，漢水神。鄭大夫交甫於漢皋見之，聘之橘柚。張衡南都賦曰：游女弄珠於漢皋之曲。感天地以致和，況蚑行之衆類。禮記曰：聖人作樂以應天，制禮以應地。此則樂者天之和也。洞簫賦曰：蟋蟀蚸蠖，蚑行喘息，垂喙蜸轉，瞪瞢忘食。說文曰：蚑，行也。凡生之類行，皆曰蚑。嘉斯器之懿茂，詠茲文以自慰，永服御而不厭，信古今之所貴。懿，美也。傅毅雅琴賦曰：明仁義以厲己，故永御而密親。亂曰：愔愔琴德，不可測兮。劉向雅琴賦曰：游予心以廣觀，且德樂之愔愔。韓詩曰：愔愔，和悅貌。聲類曰：和靜貌。體清心遠，邈難極兮。良質美手，遇今世兮。紛綸翕響，冠衆藝兮。識音者希，孰能珍兮。古詩曰：不惜歌者苦，但傷知音希。能盡雅琴，唯至人兮。賈逵曰：唯，獨也。

笙賦周禮笙師掌教笙鄭衆曰笙十三簧爾雅曰大笙謂之簧郭璞曰列管匏中施簧管端白虎通曰笙者太簇之氣衆物之生也

潘安仁

河汾之寶有曲沃之懸匏焉河汾二水名也漢書曰汾水出汾陽北山又曰河東郡聞喜縣故曲沃也崔豹古今注曰匏瓠也有柄曰縣匏可爲笙曲沃者尤善鄒魯之珍有汶陽之孤篠焉漢書魯國有鄒縣有汶陽縣杜預曰汶水太山出萊蕪縣說文曰篠小竹戴凱之竹譜曰篠出魯郡堪爲笙也若乃緜蔓紛敷之麗浸潤靈液之滋隅隈夷險之勢禽鳥翔集之嬉鄭玄毛詩箋曰隅角也說文曰隅曲也固衆作者之所詳余可得而略之也賈逵國語注曰略猶簡也徒觀其制器也則審洪纖面短長周禮曰審曲面勢以飭五材鄭司農曰察五材曲直方面形勢之宜剫生簳裁熟簧剫割也

設宮分羽經徵列商泄之反謐厭焉乃揚鄭玄毛詩箋曰泄出也厭猶捻也於頰切亦作擫謂指擫也管攢羅而表列音要妙而含清長門賦曰聲幼要而復揚各守一以司應統大魁以爲笙言其管各守一聲以主相應統物也鄭玄禮記注曰魁猶首也大魁謂匏首揷定所也苦回切　今古怪切基黃鍾以舉韻望鳳儀以擢形毛萇詩傳曰基本也漢書黃帝使伶倫取竹斷兩節間而吹之以爲黃鍾之宮黃鍾律呂之長故言基也說文曰笙十三簧象鳳之身尚書曰鳳皇來儀寫皇翼以插羽摹鸞音以厲聲列管以象鳳翼也列仙傳曰王子喬好吹笙作鳳鳴鸞鳳類故通言之如鳥斯企翾翾歧歧司馬彪曰企望也景福殿賦曰鳥企山跱翾翾字林翾翾初起也歧歧飛行貌漢書音義曰歧歧將行貌明珠在咮若銜若垂郭璞爾雅注曰咮鳥口也音晝脩檛內辟餘簫外逶脩檛長管也辟開也餘簫衆管也逶逶迤漸邪之貌駢田獦攦魻鯀參差駢田聚也獦攦不齊也攦音歷魻鯀裝飾重疊貌魻音押鯀助甲切於是

乃有始泰終約前榮後悴激憤於今賤永懷乎故貴杜預左氏傳注曰泰奢也約儉也家語孔子曰激憤厲之志始柏子新論琴道曰雍門周見孟嘗君孟嘗君曰先生鼓琴亦能令人悲乎對曰臣之所能令悲者先貴而後賤故富而今貧於是雍門揮琴而孟嘗君流涕衆滿堂而飲酒獨向隅以掩淚說苑曰古人於天下譬一堂之上今有滿堂飲酒有一人獨索然向隅泣則一堂之人皆不樂韓詩外傳曰衆或滿堂而飲酒有人向而悲泣則一堂爲之不樂王者之於天下也有一物不得其所則爲之悽愴心傷盡祭不舉樂焉援鳴笙而將吹先嗢噦以理氣言將欲吹笙咽中先噦而理氣也說文曰嗢咽也又曰噦氣氣悟也嗢於忽切噦紆月切嗢噦或爲温穢謂先温煖去其垢穢調理其氣也初雍容以安暇中佛鬱以怫惘埤蒼曰佛鬱不安貌終嵬峩以蹇愕又颼遝而繁沸蹇愕正直之貌罔浪孟以惆悵若欲絶而復肆罔及浪孟皆失志之貌又云孟浪虛誕之聲也肆放也言聲將絶而復放懰檄糴以奔邀似將放而

中匱樧羅疾貌埤蒼劉宿留也樧音激愀愴惻淢虺韡煜熠愀愴惻淢悲傷貌虺韡熠盛多
貌淢與慽同況逼切廣雅曰煜熾也音育說文曰熠盛光也熠以入切汎淫氾豔霅曄岌岌
汎淫氾豔自放縱貌霅曄急疾貌霅素合切曄于怯切或桉衍夷靡或竦踊剽急夷靡
平而漸靡也或既往不反或已出復入徘徊布濩渙衍葺襲
葺襲重貌舞既蹈而中輟節將撫而弗及言以笙聲爲主故舞者足蹈中止而待之
歌者將撫節而恐不及樂聲發而盡室歡悲音奏而列坐泣列子秦青曰昔
韓娥爲曼聲哀哭一里老幼悲愁垂涕相對復爲曼聲長歌一里老幼喜躍抃舞不能自禁摛纖翮以震幽
簧越上筩而通下管摛指捻也奴協切翮管也其形類羽故曰翮也周易曰震動也呂氏春秋曰伶
倫制十二筩說文曰筩斷竹也徒東切應吹噏以往來隨抑揚以虛滿翕虛及切虛滿
謂隨氣虛滿也勃慷慨以憀亮顧躊躇以舒緩憀亮聲清也聲類曰憀旦也音留

廣雅曰躊躇猶豫也輟張女之哀彈，流廣陵之名散。閔洪琴賦曰汝南鹿鳴張女羣彈然蓋古曲未詳所起詠園桃之夭夭，歌棗下之纂纂。魏文帝園桃行曰夭天園桃無子空長虛美難假偏輪不行古咄唶歌曰棗下何攢攢榮華各有時棗欲初赤時人從四邊來棗適今日賜誰當仰視之攢聚貌纂與攢古字通歌曰：棗下纂纂，朱實離離。毛詩曰其實離離毛萇曰離離垂也宛其落矣，化爲枯枝。毛詩曰宛其死矣毛萇曰宛死貌人生不能行樂，死何以虛謚爲。楊惲與孫會宗書曰人生行樂耳謚法曰謚者行之迹也爾乃引飛龍，鳴鵾雞，雙鴻翔，白鶴飛，飛龍鵾雞已見上文古樂府有飛來雙白鶴篇子喬輕舉，明君懷歸，荆王喟其長吟，楚妃歎而增悲。歌録曰吟歎四曲王昭君楚妃歎楚王吟王子喬皆古辭荆王子喬其辭猶存夫其悽戾辛酸，嚶嚶關關，若離鴻之鳴子也。爾雅曰關關嚶嚶音和也含㖽嘽諧，雍雍喈喈，若羣鶵之從母也洞簫賦曰瞋啯啁以紆鬱禮記嘽諧慢易繁文簡節之音作而民康樂爾雅曰雍雍和也毛萇詩傳曰喈喈和聲遠聞也歌錄步出夏門行古辭歌曰鳳凰鳴啾啾一母從九鶵郁捋劫悟泂宏融裔郁捋口循孔貌劫悟氣相衝激泂宏聲大貌融裔聲長貌說文曰泂下深也哇咬嘲啁一何察惠舞賦曰吐哇咬則發皓齒說文曰哇謟聲也咬淫聲也楚辭曰鵾雞嘲哳而悲鳴哇咬嘲哳聲繁細貌訣厲悄切又何磬折訣厲謂決斷清冽也悄切憂貌磬折言其聲若磬形之曲折也若夫時陽初暖臨川送離神農本草曰春夏爲陽莊子曰暖然似春楚辭曰登山臨水送將歸酒酣徒擾樂闋日移漢書音義應劭曰不醒不醉曰酣擾謂擾攘裝飾也鄭玄曰闋終也蹀客始闌主人微疲韓子曰穰歲之秋蹀客畢食文穎漢書注曰闌言希也謂飲酒半罷半在謂之闌弛紵韜籥徹塤屏篪杜預左氏傳注曰弛解也韜藏也紵謂琴瑟也孔安國論語注曰徹去也屏除也廣雅曰長琴三尺六寸六分五紵瑟二十七弦也爾雅曰大籥謂之產郭璞注曰籥如笛三孔而狹小廣雅曰七孔大塤謂之嘂郭璞注曰

燒土爲之大如鵝子銳上平底形似稱錘六孔小者如雞子大䶵謂之嘂郭璞曰䶵竹爲也尺四寸圍三寸一孔上出三寸分右翹横吹之小者尺二寸廣雅曰六七孔也爾乃促中筵攜友生解嚴顔擢幽情舞賦曰嚴顔和而怡懌幽情形而外揚披黄包以授甘傾縹瓷以酌酃尚書曰厥包橘柚說文曰縹青白色字林瓷白瓶長頸大禺切鄒陽酒賦曰醪醴既成綠瓷既啓又曰其品類則沙洛淥酃鄔鄉若下齊公之情吴録地理志曰湘東酃以爲酒有名光歧儼其偕列雙鳳嘈以和鳴光華飾也歧衆管也以其分别故謂之歧或作伎謂光華之伎也西京雜記曰成帝侍郎善鼓琴能爲雙鳳之曲晉野悚而投琴況齊瑟與秦箏子野師曠字晉人故曰晉野杜預左氏傳注曰悚懼也史記蘇秦說齊王曰臨菑其民無不吹竽鼓瑟歌録有美人篇齊瑟行風俗通曰箏蒙恬所造楚辭曰扶秦箏而彈徽新聲變曲奇韻横逸縈纏歌鼓網羅鍾律爛熠爚以放豔鬱蓬勃以氣出熠爚光明貌蓬勃泰出貌秋風詠於燕路天光重乎

朝日魏文帝燕歌行曰秋風蕭瑟天氣涼傅玄長簫歌有天光篇魏文帝善哉行有朝日篇言旣奏天光又奏朝日故曰重也重逐龍切大不踰宮細不過羽鄭玄月令注曰大不過宮細不過羽國語泠州鳩對景王曰臣聞琴尚宮鍾尚羽大不踰宮細不過羽唱發章夏導揚韶武樂動聲儀曰堯樂曰大章禮記曰大章章之也鄭玄曰言堯德章明也樂動聲儀曰舜樂曰大韶禹曰大夏武曰大武協和陳宋混一齊楚樂動聲儀曰樂者移風易俗所謂聲俗者若楚聲高齊聲下所謂事俗者若齊俗奢陳俗利巫也又曰先魯後殷新周故宋然宋商俗也張衡舞賦曰移風易俗限一齊楚邇不逼而遠無攜聲成文而節有敘左氏傳昭公二十九年吳公子札來聘魯人爲奏四代樂爲之歌頌季札歎曰至矣哉邇而不偪遠而不攜節有度守有敘凡人邇近者好在逼迫此樂中乃有不逼之聲凡人相遠者好在攜離此頌中乃有遠不携離之音毛詩序曰聲成文謂之音彼政有失得而化以醇薄呂氏春秋曰其治厚者其樂厚其治薄者其樂薄樂所以移風於善亦所以易俗於惡孝經曰移風易俗莫善於樂故絲

竹之器未改而桑濮之流已作禮記曰絲竹樂之器也又曰桑間濮上之音亡國之音鄭玄注曰濮水之上地有桑間者亡國之音於此水出惟簧也能研羣聲之清惟笙也能揔衆清之林言衆若林能揔之禮記曰唱和清濁遞相爲經鄭玄曰清謂蕤賓至應鍾濁謂黃鍾至仲呂衛無所措其邪鄭無所容其淫禮記曰鄭衛之音亂世之音非天下之和樂不易之德音其孰能與於此乎禮記曰順氣成象而和樂興焉又曰德音之謂樂周易曰非天下至精其孰能與於此

嘯賦

鄭玄毛詩箋曰嘯蹙口而出聲也籀文爲歗在欠部毛詩曰其嘯也歌

成公子安

臧榮緒晉書曰成公綏字子安東郡人也少有俊才辭賦壯麗徵爲博士歷中書郎

逸羣公子體奇好異傲世忘榮絕棄人事文子曰傲世賤物不汙於俗漢書曰張良願棄人間事欲從赤松子遊睎高慕古長想遠思謝承後漢書曰陳謙睎高視遠清舉

矯俗馮衍顯志賦曰獨耿介而慕古舞賦曰遠思長想將登箕山以抗節浮滄海以游志箕山已見上文論語子曰道不行乘桴浮於海從我者其由歟於是延友生集同好尚書序曰與我同好精性命之至機研道德之玄奧周易曰乾道變化各正性命管子曰虛無無形謂之道化育萬物謂之德德應德璉馳射賦曰窮百氏之玄奧愍流俗之未悟獨超然而先覺禮記曰不從流俗老子曰雖有榮觀燕處超然孟子伊尹曰天生斯民使先知覺後知使先覺覺後覺也狹世路之阨僻仰天衢而高蹈史記曰不從流俗王之阨僻羽獵賦曰狹三王之阨僻孔融薦禰衡表曰龍躍天衢左氏傳齊人歌曰魯人之皐使我高蹈邈姱俗而遺身乃慷慨而長嘯琴賦曰弃事遺身遺身謂其身事楚辭曰臨深水而長嘯于時曜靈俄景流光濛汜廣雅曰耀靈日也俄邪也歸田賦曰於時曜靈俄景楚辭曰出自湯谷次于濛汜淮南子濛汜日所入處逍遥攜手踟跦步趾廣雅曰躑躅跢跦也跢跦與踟躕古字通左氏傳蔿啓強謂魯

侯曰今君若步玉趾發妙聲於丹脣激哀音於皓齒神女賦曰朱脣的其若丹
楚辭曰美人皓齒嫮以姱響抑揚而潛轉氣衝鬱而熛起言聲在喉中而轉故
曰潛也熛起言疾字林曰熛飛火也協黃宮於清角雜商羽於流徵黃宮謂黃鍾宮
聲清角已見上文宋玉風笛賦曰吟清商追流徵飄遊雲於泰清集長風乎萬里言所感幽
深有同龍虎聖主得賢臣頌曰虎嘯而風洌龍興而致雲泰清天也鶡冠子曰上及泰清下及泰寧曲既終而
響絕遺餘玩而未已良自然之至音非絲竹之所擬是故
聲不假器用不借物近取諸身役心御氣周易曰近取諸身動脣
有曲發口成音觸類感物因歌隨吟大而不洿細而不沈
洿漫也琴道曰大聲不震譁而流漫細聲不湮滅而不聞清激切於竽笙優潤和於瑟
琴玄妙足以通神悟靈精微足以窮幽測深老子曰玄之又玄衆妙之

門禮記曰夫禮樂通乎鬼神窮高遠而測深厚精微已見上文收激楚之哀荒節北里之奢淫楚辭曰宮庭震驚發激楚王逸曰激楚清聲也史記曰紂使師涓作淫聲北里之舞靡靡之樂濟洪災於炎旱反亢陽於重陰言有洪水之災濟之以炎旱有亢陽之災反之於重陰說苑曰湯時大旱七年煎沙爛石靈寶經曰禪黎世界墜王有女字姓音生仍不言年至四歲王恠之乃棄女於南浮桑之阿空山之中女無粮常日咽氣引月服精自然充飽忽與神人會於丹陵之舍柏林之下姓音右手題赤石之上語姓音汝雖不能言可憶此文也遣朱宮靈童下教姓音治弟之術授其采書八字之音於是能言於山出還在國中國中大枯旱地下生火人民焦燎死者過半穿地取水百丈無泉王悕懼女顯其真爲王仰嘯天降洪水至十丈於是化形隱景而去唱引萬變曲用無方鄭玄論語注曰方常也和樂怡懌悲傷摧藏摧藏自抑挫之貌言悲傷能挫於人琴操王昭君歌曰離宮絕曠身體摧藏時幽散而將絕中矯厲而慨慷矯舉也徐婉約而優遊紛繁鶩而激揚

情既思而能反，心雖哀而不傷。毛詩序曰：關雎哀而不傷。揔八音之至和，固極樂而無荒。毛詩曰：好樂無荒。若乃登高臺以臨遠，披文軒而騁望。新語曰：高臺百仞，文軒彫窻。楚辭曰：白蘋兮騁望。喟仰抃而抗首，嘈長引而憀亮。憀亮已見上文。或舒肆而自反，或徘徊而復放。孔安國尚書傳曰：肆，緩也。或冉弱而柔撓，或澎濞而奔壯。說文曰：冉弱，長貌。上林賦曰：柔橈嫚嫚。橫鬱鳴而滔涸，洌飄眇而清昶。滔涸，如水之滔漫，或竭涸也。飄眇，聲清長貌。眇，他鳥切。爾雅曰：涸，竭也。字林曰：洌，寒貌。逸氣奮涌，繽紛交錯，列列飈揚，啾啾響作。奏胡馬之長思，向寒風乎北朔。古詩曰：胡馬思北風。又似鴻鴈之將鶵，羣鳴號乎沙漠。似鴈之音，已見琴賦。字林曰：鳴，聲也。大曰鴻，小曰鴈。武帝元朔六年，衛青將六將軍絕幕。應劭曰：幕，匈奴之南界。傳瓚：沙土曰幕。今案：決幕，漫也。西域傳曰：難兜國以銀爲錢，文爲騎馬，幕爲人面。

如淳曰幕音漫韋昭曰幕錢背也然則漫幕同義古詩曰此匈奴中沙漫地也崔浩謂之河底故李陵歌曰徑萬里兮度沙漠是也猶今人呼帳幔亦曰幕可依字讀義無爽今書或作漠音訓同說文曰漠北方流沙**故能因形創聲隨事造曲應物無窮機發響速佛鬱衝流參譚雲屬**佛扶勿切淮南子曰通古之風氣以貫譚萬物之理譚猶着也參譚不絕又曰龍舉而景雲屬**若離若合將絕復續飛廉鼓於幽隧猛虎應於中谷**楚辭曰後飛廉使奔屬王逸曰飛廉風伯也毛詩曰大風有隧春秋元命苞曰猛虎嘯谷風起類相動也**南箕動於穹蒼清飇振乎喬木**毛詩曰維南有箕春秋緯曰月失其行離于箕者風爾雅曰穹蒼蒼天也毛詩曰南有喬木**散滯積而播揚蕩埃藹之溷濁**國語泠州鳩曰太蔟所以金奏贊陽出滯也姑洗所以脩絜百物考神納賓鄭玄儀禮注曰播散也風賦曰駭溷濁揚腐餘說文曰溷亂也**變陰陽之至和移淫風之穢俗**禮記曰夫禮樂行乎陰陽又曰移風易俗鄭玄曰樂用之則正

人和陰陽若乃遊崇崗陵景山臨巖側望流川坐盤石漱清泉景山大山也聲類曰盤大石也說文曰漱蕩口也藉皋蘭之猗靡蔭脩竹之蟬蜎楚辭曰皋蘭被徑斯路漸猗靡隨風之貌楚辭曰嬋娟之脩竹枚乘兎園賦曰脩竹檀欒乃吟詠而發散聲駱驛而響連駱驛不絕貌舒蓄思之悱憤奮久結之纏緜論語子曰不憤不啓不悱不發字書曰悱心誦也芳匪切纏緜已見上注心滌蕩而無累志離俗而飄然莊子曰聖人無天災無物累淮南子曰單豹背世離俗若夫假象金華擬則陶匏孔安國尚書傳曰象法也禮記曰器用陶匏尚禮然也衆聲繁奏若笳若簫磞硠震隱訇礚嘮嘈字林曰礚大聲也磞芳宏切硠音郎嘮音勞嘈音曹發徵則隆冬熙蒸騁羽則嚴霜夏凋動商則秋霖春降奏角則谷風鳴條列子曰鄭師文學琴於師襄師襄曰子之琴何如師文曰請嘗試之於是當春而叩商絃以召南呂涼風揔至草木成實及秋而叩角絃以激

夾鍾温風徐廻草木發榮當夏而叩羽絃以召黄鍾霜雪交下川池暴沍及冬而叩徵絃以激蕤賓陽光熾烈堅冰立散師襄曰雖師曠之清角鄒衍之吹律無以加之張湛曰商金音屬秋南呂八月律角木音屬春夾鍾二月律羽水音屬冬黄鍾十一月律徵火音屬夏蕤賓五月律鄭玄禮記注曰喜蒸也聲類曰喜熙字音均不恒曲無定制均古韻字也鶡冠子曰五聲不同均然其可喜一也晉灼子虛賦注曰文章假借可以恊韻均與韻同行而不流止而不滯已見上文隨口吻而發揚假芳氣而遠逝音要妙而流響聲激曜而清厲激曜清疾貌曜音翟信自然之極麗羌殊尤而絕世杜預左氏傳注曰尤異也越韶夏與咸池何徒取異乎鄭衛樂動聲儀曰黄帝樂曰咸池韶夏鄭衛已見上文于時緜駒結舌而喪精王豹杜口而失色孟子曰王豹處淇而善謳緜駒處唐而齊右善歌言二人以歌謳化齊衛之國鄧析子曰左右結舌西京賦曰喪精亡魄漢書鄧公曰内杜忠臣之口莊子曰見夫子之失色虞公輟聲而止歌甯子檢手而歎息晏子春秋虞公善歌以新聲感景公晏子退朝而拘

之漢興又有虞公卽劉向别録曰有人歌賦楚漢興以來善雅歌者魯人虞公發聲清哀遠動梁塵其世學者莫能及淮南子曰甯戚欲干齊桓公窮困無以自達於是爲商於齊宿于郭門之外桓公郊迎開門辟任車爝火甚盛從者甚衆戚飯牛車下望桓公而悲擊牛角而疾商歌曲甯戚衛人商金聲清故以爲曲歌曰出東門兮厲石班上有松栢兮青且蘭麁布衣兮縕縷時不遇兮堯舜牛兮努力食細草大臣在尔側吾當與尔適楚國應劭曰齊桓夜迎客甯戚疾擊其角商歌曰南山崖嵳白石爛生不遭堯與舜禪短布單衣適至骭從昏飯牛薄夜半長夜瞑瞑何時旦七略曰漢興善歌者魯人虞公發聲動梁上塵呂氏春秋曰甯戚至齊暮宿於郭門之外桓公郊迎客夜至開門甯戚飯牛望桓公而悲擊牛角疾歌桓公聞之歌者非常人也命後車載之史記春申君曰秦楚臨韓韓必歛手鍾期棄琴而改聽孔父忘味而不食論語曰子在齊聞韶三月不知肉味孔安國曰不圖於韶樂之至於斯周生烈曰孔子在齊聞韶樂之盛故忽忘肉味王肅曰不圖作韶樂之至於此此齊也百獸率

舞而抃足鳳皇來儀而拊翼尚書夔曰於予擊石拊石百獸率舞簫韶九成鳳皇來儀孔安國曰雄曰鳳雌曰皇靈鳥也儀有容儀也備樂九奏而致鳳皇也乃知長嘯之奇妙蓋亦音聲之至極晉書阮籍字嗣宗陳留尉氏人容皃瓌傑志氣宏放尤好莊老嗜酒能嘯籍甞於蘇門山遇孫登與商略終古棲神道氣之術登皆不應籍因長嘯而退至於半嶺聞有聲若鸞鳳之音響乎巖谷乃登之嘯也

文選卷第十八

賜進士出身通奉大夫江南蘇松常鎮太等處承宣布政使司布政使胡克家重校刊

文選卷第十九

梁昭明太子撰

文林郎守太子右内率府録事參軍事崇賢館直學士臣李善注上

賦癸

情

宋玉高唐賦一首　神女賦一首

登徒子好色賦一首　曹子建洛神賦一首

詩甲

補亡

束廣微補亡詩六首四言

述德

謝靈運述祖德二首 五言

勸勵

韋孟諷諫一首 四言　張茂先勵志一首 四言

賦癸

情 易曰利貞者性情也性者本質也情者外染也色之別名事於最末故居於癸

高唐賦一首并序 漢書注曰雲夢中高唐之臺此賦蓋假設其事風諫婬惑也

宋玉

昔者楚襄王與宋玉遊於雲夢之臺 史記曰楚懷王薨太子横立爲頃襄王漢書音義張揖曰雲夢楚藪也在南郡華容縣其中有臺館 望高唐之觀其上獨有雲氣崪兮直上

忽兮改容須臾之間變化無窮〔爾雅曰崪者厜㕒注謂山峯頭巉喦然言雲氣形似於山〕王問玉曰此何氣也玉對曰所謂朝雲者也王曰何謂朝雲玉曰昔者先王嘗遊高唐怠而晝寢〔鄭玄曰寢臥息也〕夢見一婦人曰妾巫山之女也〔襄陽耆舊傳曰赤帝女曰姚姬未行而卒葬於巫山之陽故曰巫山之女楚懷王遊於高唐晝寢夢見與神遇自稱是巫山之女王因幸之遂爲置觀於巫山之南號爲朝雲後至襄王時復遊高唐〕爲高唐之客〔自言爲高唐之客〕聞君遊高唐願薦枕席〔薦進也欲親進於枕席求親昵之意也〕王因幸之去而辭曰妾在巫山之陽高丘之阻〔山南曰陽土高曰丘漢書注曰巫山在南郡巫縣阻險也〕旦爲朝雲暮爲行雨〔朝雲行雨神女之美也〕朝朝暮暮陽臺之下旦朝視之如言故爲立廟號曰朝雲玉曰朝雲始出狀若何也玉對曰其始出也㬳兮若松榯〔㬳茂貌如曋𣈳也徒對切榯直竪貌音時〕其少進

也晰兮若姣姬揚袂鄣日而望所思晰昭晰謂有光明美色揚袂舉袖也如美人之舉袖望所思也忽兮改容偈兮若駕駟馬建羽旗韓詩曰偈桀侹也疾驅貌周禮曰析羽爲旌謂破五色鳥羽爲之也言氣變改或如駕馬建旗也建立也偈居竭切湫兮如風淒兮如雨風止雨霽雲無處所湫兮涼貌詩曰風雨淒淒爾雅曰濟謂之霽郭璞注曰今南陽人呼雨止爲霽霽音薺王曰寡人方今可以遊乎玉曰可方今猶正今也廣雅曰方正也王曰其何如矣玉曰高矣顯矣臨望遠矣廣矣普矣萬物祖矣廣閒也普徧也祖始也言萬物皆祖宗生此土爲萬物神靈之祖最有異也上屬於天下見於淵珍怪奇偉不可稱論王曰試爲寡人賦之玉曰唯唯禮記曰父召無諾先生召無諾唯而起鄭玄曰應唯恭於諾也皇侃曰唯謂今之爾是也惟高唐之大體兮殊無物類之可儀比巫山赫其無疇兮道互折而曾累言殊異於常無物可儀比比類也赫然盛貌道路交互曲折曾重也謂横斜而上登巉巖而下望兮巉巖

石勢不生草木臨大阺之稸水說文曰秦謂陵阪曰阺丁兮切周禮曰以瀦畜水字林曰稸積也與畜同抽六切遇天雨之新霽兮觀百谷之俱集濞洶洶其無聲兮潰淡淡而並入百谷者衆谷雜水集至山之下字林曰濞水暴至聲也說文曰洶洶涌也謂水波騰貌洶詡鞏切潰水相交過也淡以冉切安流平滿貌滂洋洋而四施兮蓊湛湛而弗止長風至而波起兮若麗山之孤畝蓊然聚貌湛湛深貌弗止謂不常靜或行郭象莊子注曰麗著也爾雅曰如畝畝丘郭璞曰丘有壟界如田畝素問岐伯對黄帝曰卒風暴雨風吹水勢波落而隴起言風吹水勢浪文如孤壟之附山勢薄岸而相擊兮隘交引而卻會廣雅曰隘陿也言水之勢既薄岸而相激至迫隘之處其流交引而卻相會謂水口急陿不得前進則却退復會於上流之中止崪中怒而特高兮若浮海而望碣石崪聚也謂兩浪相合聚而中高也言水怒浪如海邊之望碣石孔安國注尚書曰碣石海畔山也礫磥磥而相摩兮巆震天之礚礚相摩言水急石流自相摩礪聲動徹天說文曰礫小石也磥磥衆石貌巆聲也火宏切字林曰礚大聲也

巨石溺溺之瀺灂兮沫潼潼而高厲巨石大石也溺溺没也瀺灂石在水中出没之貌沫水高低貌潼潼高貌厲起也埤蒼曰瀺灂水流聲貌水澹澹而盤紆兮洪波淫淫之溶滴說文曰澹澹水摇也紆回也淫淫去遠貌溶滴猶蕩動也音容裔奔揚踊而相擊兮雲興聲之霈霈言水之奔揚踊起而相擊其狀若雲又興聲霈霈然上林賦曰穹隆雲橈義出於此纂文曰雲若大波霈浦大切猛獸驚而跳駭兮妄奔走而馳邁虎豹豺兕失氣恐喙雕鶚鷹鷂飛揚伏竄妄謂不覺東西漫走竄鼠走也說文曰鷂鷙鳥也與照切字林曰竄鼠逃也七外切非關協韻一音七玩切股戰脅息安敢妄摯股戰猶股慄也脅息猶翕息也於是水蟲盡暴乘渚之陽水蟲魚鼈黿之屬驚而陸處方言曰曬暴也蒲卜切巫山所臨之渚陽水北也暖故魚鼈游焉黿鼉鱣鮪交積縱横振鱗奮翼蜲蜲蜿蜿中阪遥望謂張其鱗甲翼魚腮邊兩鬣也蜲蜲蜿蜿龍蛇之貌上言水中蟲盡暴揔色説之中阪之中猶未至山頂蜲於危切蜿於袁切玄木冬榮

煌煌熒熒奪人目精爛兮若列星曾不可殫形榛林鬱盛葩華覆蓋雙椅垂房糾枝還會 煌煌熒熒草木花光也榛林栗林也葩花栗花長與葉間生自相覆蓋也雙椅椅桐屬也垂房花作房生也房椅實也還會交相也糾枝枝曲下垂也毛詩曰其桐其椅注椅梧屬爾雅曰下句曰糾

徙靡澹淡隨波闇藹 徙靡言枝往來靡靡然澹淡水波小文也闇藹者言木蔭水波闇藹然也

東西施翼猗狔豐沛 東西施翼者謂樹枝四向施布如鳥翼然言東西則南北可知其林木多也猗狔柔弱下垂貌漢書大人賦猗狔以招搖猗於宜切狔於危切

綠葉紫裹丹莖白蔕 裹猶房也蔕古卧切

纖條悲鳴聲似竽籟清濁相和五變四會 左氏傳晏子曰先王和五聲也清濁小大以相濟也吹小枝則聲清吹大枝則聲濁五變五音皆變也禮記曰聲相應故生變變成方謂之音四會四懸俱會也又云與四夷之樂聲相會也

感心動耳迴腸傷氣孤子寡婦寒心酸鼻 言上諸聲能迴轉人腸傷斷人氣禮記王制曰小而無父謂之孤寒心謂戰慄也酸鼻鼻辛酸

涙欲出也長吏隳官賢士失志尚書曰股肱惰哉萬事隳哉孔安國曰隳廢也許規切失其本志不知所爲愁思無已歎息垂淚登高遠望使人心瘁登高心瘁此下謂至山上高處未至觀也瘁病也盤岸巑岏裖陳磑磑王逸楚辭注曰巑岏山銳貌裖已見上林賦音振李奇曰裖整也陳列也磑磑高貌方言曰磑堅也磐石險峻傾崎崕隤埤蒼曰崎嶇不安也廣雅曰隤壞也說文曰墜下也巖嶇參差從橫相追勢如相追陬互橫啎背穴偃蹠廣雅曰陬角也側溝切啎五故切偃蹠言山石之形背穴偃蹇如有所蹈也許慎淮南子注曰蹠蹈也啎逆也路有橫石逆當其前背卻也穴孔也卻又當山之孔穴交加累積重疊增益交加者言石相交加累其上別有交加石之勢在巑岏崕上重益其高狀若砥柱在巫山下砥柱山名在水中如柱然此崕岸在巫山下者似砥柱山然仰視山顛肅何千千炍燿虹蜺說文曰俗望山谷芊芊青也千芊古字通言山高如虹蜺炍燿其上俯視崝嶸窐寥窈冥廣雅曰崝嶸深直貌窐寥空深貌崝士耕切嶸音宏窐苦交切寥音勞不

見其底虛聞松聲言山下杳遠不見但空聞松聲傾岸洋洋立而熊經言岸既將傾水流又迅故立者恐懼而似熊經傾岸之勢其水洋洋避立之處如熊之在樹久而不去足盡汗出謂傾岸之勢阻險之處人所懼見心自戰懼足下流汗而出也悠悠忽忽怊悵自失悠悠遠迷貌言人神悠悠然遠迷惑不知所斷楚辭曰怊悵而自悲王逸曰悵恨貌怊恥驕切使人心動無故自恐動驚也言無有故對此而驚恐賁育之斷不能爲勇孟賁夏育決斷之士今見此嶮阻亦不能爲勇也斷丁亂切卒愕異物不知所出卒七忽切爾雅曰遻見也午故切愕與遻同言卒然復有驚愕之異物從旁而出不知所從來縱縱莘莘若生於鬼若出於神縱縱莘莘衆多之貌說文曰纚冠織也縱與纚同所綺切詩曰魚在在藻有莘其尾毛萇曰莘衆多也莘所巾切字或作兟往來貌若出於神狀似走獸或象飛禽譎詭奇偉不可究陳上至觀側地蓋底平箕踵漫衍芳草羅生自此已前並述山勢也杜預左氏傳注曰底平也箕踵前闊後狹似箕衍平貌言山勢如簸箕之踵也秋蘭茝蕙江

離載菁廣雅曰菁華也載則也青荃射干揭車苞并見本草夜干一名烏扇今江東爲烏
蓮史記爲射干漢書音義曰揭車香草也苞并叢生也薄草靡靡聯延夭夭越香掩掩
靡靡相依倚貌夭夭少長也越香言氣發越掩掩同時發也掩同也衆雀嗷嗷雌雄相失哀鳴相
號雀鳥之通稱毛詩曰鴻鴈于飛哀鳴嗷嗷王鵙鸝黃正冥楚鳩姊歸思婦垂雞
高巢其鳴喈喈爾雅曰王雎郭璞曰鵰類今江東通呼爲鶚詩云鳥摯而有別者一名王鶚鸝黃郭璞曰其色黧黑
而黃因名之一曰鶬鶊方言曰或謂鸐黃爲楚雀廣雅曰楚鳩一名
嗶啁爾雅曰巂周郭璞曰子巂鳥出蜀中或曰即子規一名姊歸巂
胡圭切思婦亦鳥名也地理志曰夷通鄉比過仁里有觀山故老相
傳云昔有婦登北山絶望愁思而死因以爲名垂雞未詳高巢巢高
也當年遨遊一本云子當千年萬世遨遊未詳更唱迭和赴曲隨流赴曲者鳥之哀
鳴有同歌曲故言赴曲隨流者隨鳥類而成曲也有方之士羨門高谿史記曰方士皆掩口杜頍
左氏傳注曰方法術也史記曰秦始皇使燕人盧生求羨門高誓
谿疑是誓字漢書郊祀志曰充尚羨門高最後皆燕人爲方令道

形辭銷化玉充尚羨門高二人
上成鬱林公樂聚穀蓋亦方士也未詳所見又鬱鬱然仙人盛多如林木公
共也人在山上作巢穀食也聚食於山阿
進純犧禱琁室進謂祭也禱祭也尚書曰神祇之犧牷牲用孔安國
曰色純曰犧淮南子曰崑崙之山有傾宫琁室高誘曰以玉飾宫也
醮諸神禮太一醮祭也子肖切史記曰宜
立太一而上親郊之
傳祝已具言辭已畢王乃乘玉輿駟倉螭垂旒
旌旆合諧紬大紡而雅聲流冽風過而增悲哀傳祝已具神之語已
具言辭即祝所傳辭也畢竟也旒旌謂建太常十二旒雅聲正不淫邪字林曰冽寒風也紬引也音抽
於是調謳令人惏悷憯悽脅息增欷並悲傷貌脅息縮氣也增益也惏力甚切悷力計切
於是乃縱獵者基趾如星傳言羽獵銜枚無聲相傳言語徧告衆士漢書音義李奇
曰羽林騎士張晏曰以應獵負羽周禮銜枚氏軍旅田役令鄭玄以爲枚止言語囂讙也枚狀如箸横銜之
弓弩不發罘罝不傾涉漭漭馳苹苹漭漭水廣遠貌爾雅曰苹藾蕭郭璞曰今藾蒿也邪生亦可食説文

曰苹苹草貇音平飛鳥未及起走獸未及發何節奄忽蹄足灑血何問辭也言何節奄忽之間而獸之蹄足已皆灑血節所執之節也舉功先得獲車已實王將欲往見必先齋戒差時擇日毛萇詩傳曰差擇也簡輿玄服建雲旆蜺爲旌翠爲蓋冬王水水色黑故衣黑服簡略也省也翠翡翠也以羽飾蓋風起雨止千里而逝蓋發蒙往自會素問黃帝曰發蒙解惑未足以論也會與神女相會思萬方憂國害開賢聖輔不逮開道賢聖令其進仕用其謀策輔己不逮此又陳諫於王也九竅通鬱精神察滯文子曰九竅者精神之戶牖氣者五藏之使候呂氏春秋曰凡人九竅五藏惡之精氣鬱高誘曰鬱滯不通也延年益壽千萬歲

神女賦一首并序

宋玉

楚襄王與宋玉遊於雲夢之浦使玉賦高唐之事其夜王寢果夢與神女遇其狀甚麗王異之明日以白玉玉曰其夢若何王曰晡夕之後精神怳忽若有所喜紛紛擾擾未知何意晡日昳時也怳忽不自覺知之意所喜忽然喜悅紛擾喜也目色髣髴乍若有記見一婦人狀甚奇異寐而夢之寤不自識罔兮不樂悵然失志於是撫心定氣復見所夢王曰狀何如也如有可記識也髣髴見不審也罔憂也撫覽也見神女也玉曰茂矣美矣諸好備矣盛矣麗矣難測究矣上古既無世所未見瓌姿瑋態不可勝贊勝盡也贊明也其始來也燿乎若白日初出照屋梁韓詩曰東方之日薛君曰詩人所說者顏色美盛若東方之日其少進也皎若明月舒其光毛詩曰月出皎兮毛萇曰喻婦人有美白皙也須臾之間

美顡橫生曄兮如華溫乎如瑩毛詩曰有女同車顏如蕣華又曰尚之以瓊瑩乎而注瓊瑩石似玉也音榮逸論語曰如玉之瑩說文曰瑩玉色也爲明切曄盛貌五色並馳不可殫形詳而視之奪人目精其盛飾也則羅紈綺繢盛文章馳施也綺五色也蒼頡篇曰繢似纂色赤胡憒切極服妙采照萬方振繡衣被袿裳劉熙釋名曰婦人上服謂之袿襛不短纖不長說文曰襛衣厚貌如恭切步裔裔兮曜殿堂忽兮改容婉若遊龍乘雲翔嫷被服侻薄裝裔裔行貌毛萇詩傳曰婉美貌方言曰嫷美也他卧切說文曰侻好也與婉同他外切又侻可也言薄裝正相堪可沐蘭澤含若芳性和適宜侍旁順序卑調心腸沐洗也以蘭浸油澤以塗頭旁宜侍王旁卑柔弱也王曰若此盛矣試爲寡人賦之玉曰唯唯

夫何神女之姣麗兮含陰陽之渥飾言神女得陰陽厚美之飾被華藻

之可好兮若翡翠之奮翼其象無雙其美無極毛嬙鄣袂不足程式西施掩面比之無色愼子曰毛嬙先施天下之姣也衣之以皮倛則見者皆走易之以玄錫則行者皆止先施西施一也嬙音牆近之既妖遠之有望骨法多奇應君之相視之盈目孰者克尚近看既美復宜遠望孰誰也克能也誰者能尚言無有也私心獨悅樂之無量交希恩疎不可盡暢他人莫覩王覽其狀其狀峩峩何可極言貌豐盈以莊姝兮苞溫潤之玉顏暢申也未可申暢已志也豐盈肥滿也莊嚴也方言曰姝好也毛萇詩傳曰姝美色也禮記曰玉溫潤而澤仁也眸子炯其精朗兮瞭多美而可觀字林曰瞭明也鄭玄周禮注曰瞭明目也力小切眉聯娟以蛾揚兮朱脣的其若丹聯娟微曲貌素質幹之醲實兮志解泰而體閑既姽嫿於幽靜兮又婆娑乎人間言志操解散者

泰多閑不急躁也謂在人中最好無比也婆娑猶盤姍也說文曰姽婧好貌五累切廣雅曰嫿好也音畫說文靜審也韓詩靜貞也

宜高殿以廣意兮翼放縱而綽寬動霧縠以徐步兮拂墀聲之珊珊珊珊聲也翼放縱貌如鳥之翼隨意放縱縠今之輕紗薄如霧也望余帷而延視兮若流波之將瀾流波目視貌言舉目延視精若水波將成瀾也奮長袖以正衽兮立躑躅而不安說文曰衽衣衿也自矜嚴也澹清靜其愔嫕兮性沈詳而不煩澹靜貌愔和也嫕淑善也言志度靜而和淑也不煩不躁也聲類曰愔見魏都賦嫕已見洞簫賦和靜貌韓詩曰嫕悅也說文曰嫕靜也蒼頡篇曰嫕密也時容與以微動兮志未可乎得原意似近而既遠兮若將來而復旋原本也其意欲似近而心靜不測是復爲遠也將來可親之意更遠也謂復更遠也字林曰旋回也褰余幬而請御兮願盡心之惓惓鄭玄毛詩箋曰幬牀帳也懷貞亮之絜清兮卒與我兮相難陳嘉辭而

云對兮吐芬芳其若蘭精交接以來往兮心凱康以樂歡
神獨亨而未結兮魂煢煢以無端含然諾其不分兮喟
揚音而哀歎顦薄怒以自持兮曾不可乎犯干精神也結猶未相著
煢煢然無有端次不知何計分當也言神女之意雖含諾猶不當其心廣雅曰顦色也匹零切方言曰顦怒色青皃切韻匹迴
切斂容也蒼頡篇曰薄微也捉顏色而自矜持也於是搖珮飾鳴玉鸞整衣服斂
容顏顧女師命太傅古者皆有女師教以婦德今神女亦有教也毛詩序曰尊敬師傅可以歸寧父
母漢書音義曰婦人年五十無子者爲傅歡情未接將辭而去遷延引身不可
親附似逝未行中若相首遷延却行去也廣雅曰首向也舒救切目略微眄
精彩相授志態橫出不可勝記意離未絶神心怖覆禮
不遑訖辭不及究願假須臾神女稱遽目略輕看精神光采相授與也猶未即絶

怖覆謂恐怖而反覆也左氏傳豎頭須曰沐則心覆心覆則圖反遽急也言去不住也徊腸傷氣顛倒失據毛萇詩傳曰據依也闇然而暝忽不知處情獨私懷誰者可語惆悵垂涕求之至曙

登徒子好色賦一首并序

此賦假以為辭諷於婬也

宋玉

大夫登徒子侍於楚王短宋玉曰大夫官也登徒姓也子者男子之通稱戰國策曰孟嘗君至楚楚獻象牀登徒送之高誘淮南子注曰短說其罪闕也玉為人體貌閑麗口多微辭又性好色閑靜也麗美也微妙也公羊傳曰定哀多微辭論語子曰吾未見好德如好色者也願王勿與出入後宮王以登徒子之言問宋玉玉曰體貌閑麗所受於天也口多微辭所學於師也至於好色臣無有也王曰

子不好色亦有說乎遣自解說也有說則止無說則退玉曰天下之佳人莫若楚國楚國之麗者莫若臣里臣里之美者莫若臣東家之子東家之子增之一分則太長減之一分則太短著粉則太白施朱則太赤眉如翠羽肌如白雪莊子曰藐姑射之山有神人居焉肌膚若冰雪要如束素齒如含貝莊子孔子謂盜跖曰將軍齒如齊貝貝海螺其色白嫣然一笑惑陽城迷下蔡王逸楚辭注曰嫣笑貌廣雅曰嘕嘕欵欵喜也陽城下蔡二縣名蓋楚之貴介公子所封故取以喻焉然此女登牆闚臣三年至今未許也字林曰窺傾頭門內視也又小視也登徒子則不然其妻蓬頭攣耳齞脣歷齒莊子曰蓬頭突鬢爾雅曰攣病也力專切說文曰齞張口見齒也牛善切歷猶疎也旁行踽僂又疥且痔踽僂傴僂也廣雅曰傴僂曲貌傴央矩切僂力主切說文曰疥瘙也痔後病也登徒子悅

之使有五子王孰察之誰爲好色者矣是時秦章華大夫在側因進而稱曰今夫宋玉盛稱鄰之女以爲美色愚亂之邪臣自以爲守德謂不如彼矣章華楚地名大夫楚人入仕於秦時使襄王一云食邑章華因以爲號愚鈍也亂昏也邪僻也言昏鈍邪僻之臣章華大夫自謙不如彼之登徒所說也言宋玉之所說鄰女美色愚臣守德猶不如登徒之說況宋玉乎臣章華大夫自謂且夫南楚窮巷之妾焉足爲大王言乎若臣之陋目所曾覩者未敢云也王曰試爲寡人說之大夫曰唯唯

臣少曾遠遊周覽九土足歷五都九土九州之土五都五方之都出咸陽熙邯鄲從容鄭衛溱洧之閒熙戲也廣雅曰從容舉動也毛詩曰溱與洧方渙渙兮毛萇曰溱洧鄭兩水名洧于軌切是時向春之末迎夏之陽鶬鶊喈喈羣女出

桑毛詩曰倉庚喈喈又曰十畝之間兮桑者閑閑兮此郊之姝華色含光體美容冶不待飾裝臣觀其麗者因稱詩曰遵大路兮攬子袪此郊即鄭衛之郊毛詩曰靜女其姝又曰遵大路兮摻執子之袪兮大路詩篇名也遵循也路道也謂道路逢子之美願攬子之袂與俱歸也稱此詩者此本鄭詩故稱以感動贈以芳華辭甚妙折芳草之華以贈之爲辭甚妙於是處子怳若有望而不來忽若有來而不見意密體踈俯仰異觀含喜微笑竊視流眄謂折芳草之花以贈之欲贈芳華恐不受故先與妙辭以進之處女未嫁者怳失意貌體踈相離殊遠謂異於未贈花前所視復稱詩曰寤春風兮發鮮榮絜齋俟兮惠音聲贈我如此兮不如無生司馬彪注漢書子虛賦曰復荅也顔師古注復音伏寤覺也鮮榮華也喻少年之盛齋莊也言自絜貌矜莊而待惠音聲如此謂贈以芍藥欲結恩情而女不受毛詩曰知我如此不如無生鄭玄曰則己之生不如不生無生恨之辭也因

遷延而辭避蓋徒以微辭相感動精神相依憑目欲其顔心顧其義揚詩守禮終不過差故足稱也於是楚王稱善宋玉遂不退微辭謂向所陳辭甚妙者若即折登徒言多微詞宋玉雖不逮大夫之顧義而不同登徒之好色故不退

洛神賦一首并序漢書音義如淳曰宓妃宓羲氏之女溺死洛水爲神

曹子建記曰魏東阿王漢末求甄逸女既不遂太祖回與五官中郎將植殊不平晝思夜想廢寢與食黄初中入朝帝示植甄后玉鏤金帶枕植見之不覺泣時已爲郭后讒死帝意亦尋悟因令太子留宴飲仍以枕賚植植還度轘轅少許時將息洛水上思甄后忽見女來自云我本託心君王其心不遂此枕是我在家時從嫁前與五官中郎將今與君王遂用薦枕席懽情交集豈常辭能具爲郭后以糠塞口今被髪羞將此形貌重覩君王爾言訖遂不復見所在遣

人獻珠於王王荅以玉珮悲喜不能自勝遂作感甄賦後明帝見之改爲洛神賦

黃初三年余朝京師還濟洛川黃初文帝丕年號京師洛陽也洛川洛水之川也洛水出洛山濟度也古人有言斯水之神名曰宓妃感宋玉對楚王神女之事遂作斯賦其辭曰

余從京域言歸東藩魏志曰黃初三年立植爲鄄城王四年徙封雍丘其年朝京師又文紀曰黃初三年行幸許又曰四年三月還雒陽宮然京域謂雒陽東蕃即鄄城魏志及諸詩序並云四年朝此云三年誤一云魏志三年不言植朝蓋魏志略也背伊闕越轘轅伊闕轘轅已見東都賦經通谷陵景山華延洛陽記曰城南五十里有大谷舊名通谷河南郡圖經曰景山緱氏縣南七里日既西傾車殆馬煩爾廼稅駕乎蘅皋秣駟乎芝田蘅杜蘅也皋澤也嵩高山記曰山上神芝十洲記曰鍾山仙家耕田種芝草容與乎陽林流眄乎洛川於是精移神駭忽焉

思散俯則未察仰以殊觀覩一麗人于巖之畔迺援御者而告之曰爾有覿於彼者乎彼何人斯若此之豔也陽林一作楊林地名生多楊因名之移變也情思消散如有所悦未察猶未的審所觀殊異毛詩曰彼何人斯御者對曰臣聞河洛之神名曰宓妃然則君王所見無迺是乎其狀若何臣願聞之余告之曰其形也翩若驚鴻婉若遊龍邊讓章華臺賦曰體迅輕鴻榮曜春華神女賦曰婉若遊龍乘雲翔翩翩然若鴻鴈之驚婉婉然如遊龍之升榮曜秋菊華茂春松朱穆鬱金賦曰比光榮於秋菊齊英茂於春松髣髴兮若輕雲之蔽月飄颻兮若流風之迴雪遠而望之皎若太陽升朝霞正歷曰太陽日也迫而察之灼若芙蕖出渌波襛纖得衷脩短合度神女賦曰襛不短纖不長肩若削成要如約

素削成已見魏都賦登徒子好色賦曰要如束素束素約素謂圓也延頸秀項皓質呈露楚辭曰小要秀項若鮮卑說文曰項頸也司馬相如美人賦曰皓質呈露呈見也延秀皆長也芳澤無加鉛華弗御楚辭曰粉白黛黑施芳澤鉛華粉也博物志曰燒鉛成胡粉張平子定情賦曰思在面爲鉛華兮患離塵而無光雲髻峩峩脩眉聯娟毛詩曰鬒髮如雲神女賦曰眉聯娟以蛾揚峩峩高如雲也脩長曲而細也丹脣外朗皓齒內鮮明眸善睞靨輔承權神女賦曰眸子炯其精朗離騷曰靨輔奇牙宜笑嘕王逸曰美人頰有靨輔也權兩頰睞旁視也瓌姿豔逸儀靜體閑神女賦曰瓌姿瑋態又曰志解泰而體閑儀靜安靜也體閑謂膚體閑暇也柔情綽態媚於語言奇服曠世骨像應圖柔弱也綽寬也神女賦曰骨法多奇應君之相應圖應畫圖也披羅衣之璀粲兮珥瑤碧之華琚璀粲衣聲山海經曰沃人之國爰有璿瑰瑤碧郭璞曰名玉也又曰和山其上多瑤碧毛詩曰投我以木瓜報之以瓊瑤毛萇曰琚佩玉名

音居戴金翠之首飾綴明珠以耀軀司馬彪續漢書曰太皇后花勝上爲金鳳以翡翠爲毛羽步搖貫白珠八劉騊駼玄根賦曰戴金翠珥珠璣劉熙釋名曰皇后首飾曰副踐遠遊之文履曳霧綃之輕裾繁欽定情詩曰何以消滯憂足下雙遠遊有此言未詳其本神女賦曰動霧縠以徐步綃輕縠也微幽蘭之芳藹兮步踟蹰於山隅於是忽焉縱體以遨以嬉左倚采旄右蔭桂旗芳藹芳香晻藹也楚辭曰建雄虹之采旄又曰辛夷車兮結桂旗攘皓腕於神滸兮采湍瀨之玄芝爾雅曰岸上曰滸郭璞曰厓上地也毛詩曰在河之滸毛萇曰滸水厓也漢書音義應劭曰瀨水流沙上也傅瓚曰瀨湍也本草曰黑芝一名玄芝余情悅其淑美兮心振蕩而不怡無良媒以接懽兮託微波而通辭毛詩曰子無良媒願誠素之先達兮解玉佩以要之嗟佳人之信脩羌習禮而明詩抗瓊珶以和予兮指潛

淵而爲期要屈也佳人信脩整習禮謂立德明詩謂善言辭古人指水爲信如有如白水之類也琇玉也徒帝切潛淵謂所居也執眷眷之款實兮懼斯靈之我欺感交甫之弃言兮悵猶豫而狐疑神仙傳曰切仙一出遊於江濱逢鄭交甫交甫不知何人也目而挑之女遂解佩與之交甫行數步空懷無佩女亦不見爾雅曰猶如麂善登木此獸性多疑慮常居山中忽聞有聲則恐人來害之每預上樹久久無度復下須臾又上如此非一故不決者稱猶焉一曰隴西俗謂犬子隨人行每預前待人不得又來迎候故言猶豫也狐之爲獸其性多疑每渡氷行且聽且渡故疑者稱狐疑收和顏而靜志兮申禮防以自持說文曰靜審也韓詩曰靜貞也於是洛靈感焉徙倚傍徨申展也子建自防持也謝靈運山居賦注曰河靈河伯也東阿所謂洛靈神光離合乍陰乍陽竦輕軀以鶴立若將飛而未翔陰去陽來也邊讓章華臺賦曰縱輕軀以迅赴若離鵠之失羣言如鶴鳥之立望踐椒塗之郁烈步蘅薄而流芳椒塗蘅薄言芳

香也郁烈香氣之甚超長吟以永慕兮聲哀厲而彌長爾迺衆靈雜遝命儔嘯侶或戲清流或翔神渚或采明珠或拾翠羽從南湘之二妃攜漢濱之游女厲急也雜遝衆貌二妃巳見上文毛詩曰漢有游女不可求思注漢上游女無求思者歎匏瓜之無匹兮詠牽牛之獨處史記曰四星在危南匏瓜牽牛爲犧牲其北織女天女孫也天官星占曰匏瓜一名天雞在河鼓東牽牛一名天鼓不與織女值者陰陽不和曹植九詠注曰牽牛爲夫織女爲婦織女牽牛之星各處河鼓之旁七月七日乃得一會阮瑀止慾賦曰傷匏瓜之無偶悲織女之獨勤俱有此言然無匹之義未詳其始揚輕袿之猗靡兮翳脩袖以延佇體迅飛鳧飄忽若神陵波微步羅韈生塵陵波而韈生塵言神人異也洛靈即神而言若者夫神萬靈之揔稱言若所以類彼非謂此爲非神也淮南子曰聖足行於水無跡也衆生行於霜有跡也說文曰韈足衣也動無常則若危若安進止難

期若往若還轉眄流精光潤玉顏神女賦曰苞温潤之玉顏含辭未吐氣若幽蘭神女賦曰吐芬芳其若蘭華容婀娜令我忘飡張衡七辯曰蝤齊之領阿那宜顧杜篤禊祝曰懷季女使不飡婀烏可切娜奴可切於是屏翳收風川后静波王逸楚辭注曰屏翳雨師名虞喜志林曰韋昭云屏翳雷師喜云雨師然說屏翳者雖多並無明據曹植詰洛文曰河伯典澤屏翳司風植既皆爲風師不可引他說以非之川后河伯也已見上文馮夷鳴鼓女媧清歌馮夷女媧並已見上文騰文魚以警乘鳴玉鸞以偕逝騰升也文魚有翅能飛故使警乘警戒也楚辭曰文魚兮上瀨又曰將騰駕兮皆逝玉鸞已見上文六龍儼其齊首載雲車之容裔春秋命歷序曰有神人右耳蒼色大肩駕六龍出輔號曰神農儼矜莊貌春秋命歷序曰人皇乘雲車出谷口博物志曰漢武帝好道西王母七月七日漏七刻王母乘紫雲車來鯨鯢踊而夾轂水禽翔而爲衛於是越北沚過南岡紆素領迴清陽北海魚非洛川所有然神仙之川亦有爾

雅曰水中渚曰沚孔安國尚書注曰山脊曰岡毛詩曰領如蝤蠐又曰有美一人清陽婉兮動朱脣以徐言陳交接之大綱恨人神之道殊兮怨盛年之莫當抗羅袂以掩涕兮淚流襟之浪浪盛年謂少壯之時不能得當君王之意此言微感甄后之情楚辭曰攬茹蕙以掩涕兮沾予襟之浪浪淚下貌悼良會之永絕兮哀一逝而異鄉無微情以效愛兮獻江南之明璫良會夫婦之道鄉猶方也淮南子曰禮豐不足以效愛服虔通俗文曰耳珠曰璫雖潛處於太陰長寄心於君王太陰衆神之所居忽不悟其所舍悵神宵而蔽光漢書音義孟康曰宵化也於是背下陵高足往神留遺情想像顧望懷愁楚辭曰思舊故而想像傅毅七激曰無物可樂顧望懷愁冀靈體之復形御輕舟而上遡浮長川而忘反思緜緜而增慕夜耿耿而不寐霑繁霜而至

曙遡逆流向上也緜緜密意也毛詩曰耿耿不寐又曰正月繁霜命僕夫而就駕吾將歸乎東路攬騑轡以抗策悵盤桓而不能去說文曰騑驂駕也毛萇詩傳曰騑騑行不止之貌廣雅曰盤桓不進也

詩甲

補亡詩六首四言并序補亡詩序曰晳與司業疇人肄脩鄉飲之禮然所詠之詩或有義無辭音樂取節闕而不備於是遙想既往存思在昔補著其文以綴舊制

束廣微王隱晉書曰束晳字廣微平陽陽干人也父惠馮翊太守兄璆與晳齊名甞覽古詩惜其不補故作詩以補之賈謐請爲著作郎

南陔孝子相戒以養也毛詩序曰有其義而亡其辭子夏序曰南陔廢則孝友缺矣聲類曰陔隴也

循彼南陔言采其蘭采蘭以自芬香也循陔以采香草者將以供養其父母喻人求珍異以歸

眷戀庭闈心不遑安庭闈親之所居眷戀思慕也言我思歸供養心不暇安彼居之子罔或游盤居謂未仕者言在家之子無有縱樂須供養此相戒之辭也尚書曰乃盤游無度馨爾夕膳絜爾晨飡馨芬香也絜鮮靜也教其朝晚供養之方循彼南陔厥草油油草油油而從風喻己亦當柔色以承親史記微子之歌曰麥秀之漸漸禾黍之油油鄭玄禮記注曰油然物始生好貌彼居之子色思其柔言承望父母顏色須其柔順也論語子夏問孝子曰色難色難謂承順父母顏色乃爲難也眷戀庭闈心不遑留馨爾夕膳絜爾晨羞羞有滋味者有獺有獺在河之涘禮記曰孟春之月魚上冰獺祭魚獺將食之先以祭又曰獺祭魚然後虞人入澤梁此喻孝子循陔如求珍異歸養其親也淩波赴汨噬魴捕鯉字林曰汨深水也于筆切廣雅曰噬齧也爾雅曰魴魾也郭璞曰今呼魴魚爲鯿噭噭林烏受哺于子小雅曰純黑而反哺者烏也毛詩曰相彼反哺尚在翔禽養隆敬薄惟禽之似

孟子曰食而不愛豕畜之愛而不敬獸畜之劉熙曰愛而不敬若人畜禽獸但愛而不能敬也言鳥亦能報恩但不知禮敬耳今人雖有供養而無禮敬禽獸何異乎

勗增爾虔以介丕祉　鄭玄毛詩箋云介助也毛萇詩傳曰祉福也

白華孝子之絜白也　言孝子養父母常自絜如白華之無點汙也子夏序曰白華廢則廉恥缺矣

白華朱萼被于幽薄　毛詩曰鄂不韡韡鄭玄曰承華者鄂也纂要曰草叢生曰薄此喻兄弟比於華萼在林薄之中若孝子之在衆雜方於華萼自然鮮絜

粲粲門子如磨如錯　毛詩曰粲粲衣服周禮曰正室謂之門子鄭玄曰正室適子將代父當門者毛詩曰如切如瑳如琢如磨石曰磨爾雅曰謂之剒

終晨三省匪惰其恪　論語曾子曰吾日三省吾身爲人謀而不忠乎與朋友交而不信乎傳不習乎陳思王魏德論曰位冠萬國不惰厥恪

白華絳趺在陵之陬　鄭玄毛詩箋曰跗鄂足也跗與趺同陬山足也

蒨蒨士子涅而不渝　蒨蒨鮮明貌論語子曰不曰白乎涅而不緇渝變也

竭誠盡

敬亹亹忘劬毛萇詩傳曰亹亹勉勉也亡匪切白華玄足在丘之曲堂
堂處子無營無欲論語曾子曰堂堂乎張也處子處士也已見鸚鵡賦梁鴻安丘嚴平頌曰無營無欲澹爾淵清鮮侔晨葩莫之點辱孝經鉤命決曰名毀行廢玷辱先人王逸楚辭注曰點汙也點與玷古字通
華黍時和歲豐宜黍稷也子夏序曰華黍廢則畜積缺矣
黮黮重雲輯輯和風黮黮雲色不明貌徒感切輯輯風聲和也毛詩曰習習谷風毛萇曰習習和舒之貌輯與習同黍華陵巔麥秀丘中毛詩曰黍稷方華微子有麥秀之歌鄭玄曰高田宜黍稷下田宜稻麥靡田不播九穀斯豐尚書曰播厥百穀周禮曰三農生九穀鄭玄曰九穀稷黍秫稻麻大小豆大小麥也奕奕玄霄濛濛甘霤鄭玄毛詩箋曰奕奕光也玄黑也霄雲也毛萇詩傳曰濛濛雨貌凡水下流曰霤黍發稠華亦挺其秀蒼頡篇曰稠衆

也廣雅曰稠概也直留切概居致切毛詩曰實發實秀靡田不殖九穀斯茂無高不播無下不殖芸芸其稼參參其穡芸芸多貌參參長貌種曰稼斂曰穡參所今切穡我王委充我民食公羊傳曰君子之爲國也必有三年之委尚書八政一曰食玉燭陽明顯猷翼翼翼翼爾雅曰四氣和謂之玉燭郭璞曰道光照也廣雅曰翼翼明貌猷道也由庚萬物得由其道也由從也庚道也言物並得從陰陽道理而生也子夏序曰由庚廢則陰陽失其道理矣蕩蕩夷庚物則由之尚書曰王道蕩蕩毛萇詩傳曰夷常也萬物由之以生也喻王者之德羣生仰之以安也蠢蠢庶類王亦柔之毛萇詩傳曰蠢蠢動也國語曰夏禹能平水土以品處庶類孔安國尚書傳曰柔安也道之既由化之既柔木以秋零草以春抽言萬物既由於道羣黎又安於化故草木遂性而零茂隨四時也獸在于草魚躍順流言皆得其時也四時遞謝八風代扇淮南子曰四時者春生夏長秋收冬藏八風巳見上纖阿案晷星變其躔

淮南子曰纖阿月御也顔延年纂要曰景曰晷呂氏春秋曰月躔二十八宿漢書曰日月初躔星之紀音義曰躔舍也五是不逆六氣無易尚書云曰雨曰暘曰燠曰風曰時五是來備各以其序庶草蕃廡左氏傳秦醫和謂晉侯曰天有六氣陰陽風雨晦明易改也謂不改其常行也愔愔我王紹文之跡左氏傳右尹華曰祈昭之愔愔杜預曰愔愔安和貎我王成王也此詩成王時也文周文王也言能繼文王之跡也

崇丘萬物得極其高大也崇丘高丘也言萬物生長於高丘皆遂其性得極其高大也子夏序曰崇丘廢則萬物不遂其性矣

瞻彼崇丘其林藹藹植物斯高動類斯大藹藹茂盛貎周禮曰山林植物鄭玄曰物根生之屬周風既洽王猷允泰周周室也毛詩曰王猷允塞猶猷古字通漫漫方輿回回洪覆淮南子曰以天爲蓋以地爲輿曾子曰天道曰員地道曰方何類不繁何生不茂物極其性人永其壽易乾鑿度曰統者在上方物常在五位應時羣物遂性漢

書公孫弘對策曰故形和則無疾無疾則不夭恢恢大圜茫茫九壤老子曰天網恢恢九壤九州也左氏傳曰芒芒九土資生仰化于何不養資取也言取生者皆仰德而化也易曰至哉坤元萬物資生言物盡其性咸生長也人無道夭物極則長老子曰終天年而不中道夭者是智之盛也年未三十而死曰夭言無夭折之道也易曰小人道消君子道長言物極則歸長也

由儀萬物之生各得其儀也言萬物之生各由其道得其所儀也毛萇詩傳曰儀宜也蒼頡篇曰宜得所也子夏序曰由儀廢則萬物失其道理矣

肅肅君子由儀率性爾雅曰肅肅敬也郭璞曰容儀謹敬也禮記曰率性之謂道明明后辟仁以爲政爾雅曰明明察也郭璞曰聰明鑒察也爾雅曰后辟君也魚游清沼鳥萃平林毛詩曰依彼平林有集維鷮濯鱗鼓翼振振其音賔寫爾誠主竭其心賔謂羣臣也時之和矣何思何脩時既和平矣何所思慮何所脩治易曰天下何思何

慮王弼曰一以貫之不慮而盡也莊子老聃曰至人之於德也若天之自高地之自厚夫何脩之爲**文化内輯**

武功外悠輯和也言以文化輯和於内用武德加於外遠也悠遠也

述德

述祖德詩二首

五言陳郡謝録曰玄字幼度領徐州牧符堅傾國大出玄爲前鋒射傷符堅臨陣殺符融封康樂公靈運述祖德詩序曰太元中王父龕定淮南負荷世業尊主隆人逮賢相徂謝君子道消拂衣蕃岳考卜東山事同樂生之時志期范蠡之舉

謝靈運

沈約宋書曰謝靈運陳郡人也博覽羣書文章之美江左莫逮初辟琅邪王大司馬行參軍後爲臨川郡守爲有司所糾徙付廣州遂令趙欽等要合鄉里健兒於三江口篡取謝要不及有司奏依法收罰詔於廣州行棄市刑

達人貴自我高情屬天雲呂氏春秋曰陽朱貴己高誘曰輕天下而重己也天雲言高也

曹植七啓曰獨馳思乎天雲之際兼抱濟物性而不纓垢氛纓繞也垢滓也氛氣也謂世事呰惡不相纓繞不雜塵霧嵇康書曰子文三登令尹是君子思濟物之意也段生藩魏國展季救魯人段生干木也已見上展季柳下惠也劉向列女傳曰柳下惠妻誄之曰蒙恥救人德彌大兮遂謚曰惠弦高犒晉師仲連卻秦軍春秋僖公二十六年齊孝公伐魯北鄙公使展喜犒師齊侯未入境喜從之公曰魯人恐乎對曰小人則恐君子則否齊侯曰野無青草室如懸磬何恃而不恐對曰恃先王之命昔周公太公股肱周室夾輔成王成王賜之盟曰世世子孫不相侵害齊侯乃還公使展喜犒師使受命於展禽呂氏春秋曰秦將興師伐鄭賈人弦高遇之曰此必襲鄭乃矯鄭伯之命以勞之曰寡君使臣犒勞以璧膳以十二牛秦三帥對曰寡君使丙也術也視也於邊候𣈆之道也迷惑陷入大國之地再拜受之高誘曰𣈆國名也音晉今爲晉字之誤也漢書音義服虔曰以師枯槁故饋之猶食勞苦謂之勞也廣雅曰犒勞也史記曰魯仲連齊人也趙孝成王時秦使白起圍趙魏王使將軍新垣衍說趙尊秦昭王爲帝仲連責而歸之新垣衍起再拜請出秦將聞之爲卻十五里臨組乍不緤對珪寧肯分史記曰平原君欲封魯連連不肯受左太冲詠史詩

曰臨組不肯緤對珪不肯分說文曰組綬屬也王逸楚辭注曰緤繫也據仲連文雖不見分珪之事古者封爵皆隨其爵之輕重而賜之
珪辭執以爲瑞信令仲連不受齊趙之封爵明其不肯分珪也惠物辭所賞勵志故絕人恩惠及物而不
受賞貝賜言勉其志不與衆同故言絕人也孔安國尚書傳曰勵勉也苕苕歷千載遥遥播清塵清
塵竟誰嗣明哲時經綸明哲謂祖考也清塵巳見懷舊賦經綸見南都賦委講綴道論
攺服康世屯漢書曰太史公習道論於黃子左氏傳齊侯謂韓厥曰服攺矣杜預曰朝戎異服周易曰屯難也屯
難既云康尊主隆斯民莊子曰語大功立大名此朝廷之士尊主強國之人也魏志詔曰翻然攺節以隆斯民
中原昔喪亂喪亂豈解巳晉中興書曰中原亂中宗初鎮江東中原謂洛陽也晉懷愍帝時有石勒劉聰
等賊破洛陽懷帝沒於平陽崩騰永嘉末逼迫太元始王隱晉書曰懷帝即位年號永嘉孝武即位年
號太元河外無反正江介有蹶圮河外西晉也公羊傳曰撥亂反正莫近於春秋江介東晉也左氏傳曰以
敝邑褊小介於大國杜預曰介間也毛詩曰今也蹙國百里爾雅曰圮敗覆也萬邦咸震懾橫流賴君子

慴懼也謝靈運山居賦自注曰余祖車騎建大功淮肥左右得免横流之禍孟子曰洪水横流氾濫於天下

拯溺由道情龕暴資神理拯濟也溺没也孟子曰天下溺則援之以道莊子曰夫道有情有信孔安國尚書傳曰龕勝也曹植武帝誄曰人事既關聰鏡神理

秦趙欣來蘇燕魏遲文軌尚書曰徯予后后來其蘇文軌已見恨賦

賢相謝世運遠圖因事止賢相即太傅也山居賦注曰太傅既薨遠圖已輟左傳榮成伯曰遠圖者忠也曹大家上疏謂兄曰上損國家累世劬勞遠圖之功

高揖七州外拂衣五湖裏山居賦注曰便求解駕東歸以避君側之亂舜分天下爲十二州時晉有七故云七州也張勃吴録曰五湖者太湖之别名周行五百餘里

隨山疏濬潭傍巖蓺枌梓山居賦注曰選神麗之所申高栖之意疏開也濬深也楚人謂深水爲潭蓺樹也

遺情捨塵物貞觀丘壑美貞正也觀視也言正見丘壑之美

勸勵

勸者進善之名勵者勗己之稱

諷諫一首 四言并序

韋孟善曰漢書曰韋賢魯國鄒人也其先韋孟家本彭城爲楚元王傅

孟爲元王傅傅子夷王及孫王戊戊荒淫不遵道作詩諷諫曰善曰漢書曰楚元王交字游高祖同父少弟也高祖即位立交爲楚王薨子郢客嗣是爲夷王薨子戊嗣

肅肅我祖國自豕韋應劭曰左氏傳曰在商爲豕韋氏杜預曰國名東郡白馬縣南有韋城黼衣朱黻四牡龍旂善曰應劭曰黼衣衣上畫爲斧形而白與黑爲采龍旂旗上畫龍爲之朱黻上廣一尺下廣二尺長三尺以皮爲之古者上公服之毛詩曰朱黻斯皇又曰四牡翼翼又曰龍旂承祀彤弓斯征撫寧遐荒言受彤弓之賜於此得專征伐善曰毛詩曰彤弓弨兮荒荒服也揔齊羣邦以翼大商迭彼大彭勳績惟光應劭曰國語曰大彭豕韋爲商伯迭互也言豕韋與大彭互爲伯於商也至于有周歷世會同顏師古曰繼爲諸侯預盟會之事也善曰會同已見東京賦王赧聽譖寔絕我邦應劭曰王赧周末王聽讒受譖潤絕豕韋氏劉兆曰旁言曰譖善曰赧王已見西征賦我邦既絕厥政斯逸應劭

曰自絶豕韋之後政教逸漏不由王者臣瓚曰逸放也管子曰令不行謂之放顏師古曰瓚說是也賞罰之行非繇王室善曰尚書曰以藩王室繇與由古字通庶尹羣后靡扶靡衛顏師古曰庶尹庶官之長也羣后諸侯也善曰尚書曰庶尹允諧又曰肆覲羣后尹正也羣后天下諸侯也五服崩離宗周以墜應劭曰五服謂甸服侯服綏服要服荒服也墜失也直魏切善曰論語子曰邦分崩離析宗周已見西征賦我祖斯微遷于彭城顏師古曰言我先祖遂微善曰漢書曰楚國有彭城縣在予小子勤唉厥生應劭曰小兒啼聲唉唉顏師古曰唉歎聲善曰方言曰唉歎辭也許其切阸此嫚秦耒耜斯耕顏師古曰言遭秦暴嫚無有列位躬耕于野悠悠嫚秦上天不寧乃眷南顧授漢于京顏師古曰高祖起在豐沛於秦爲南故曰南顧言以秦之京邑授與漢也於赫有漢四方是征顏師古曰於讀爲烏烏歎辭也赫明貌此詩中諸歎稱於者其音皆同靡適不懷萬國攸平顏師古曰懷思也來也言漢兵所往無不歸懷故萬國所以皆平乃命厥弟弟謂元王也元王封於楚國建侯于楚俾我小臣惟

傅是輔矜矜元王恭儉靜一善曰孔安國尚書傳曰矜矜戒慎恭敬靜守一道也惠此黎民納彼輔弼享國漸世垂烈于後應劭曰元王立二十七年而薨垂遺業於後嗣漸世沒世也善曰漸沒也迺及夷王克奉厥緒夷王名郢客元王子咨命不永惟王統祀善曰夷王立四年薨戊乃嗣故言不永統祀纂統宗祀也左右陪臣斯惟皇士顏師古大雅曰皇正也善曰毛詩曰思皇多士皇士美士也如何我王不思守保不惟履冰以繼祖考顏師古曰惟亦思也言不思念敬慎如履薄冰之義用繼祖考之業也善曰守其富貴保其社稷履冰已見寡婦賦邦事是廢逸游是娛犬馬悠悠是放是驅顏師古曰繇與悠同行貌放放犬驅驅馬也務此鳥獸忽此稼苗烝民以匱我王以媮善曰馳騁犬馬悠悠然遠也媮與愉同樂也人失稼穡以致困匱而王反以爲樂也所引匪德所親匪俊唯囿是恢唯諛是信顏師古曰恢大也諛謟言也睮睮諂夫諤諤黃髮如淳曰睮睮目媚貌史記曰不如周舍之咢咢咢與諤同睮以朱切

諤諤正直貌黃髮老人髮落更生黃者如何我王曾不是察既藐下臣追欲縱逸應劭曰藐遠也言疏遠忠賢之輔追情欲縱逸遊也臣瓚曰藐陵藐也善曰儀禮曰凡自稱於君士大夫則曰下臣嫚彼顯祖輕此削黜善曰尚書曰昭乃顯祖嗟嗟我王漢之睦親顏師古曰睦密也言服屬近善曰我王戊也尚書曰九族既睦曾不夙夜以休令聞善曰尚書曰舊有令聞穆穆天子照臨下土善曰毛詩曰天子穆穆又曰明明上天照臨下土明明羣司執憲靡顧顏師古曰靡無也言執天子之法無所顧望讀如古協韻正遐由近殆其茲怙善曰茲此謂此親也言欲正遠人先從近親始而王怙恃漢戚不自昻慎以致危殆嗟嗟我王曷不斯思匪思匪監嗣其罔則善曰言王不思鑒鏡之義是令後嗣無所法則彌彌其逸岌岌其國應劭曰彌彌猶稍稍也罪過滋甚岌岌欲毁壞之意顏師古曰岌岌危動貌五荅切又鄧展曰岋孟子曰天下殆哉岌岌乎司馬彪以爲岋岋危也致冰匪霜致墜匪嫚應劭曰易曰履霜堅冰至言非一日之寒也晉灼曰

致冰無不先由微霜致隊墜無不先由驕慢瞻惟我王時靡不練善曰時是也練委也言王於上所言之事無不委練也

興國救顛孰違悔過善曰言欲興其邦國救其顛隊墜誰能違於悔過乎追思黃髮

秦繆以霸顏師古曰秦繆公伐鄭爲晉所敗而歸乃作秦誓善曰尚書秦穆公曰詢茲黃髮則罔所愆歲月其

徂年其逮耇顏師古曰逮及也耇者老人面色如耇善曰徂往也言日月徂逝年將及老悔過自新理宜在速爾雅曰耇老壽也

於赫君子庶顯于後顏師古曰於歎辭也昔之君子庶幾善道所以能光顯於後代也我

王如何曾不斯覽顏師古曰覽視也叶韻音濫黃髮不近胡不時鑒顏師古曰黃髮不近者斥遠耇老之人近音其靳切善曰歎美昔之君子能庶幾自悔故光顯于後

勵志一首

四言廣雅曰勵勸也此詩茂先自勸勤學

張茂先

大儀斡運天迴地游大儀太極也以生天地謂之大成形之始謂之儀鄭玄曰極中之道淳和未分之氣也斡轉也春秋元命包曰天左旋地右動河圖曰地有四游冬至地上行北而西三萬里夏至地下行南而東三萬里春秋二分是其中矣地常動

不止而人不知譬如閉舟而行不覺舟之運也四氣鱗次寒暑環周禮記曰四氣之和以著萬物之理李尤辟雍賦曰攢羅鱗次差池雜遝范子曰度如環無有端周迴如循環未始有極星火既夕忽焉素秋星火火星也巳見上爾雅曰秋爲白藏故云素秋涼風振落熠燿宵流其一涼風巳見上毛詩傳曰熠燿燐也吉士思秋寔感物化思悲也謂鴻鴈來賓雀入大水爲蛤之類毛詩曰有女懷春吉士誘之淮南子曰春女悲秋士哀而知物化矣日與月與荏苒代謝毛詩曰日居月諸淮南子曰二者代謝而蹄馳顔延年曰一寒一暑一往一復爲代去者爲謝逝者如斯曾無日夜論語曰子在川上曰逝者如斯夫不捨晝夜嗟爾庶士胡寧自舍其二言逝川之流不舍日夜亦當感之以勵志何得晏然自舍哉仁道不遐德輶如羽求焉斯至衆鮮克舉論語子曰仁遠乎哉我欲仁斯仁至矣毛詩曰德輶如毛人鮮克舉大猷玄漠將抽厥緒毛詩曰秩秩大猷說文曰玄幽遠也又曰漠寂也廣雅曰漠泊也說文曰漠無爲也言大道玄遠幽漠知之猶從小引其端緒而至於可知先民有作貽我高矩其三毛詩曰自古在昔先民有作又匪先民是經先民周公孔子也雖有淑

姿放心縱逸田般于游居多暇日孫卿子曰其爲人也多暇日者其出入不遠也如彼
梓材弗勤丹漆雖勞朴斲終負素質其四尚書曰若作梓材既勤樸斲惟其塗丹雘
養由矯矢獸號于林淮南子曰楚恭王遊于林中有白猨緣木而矯王使左右射之騰躍避矢不能中於
是使由基撫弓而眄猨乃抱木而長號何者誠在於心而精通於物蒲盧縈繳神感飛禽蒲盧舊說云即
蒲且也已見西京賦汲冢書曰蒲且子見雙鳥過之其不被弋者亦下故言感也末伎之妙動物應心研精
躭道安有幽深其五物獸與禽也尚書序曰研精覃思荅賓戲曰浮英華躭道德安心恬蕩棲志
浮雲體之以質彪之以文莊子曰恬淡寂漠道德之篤也淮南子曰使神恬蕩而不失其充荅賓戲曰仲
尼抗浮雲之志說文曰彪虎文貌如彼南畝力耒既勤藨蔉致功必有豐殷
其六以農喻也左氏傳趙文子謂祁午曰譬如農夫是藨是蔉雖有饑饉必有豐年杜預曰藨耘也壅苗爲蔉水積成淵載
瀾載清土積成山歊蒸鬱冥荀卿子曰土積成山風雨興焉水積成川蛟龍生焉種善德而

神明自得聖心循焉尸子曰土積成岳則楩柟豫章出焉水積成川則吞舟之魚生焉夫學之積也亦有所出也傅毅顯宗頌曰蕩蕩川瀆既瀾且清張揖字詁曰歊氣上出貌 **山不讓塵川不辭盈** 管子曰海不辭水故能成其大山不辭土故能成其高士不厭學故能成其聖 **勉爾含弘以隆德聲** 其七周易曰含弘光大蔡邕袁喬碑曰于茲德聲發聞遐邇 **高以下基洪由纖起** 老子曰高必以下爲基又曰合抱之木生於毫末 **川廣自源成人在始** 禮記曰王者之祭川也皆先河而後海或源也或委也鄭玄曰始於一勺卒成不測論衡曰自源發流安得不廣國語晉趙武冠見韓獻子獻子曰戒之此謂成人成人在始與善敬之哉 **累微以著乃物之理** 孫卿子曰盡小者大積微者著 **纆牽之長實累千里** 其八凡言物之大必資於小故此言若輕於小亦累於大戰國策段干越謂韓相新城君曰昔王良弟子駕千里之馬過京父之弟子京父之弟子曰馬千里之馬也服千里之服也而不能取千里何也曰子纆牽長故纆牽於事萬分之一也而難千里之行今臣雖不肖於秦亦萬分之一也而相國見臣不懌者是纆牽長也千里之馬繫以長索則爲累矣人雖有容貌不脩德如千里馬也 **復禮終朝天下歸仁** 論語顏淵問仁子曰克己復禮爲仁一日克己復禮天下歸仁焉孔安國曰復

及也身能及禮則爲仁也馬融曰一日猶見歸況於終身若金受礪若泥在鈞大戴禮曰君子學不可以已矣是故金就礪則利在鈞已見西征賦謂陶家泥輪以能成器也老子曰埏埴以爲器進德脩業暉光日新易曰君子進德脩業欲及時也又曰君子之光暉吉又曰日新之謂盛德隰朋仰慕予亦何人其九莊子曰管仲有病桓公往問之仲父之病病矣寡人惡乎屬國而可對曰隰朋可其爲人也愧不若黄帝而哀不已若者朋慕管之德華言隰朋猶慕德我是何人而不慕乎

文選卷第十九

賜進士出身通奉大夫江南蘇松常鎮太等處承宣布政使司布政使胡克家重校刊

文選卷第二十

梁昭明太子撰

文林郎守太子右内率府録事參軍事崇賢館直學士臣李善注上

獻詩

公讌

劉公幹公讌詩一首　五言

應德璉侍五官中郎將建章臺集詩一首　五言

陸士衡皇太子讌玄圃宣猷堂有令賦詩一首　四言

陸士龍大將軍讌會被命作詩一首　四言

應吉甫晉武帝華林園集詩一首　四言

謝宣遠九日從宋公戲馬臺集送孔令詩一首　五言

范蔚宗樂遊應詔詩一首　五言

謝靈運九日從宋公戲馬臺集送孔令詩一首　五言

顏延年應詔曲水讌詩一首　四言

皇太子釋奠會詩一首　四言

丘希範侍讌樂遊苑送張徐州應詔詩一首 五言

沈休文應詔樂遊餞呂僧珍詩一首 五言

祖餞

曹子建送應氏詩二首 五言

孫子荊征西官屬送於陟陽候作詩一首 五言

潘安仁金谷集作詩一首 五言

謝宣遠王撫軍庾西陽集别作詩一首 五言

謝靈運鄰里相送方山詩一首 五言

謝玄暉新亭渚别范零陵詩一首 五言

沈休文别范安成詩一首 五言

獻詩

上責躬應詔詩表 魏志曰黃初四年植朝京都上疏幷獻詩二首 曹子建

臣植言臣自抱釁歸藩植集曰植抱罪徙居京師後歸本國而魏志不載蓋魏志略也杜預左氏傳注曰釁瑕隙也賈逵國語注曰釁兆也謂罪萌兆也刻肌刻骨孝經鉤命決曰削肌刻骨挈挈勤思追思罪戾晝分而食夜分而寢爾雅曰戾罪也韓子曰衛靈公至濮水夜分聞有鼓琴者誠以天網不可重罹聖恩難可再恃老子曰天網恢恢洞簫賦曰蒙　聖主之渥恩竊感相鼠之篇無禮遄市專死之義感猶思也毛詩曰相鼠有體人而無禮人而無禮胡不遄死爾雅曰遄速也形影相弔五情愧赧奴簡切文子曰昔者中黃子曰色有五章人有五情說文曰赧面慙也以罪棄生則違古賢夕改之勸曾子曰君子朝有過夕改則與之夕有過朝改則與之忍垢苟全則犯詩人

胡顏之譏 即上胡不遄死之義也孔安國尚書傳曰胡何也毛詩謂何顏而不速死也郄仲文表曰亦胡顏之厚義出於此 伏惟陛下 應劭曰陛升堂之階王者必有執兵陳於階陛之側臣與至尊言不敢指斥故呼在陛者而告之因卑以達尊之意也若稱殿下閤下侍者執事皆此類也 德象天地恩隆父母 漢書曰孝文皇帝德厚侔天地尚書曰天子作民父母 施暢春風澤如時雨 漢書音義曰暢通也蘇順陳公誄曰化侔春風澤配甘雨風賦曰不擇貴賤高下而加焉呂氏春秋曰甘露時雨不私一物 是以不別荊棘者慶雲之惠也 史記曰若煙非煙若雲非雲郁郁紛紛蕭索輪囷是謂慶雲 七子均養者鳲鳩之仁也 毛詩曰鳲鳩在桑其子七兮毛萇曰鳲鳩之養其子旦從上下暮從下上其均平如一 含罪責功者明君之舉也 矜愚愛能者慈父之恩也 孔安國尚書傳曰矜憐也論衡曰父母之於子恩等豈為貴賢加意賤愚不察乎 是以愚臣徘徊於恩澤而不敢自棄者也

左氏傳士貞伯曰鄭伯其死乎自棄也已前奉詔書臣等絶朝心離志絶自分黄耇永無執珪之望分謂甘愜也毛詩序曰尊事黄耇珪者古之諸侯所執周禮曰上公之禮執桓圭諸侯之禮執信圭史記陳軫曰越人莊舄仕楚執珪不圖聖詔猥垂齒召猥猶曲也尚書曰降霍叔于庶人三年不齒孔安國曰三年之後乃齒録之至止之日馳心輦轂毛詩曰至止肅肅胡廣漢官解詁注曰轂下喻在輦轂之下京城之中僻處西館未奉闕庭東京賦曰闕庭神麗踊躍之懷瞻望反側毛詩曰踊躍用兵又曰瞻望不及又曰展轉反側不勝犬馬戀主之情史記丞相青翟曰臣不勝犬馬之心謹拜表并獻詩二篇詞旨淺末不足采覽貴露下情冒顔以聞臣植誠惶誠恐頓首頓首死罪死罪漢書音義張晏曰人臣上書當昧犯死罪而言也

責躬詩一首 四言

於穆顯考時惟武皇毛詩曰於穆清廟禮記曰王立七廟曰顯考廟毛詩曰時惟鷹揚武皇謂曹操也受命于天寧濟四方毛詩序曰文王受命作周也鄭玄曰受天命而王天下也傅毅明帝頌表曰體天統物寧濟烝民朱旗所拂九土披攘李陵與蘇武書曰雷鼓動天朱旗翳日登徒子好色賦曰周覽九土漢火德操爲漢臣故建朱旗也時獻帝在故玄化滂流荒服來王廣雅曰玄道也謂道德之化也蔡邕陳留太守頌曰玄化洽矣尚書曰四夷來王超商越周與唐比蹤商周用師故云超越唐虞禪讓故云比蹤篤生我皇奕世載聰我皇文帝也毛詩曰篤生武王國語祭公謀父曰奕世載德武則肅烈文則時雍毛詩曰相土烈烈毛萇曰相土契孫也鄭玄曰威武之盛烈烈然也尚書曰黎民於變時雍孔安國曰雍和也受禪于漢君臨萬邦魏受漢禪已見魏都賦尚書曰君臨周邦又曰協和萬邦萬邦既

化率由舊則毛詩曰不愆不忘率由舊章鄭玄曰率循也廣命懿親以藩王國爾雅曰命告也尊君令謂之命左氏傳富辰諫王曰昔周公封建親戚以藩屏周不廢懿親毛詩曰生此王國帝曰爾侯君茲青土魏志曰建安十九年植封臨淄侯臨淄屬齊郡舊青州之境尚書帝曰爾諧漢書封齊王曰受茲青土奄有海濱方周于魯毛詩曰奄有龜蒙毛萇曰奄大也尚書曰青州海濱廣斥孔安國曰濱涯也論語注曰方比方也毛詩曰建爾元子俾侯于魯車服有輝旗章有叙尚書曰車服以庸國語曰爲車服旗章以旌之毛詩曰庭燎有輝禮記曰以爲旗章以別貴賤鄭玄曰章幟也應劭漢官典職楊喬曰威儀有序濟濟儁乂我弼我輔毛詩曰濟濟多士尚書曰儁乂在官尚書大傳曰天子有四鄰左輔右弼伊余小子恃寵驕盈毛詩曰閔予小子班固漢書景十三王述曰膠東不亮常山驕盈舉挂時網動亂國經家語孔子曰治天下國家有九經其所以行者一也作藩作屏先軌是隳孔安國尚書傳

曰噫廢也傲我皇使犯我朝儀魏志曰黃初二年植就國使者灌均希旨奏植醉酒勃逆
劫脅使者有司請治罪帝以太后故貶爵安鄉侯國有典刑我削我黜植集曰博士等
議可削爵土免爲庶人尚書曰象以典刑韋孟諷諫詩曰輕此削黜將寘于理元凶是率
魏志曰有司請罰植罪廣雅曰將欲也周易曰寘于叢棘毛萇詩傳曰寘致也司馬遷書曰遂下于理鄭玄禮記注曰
理治獄之官儀禮曰率導也明明天子時惟篤類魏志詔云植朕之同母弟骨肉之親舛而
不殊其改封植毛詩曰明明天子令問不已又曰孝子不匱永錫爾類鄭玄曰長以與汝之族類也不忍我刑
暴之朝肆殺人陳其尸曰肆論語子服景伯曰吾力猶能肆諸市朝杜預左氏傳注曰肆市列也違
彼執憲哀予小臣韋孟諷諫詩曰明明羣司執憲靡顧楊雄交州箴曰牧臣司交敢告執憲儀禮
曰小臣正辭改封兖邑于河之濱魏志曰帝以太后故貶爵安鄉侯又曰黃初二年改封鄄
城屬東郡舊兖州之境尚書曰濟河惟兖州植表曰行至延津受安鄉印綬股肱弗置有君無

臣尚書大傳曰股肱惟臣荒淫之闕誰弼予身韋孟諷諫詩序曰王戊荒淫不遵道作諷諫詩

煢煢僕夫于彼冀方植集曰詔云知到延津遂復來求出獵表曰臣自招罪釁徙居京師待罪南宮然植雖封安鄉侯猶住冀州也時魏都鄴鄴冀州之境也一云時魏以雒爲京師比堯之冀方也大戴禮曰驪駒在門僕夫具存毛萇詩傳曰于往也尚書五子之歌曰惟彼陶唐有此冀方

嗟余小子乃罹斯殃

赫赫天子恩不遺物謂至京師蒙恩得還也植求習業表曰雖免大誅得歸本國毛詩曰赫赫在上周易曰曲成萬物而不遺

冠我玄冕要我朱紱周禮曰王之五冕皆玄冕朱裏毛詩曰朱芾斯皇芾與紱同禮記曰諸侯佩山玄玉而朱組綬蒼頡篇曰紱綬也魏志曰朱紱光大

光光大使我榮我華楊雄侍中箴曰光光常伯儵儵貂璫文子曰有榮華必有愁悴

剖符受土王爵是加魏志曰黃初三年立爲鄄城王四年封雍丘王喻巴蜀檄曰剖符而封析珪而爵

仰齒金璽俯執聖策左氏傳羽父曰寡人若朝于薛不敢與諸任齒杜預曰齒列也漢書曰諸侯王皆金璽史記曰

高祖封三王皆以策書皇恩過隆祇承怵惕西京賦曰皇恩溥尚書曰祇承于帝又曰怵惕惟厲咨我小子頑凶是嬰說文曰嬰繞也逝慙陵墓存愧闕庭匪敢傲德寔恩是恃威靈攺加足以没齒班固漢書述曰震我威靈五世來服四子講德論曰聖德隆盛威靈外覆論語子曰管仲奪伯氏駢邑三百没齒無怨言孔安國曰齒年也昊天罔極生命不圖言生之天壽不可預謀也毛詩曰欲報之德昊天罔極家語孔子曰分於道謂之命毛詩傳曰不慮不圖嘗懼顛沛抱罪黃壚論語曰顛沛必於是馬融曰顛沛僵仆也淮南子曰上際九天下契黃壚高誘曰泉下有壚山願蒙矢石建旗東嶽左氏傳曰荀偃親受矢石東嶽鎮吳之境子建詩曰我心常怫鬱思欲赴太山與此義同庶立毫氂微功自贖漢書音義曰十毫爲氂班超上疏曰冀立微功以自陳効危軀授命知足免戾論語子曰見危授命亦可以爲成人矣左氏傳太史克曰庶幾免於戾乎甘赴江湘奮

戈吳越天啓其衷得會京畿左氏傳呂相曰天誘其衷杜預曰衷中也遲奉聖顔如渴如飢遲猶思也張奐與許季師書曰不面之闊悠悠曠久飢渴之念豈當有忘毛詩曰憂心烈烈載飢載渴心之云慕愴矣其悲天高聽卑皇肯照微史記子韋謂宋景公曰天高聽卑爾雅曰皇君也又曰肯可也班固說東平王蒼曰願隆照微之明信日昃之聽

應詔詩一首 四言

肅承明詔應會皇都爾雅曰肅敬也東都賦曰下明詔又曰春王三朝會同漢京會朝會也星陳夙駕秣馬脂車毛詩曰星言夙駕又曰言秣其馬又曰旣脂爾車命彼掌徒肅我征旅鄭玄禮記注曰肅戒也朝發鸞臺夕宿蘭渚鸞臺蘭渚以美言之漢宮闕名曰長安有鷟鸞殿公孫乘月賦曰鵾雞舞於蘭渚芒芒原隰祁祁士女毛詩曰宅殷土芒芒又曰采蘩祁祁經彼公田樂我稷黍毛詩

曰雨我公田又曰我黍與與我稷翼翼爰有樛木重陰匪息毛詩曰爰有寒泉又曰南有樛木又曰南有喬木不可休息雖有糇糧飢不遑食毛詩曰乃裹糇糧毛萇曰糇糧食也音侯吴越記采葛婦人詩曰飢不遑食四體疲望城不過面邑不遊鄭玄周禮注曰面猶向也僕夫誓策平路是由舞賦曰僕夫正策鄭玄周禮注曰誓敇戒之玄駟藹藹揚鑣漂沫廣雅曰藹藹盛也舞賦曰龍驤橫舉揚鑣飛沫流風翼衡輕雲承蓋甘泉賦曰風從從而扶轄楚辭曰雲霏霏而承宇涉澗之濵緣山之隈孔安國尚書傳曰濵涯也說文曰隈曲也遵彼河滸黃坂是階毛詩曰在河之滸毛萇曰水崖曰滸爾雅曰階因也西濟關谷或降或升陸機洛陽記曰洛陽有西關南伊闕谷即大谷也騑驂倦路再寢再興韓詩曰兩驂鴈行薛君曰兩驂左右騑驂毛詩曰言念君子再寢再興將朝聖皇匪敢晏寧弭節長騖指日遄征

楚辭曰吾令羲和弭節兮司馬彪上林賦注曰弭節安志也蔡琰詩曰遄征日遐邁毛萇詩傳曰遄疾也

前驅舉燧後乘抗旌毛詩曰伯也執殳為王前驅西京賦曰升觴舉燧薛綜曰燧火也漢書終軍曰驃騎抗旌昆邪右祍周禮曰析羽為旌

輪不輟運鑾無廢聲毛詩曰鑾聲鏘鏘鄭玄周禮注曰鑾在衡以金為鈴

爰暨帝室稅此西墉毛詩曰召伯所稅毛萇曰稅猶舍也又曰墉城也

嘉詔未賜朝覲莫從毛萇詩傳曰覲見也

仰瞻城閾俯惟闕庭說文曰閾門梱也

長懷永慕憂心如酲楚辭曰情慨而長懷毛詩曰憂心如酲誰秉國成

關中詩一首

四言岳上詩表曰詔臣作關中詩輒奉詔竭愚作詩一篇案漢記孝明時護羌校尉竇林上降羌顛岸以為羌豪岸兄顛吾復降問事狀林對前後兩屈坐誣調下獄死齊萬年編戶隸屬為日久矣而死生異辭必有詭謬故引證前以懲不恪

潘安仁

於皇時晉，受命既固。毛詩曰：於皇時周。又曰：天立厥配，受命既固。鄭玄曰：受命，受天命以王天下也。

三祖在天，聖皇紹祚。臧榮緒晉書曰：宣帝追號曰高祖，文帝號曰太祖，武帝號曰世祖，聖皇，惠帝也。毛詩曰：三后在天，王配于京。爾雅曰：紹，繼也。

德博化光，刑簡枉錯。周易曰：善世而不伐，德博而化。又曰：後得主而有常，含萬物而化光。尚書曰：五辭簡孚，正于五刑。潛夫論曰：簡刑薄威，此德之上。論語曰：舉直錯諸枉。

微火不戒，延我寶庫。其一。王隱晉書曰：惠帝元康五年十月，武庫災，焚累代之寶。

蠢爾戎狄，狡焉思肆。毛詩曰：蠢爾蠻荆。傳暢諸公讚曰：北地盧水胡馬蘭羌因此爲亂，推齊萬年爲主。左氏傳申公巫臣曰：夫狡焉思啓其封疆。賈逵國語注曰：肆，恣也。謂思恣凶逆也。

虞我國眚，窺我利器。左氏傳莒子曰：孰以我爲虞。杜預曰：虞，度也。孔安國尚書傳曰：眚，過也。老子曰：國之利器不可以示人。國語曰：利其器用。韋昭曰：器，兵甲。

岳牧慮殊，威懷理二。尚書曰：內有百揆四岳，外有州牧侯伯。左氏傳魏絳曰：戎狄事晉，諸侯威懷。又曰：晉郤缺言於趙宣子曰叛而不討何以示威服而不柔何以示懷非威非懷何以示德無德何以主盟將無專策兵不素肆以寘切其二賈逵國語注曰素預也又曰肆習也翹翹趙王請徒三萬朝議惟疑未逞斯願傅暢晉諸公讚曰司馬倫字子彝咸熙中封趙王進征西假節都督雍梁晉諸軍事倫誅羌大酋數十人胡遂反朝議召倫還朱鳳晉書曰宣帝柏夫人生趙王倫位至相國倫請三萬人往平齊萬年朝議不許司馬相如美人賦曰恒翹翹而西顧賈逵國語注曰逞快也桓桓梁征高牙乃建干寶晉紀曰梁王彤爲征西大將軍西討氐尚書曰勗哉夫子尚桓桓牙牙旗也兵書曰牙旗將軍之旗旗蓋相望偏師作援其三漢書曰冠蓋相望左氏傳韓獻子曰以偏師陷罪孰大焉又曰要結大援援助也虎視眈眈威彼好畤干寶晉紀曰彤爲大都督督關中諸軍屯好畤易曰虎視眈眈其欲逐逐素甲日曜玄幕雲起楚漢春秋趙中大夫曰臣聞越王句踐素甲三千曹植辨問曰赫然而日曜之漢書五行志曰雲起於山中誰其

繼之夏侯卿士王隱晉書曰齊萬年帥羌胡圍涇陽遣安西將軍夏侯駿西討氐羌左氏傳曰
子產爲政輿人誦之子產若死誰其嗣之又曰楚伐吴子魚先死楚師繼之毛詩曰皇甫卿士惟系惟
處列營碁跱其四王隱晉書曰解系字少連濟南人爲雍州刺史又曰周處字子隱吴興人
朝廷以處忠烈欲遣討氐乃拜建威將軍謝承後漢書曰西夷蠢動姦雄碁跱夫豈無謀戎士
承平漢書師丹曰令累世承平守有完郛戰無全兵孫子兵法曰凡用師以全兵爲
上鋒交卒奔孰免孟明杜篤衆瑞頌曰猛將與虜交鋒左氏傳曰楚師車馳卒奔
又曰子墨衰絰敗秦師于殽獲百里孟明視西乞術白乙丙以歸飛檄秦郊告敗上京
其五王隱晉書曰周處解系與賊戰於六陌軍敗漢書高祖曰吾以羽檄徵天下兵應劭曰以雞毛系檄魏武
奏事云邊有警輒露插羽以檄急之意也左氏傳曰王師敗績于茅戎又曰王人來告敗邊讓章華臺賦曰聲
肅恭乎上京周殉師令身膏氐斧周處別傳曰氐賊齊萬年爲亂處仰天嘆曰古

者將受命鑿凶門以出蓋有進無退我爲大臣以身人
殉國不亦可乎遂戰死臧榮緒晉書曰氐西戎別名
之云亡貞節克舉毛詩曰人之云亡邦國殄瘁楚辭曰原生受命于貞節盧播
違命投畀朔土孫盛晉陽秋曰振威盧播伐萬年王隱晉書曰盧播詐論功免爲庶人徙
北平廣雅曰違背也毛詩曰投畀有北爾雅曰朔北方也爲法受惡誰謂荼苦其六
左氏傳孔子曰趙宣子爲法受惡毛詩曰誰謂荼苦其甘如薺哀此黎元無罪無辜孝經
鉤命決曰天有顧眄之義受圖于黎元孔安國尚書傳曰黎衆也高誘戰國策注曰元元善也毛詩曰無罪無
辜讒口嗸嗸肝腦塗地白骨交衢檄蜀文曰肝腦塗中原漢書曰一敗塗地古出夏北
門行曰白骨不覆疫癘淫行魏許昌碑表曰白骨既交橫於曠野夫行妻寡父出子孤
鄭玄孝經注曰五十無夫曰寡禮記曰少而無父謂之孤俾我晉民化爲狄俘芳于切
其七詩曰覆俾我悖賈逵國語注曰伐國取人曰俘亂離斯瘼日月其稔言亂離之道於

此將散論其日月爲惡又熟言必亡也韓詩曰亂離斯莫爰其適歸薛君曰莫散也毛詩曰亂離瘼矣毛萇曰瘼病也今此既引韓詩宜爲莫字左氏傳曰周毛得殺毛伯過萇弘曰毛得必亡是昆吾稔之日也杜預曰稔熟也 天子是矜旰古旦食晏寢 孔安國尚書傳曰矜憐也左氏傳伍奢曰楚君大夫其旰食乎杜預曰旰晏也 主憂臣勞孰不祗懍 史記范雎曰臣聞主憂臣辱主辱臣死周書曰君憂臣勞主辱臣死孔安國尚書傳曰懍危也 愧無獻納尸素以甚 其入兩都賦序曰朝夕獻納薛君韓詩章句曰何謂素飧素者質人但有質朴而無治民之材名曰素飧尸祿者頗有所知善惡不言默然不語苟欲得祿而已譬若尸焉 皇赫斯怒爰整精銳 毛詩曰王赫斯怒爰整其旅戰國策季良謂魏王曰恃兵之精銳而欲攻邯鄲也 命彼上谷指日遄逝 王隱晉書曰孟觀字叔時稍遷至積弩將軍封上谷郡公及關中氐反諸將敗退乃遣觀也曹植應詔詩曰指日遄征 親奉成規稜威遐厲 孫資別傳曰成規之畫資皆管之漢書武帝與李廣

書曰威稜憺乎鄰國王逸楚辭注曰厲烈也廣雅曰厲惡也首陷中亭揚聲萬計其九孫盛晉陽秋曰孟觀爲建威將軍擊氐羌於中亭大破之陷猶敗也萬計謂所誅之數羽獵賦曰仗鏌邪而羅者以萬計兵固詭道先聲後實言觀揚聲合於詭道也司馬兵法曰兵者詭道故能而示之不能漢書廣武君謂韓信曰兵固有先聲後實聞之有司以萬爲一言有司疑觀之詐故觀言誅萬有司以之爲一紂之不善我未之必以紂喻觀也言觀雖妄聲而同紂之不善我未以爲必然疑有司抑之太甚也論語子貢曰紂之不善不如是之甚也虛畠胡皎湳奴感德謬彰甲吉其十說文曰畠顯也蒼頡篇曰畠明也孔安國尚書傳曰彰明也湳甲二羌號也德吉其名也言觀虛明誅二羌之功此觀之過也虛畠謬彰其義一耳但交相避東觀漢記曰金城隴西甲湳勒姐種羌反出塞外說文曰湳水出西河美稷縣故羌人因水爲姓漢沖帝時羌湳孤奴歸化是其先也左氏傳曰晉人滅赤狄甲氏杜預注曰甲氏赤狄別種雍門不啓陳汧危逼漢書

右扶風有雍縣陳倉縣汧縣左氏傳曰申息之北門不啓觀遂虎奮感恩輸力王隱
晉書曰孟觀身當大敵功蓋一時左氏傳欒盈曰昔陪臣輸力於王室重圍克解危城載
色晉中興書曰觀從中亭北出何惲領二萬人以繼之雍圍解班固耿恭守疏勒城賦曰日兮月兮阨重圍毛詩
曰載色載笑毛萇曰色溫潤也豈曰無過功亦不測其十一過謂虛晶滴德功謂重圍克解毛
詩曰豈曰無衣黃石公記序曰慮若源泉深不可測情固萬端于何不有范曄後漢書鄧
禹曰變故萬端西京賦曰林麓之饒于何不有紛紜齊萬亦孔之醜謂爭萬年也王隱晉
書曰初夏侯駿上言斬氏帥齊萬年及孟觀至大戰數十生送萬年紛紜亂貌長楊賦曰紛紜沸渭毛詩曰日有食
之亦孔之醜曰納其降曰梟其首二曰皆語辭也觀曰納降駿曰梟首漢書音義曰懸
首於木上曰梟疇真可掩孰僞可久其十二言誰爲真事而可蔽掩誰行僞事而可
久施乎言真僞之理立即可明觀言爲真駿言爲僞爾雅曰疇孰誰也楚辭曰孰虛僞之可長既徵爾辭既

蔽爾訟謂有司考驗之也左氏傳子犯曰盟觽其辭周禮曰司寇斷獄蔽訟則以五刑之法鄭司農曰蔽斷其獄訟當乃明實否則證空其言當者明示以事實其理否者顯告之狀空鄭玄毛詩箋曰否不通也說文曰證告也好爵既靡顯戮亦從言賞罰之法在乎功過當者既靡之以好爵否者亦從之以顯戮周易曰我有好爵吾與爾靡之尚書王曰不迪有顯戮不見竇林伏尸漢邦其十三此喻駿也東觀漢記曰護羌竇林奉使羌顛岸降詣林林欲以爲功劾奏言大豪後顛岸兄顛吾復詣林林言其第一豪問事狀林對前後兩屈林以誣罔詣獄上不忍誅免官後涼州刺史奏林贓罪復收繫羽林監獄中遂死周人之詩寔曰采薇北難玁狁西患昆夷毛詩序曰采薇遣戍役也文王西有昆夷之患北有玁狁之難鄭玄曰昆夷西戎也玁狁今匈奴也晉灼曰堯曰葷粥周曰玁狁秦曰匈奴舊說疏曰黄帝曰葷粥唐舜曰蠻夏殷曰鬼方周曰匈奴秦曰胡以古況今何足曜威言古弱而患今彊而勝之抑亦常理何足以曜威乎西都賦曰曜威而講武事徒愍

斯民我心傷悲其十四不足矅威而爲詩者爲愍斯民故言之也毛詩曰王事靡盬我心傷悲斯民如何荼毒于秦毛詩曰生民如何尚書曰不忍荼毒孔安國曰荼毒苦也師旅旣加饑饉是因論語子曰加之以師旅因之以饑饉疫癘淫行荆棘成榛元康七年正月周處死七月雍州疫大旱關中饑米斛萬錢詔骨肉相贖者不禁鄭玄周禮注曰癘疫氣不和之疾也古出夏北門行曰疫癘淫行老子曰師之所處荆棘生焉絳陽之粟浮于渭濵其十五謂運絳陽之粟以賑關中也漢書河東郡有絳縣酈善長水經注曰絳則絳陽也盖在絳澮之陽左氏傳重耳曰余從狄君以田渭濵明明天子視民如傷明明巳見上文左氏傳逢滑曰國之興也視民如傷申命羣司保爾封疆尚書曰申命羲叔韋孟諷諫詩曰明明羣司左氏傳知罃曰而帥偏師以修封疆靡暴于衆無陵于強誡羣司也言無以衆而暴寡無以強而陵弱韓子曰其理國也使強不陵弱衆不暴寡蒼頡篇曰陵侵也惴惴寡弱如熙春

陽其十六謂關中民也羣司旣整寡弱免於陵暴心皆慕義如恍春陽毛詩曰惴惴其慄毛萇曰惴惴懼也寡弱已見上文爾雅曰熙興也說文曰興悅也神農本草曰春爲陽陽溫生萬物惴惴或喣噓

公讌

公讌詩一首 五言

曹子建 贈荅雜詩子建在仲宣之後而此在前疑誤

公子敬愛客終宴不知疲公子謂文帝時武帝在謂五官中郎也清夜遊西園飛蓋相追隨明月澄清景列宿正參差字書曰澄湛也說文曰景光也楚辭曰宣遊兮列宿秋蘭被長坂朱華冒綠池朱華芙蓉也毛萇詩傳曰冒猶覆也潛魚躍清波好鳥鳴高枝神飇接丹轂輕輦隨風移解嘲曰客徒欲朱丹吾轂飄颻放志意千秋長若斯古詩曰蕩滌放情志戰國策曰犀首爲張儀千秋之祝

公讌詩一首 五言

王仲宣

昊天降豐澤，百卉挺葳蕤。爾雅曰夏爲昊天毛詩曰百卉具腓字林曰卉草揔名也楚辭曰上葳蕤以防露王逸注曰葳蕤草木初生貌

涼風撤蒸暑，清雲却炎暉。孔安國論語注曰撤去也蒸熱氣也南方爲火而主夏火性炎上故謂夏日爲炎暉也

高會君子堂，並坐蔭華榱。漢書曰漢王置酒高會毛詩曰旣見君子並坐鼓瑟上林賦曰華榱璧璫

嘉肴充圓方，旨酒盈金罍。毛詩曰嘉肴脾臄南都賦曰珍羞琅玕充溢圓方毛詩曰旨酒思柔又曰我姑酌彼金罍

管絃發徽音，曲度清且悲。孔安國尚書傳曰徽美也

合坐同所樂，但愬杯行遲。愬與訴同

常聞詩人語，不醉且無歸。毛詩曰厭厭夜飲不醉無歸

今日不極懽，含情欲待誰。漢書曰田蚡卒飲極懽而去含情謂含其歡情而不暢也古樂府歌曰今日尚不樂當復待何時

見眷良不翅升豉守分豈能違言上見恩遇不翅過於本望己守常分豈敢違越乎言不敢也家語子曰愛人之謂德教何翅惠哉不翅猶過多也論語摘襄聖承進讖曰徐衍守分身亡古人有遺言君子福所綏左氏傳正常曰夫子有遺言夫子謂魯季桓子毛詩曰樂只君子福履綏之願我賢主人與天享巍巍主人謂太祖也論語子曰巍巍乎惟天爲大惟堯則之杜預左氏傳注曰享受也克符周公業奕世不可追史記曰周公旦輔翼武王用事居多奕世已見上文此詩侍曹操讌

公讌詩一首　五言

劉公幹魏志曰東平劉楨字公幹少有學太祖辟丞相掾屬太子嘗請諸文學酒酣命甄氏出拜坐中皆伏楨獨平視太祖聞之收楨減死輸作著文賦數十篇卒

永日行遊戲懽樂猶未央永日長日也尚書曰日永星火毛詩曰且以永日毛

萇曰永引也古詩曰遊戲宛與洛蘇武詩曰懽樂殊未央遺思在玄夜相與復翱翔秦嘉贈婦詩曰遺思致款誠毛詩曰河上乎翱翔輦車飛素蓋從者盈路傍古詩曰日出東南行觀者滿道傍月出照園中珍木鬱蒼蒼新語曰楩梓豫章立則爲衆木之珍風俗通曰太山松鬱鬱蒼蒼清川過石渠流波爲魚防周禮曰以防止水鄭玄曰堰瀦畜流水之陂防瀦旁隄也芙蓉散其華菡萏溢金塘毛萇詩傳曰菡萏荷華也金塘猶金堤也靈鳥宿水裔仁獸遊飛梁假美名以言之楚辭曰蛟何爲兮水裔思玄賦曰亘螭龍之飛梁華館寄流波豁達來風涼生平未始聞歌之安能詳毛萇詩傳曰詳審也投翰長歎息綺麗不可忘翰筆毫也

侍五官中郎將建章臺集詩一首五言魏志曰建安十六年

正月天子命公世子丕爲五官中郎將

應德璉魏志曰汝南應瑒字德璉太祖辟爲丞相掾屬後爲五官將文學卒

朝鴈鳴雲中音響一何哀以鴈自喻也毛詩曰鴻鴈于飛哀鳴嗸嗸問子遊何鄉戢翼正徘徊毛詩曰鴛鴦在梁戢其左翼鄭玄曰戢斂也言我寒門來將就衡陽棲淮南子曰北極之山曰寒門高誘曰積寒所在故曰寒門西京賦曰南翔衡陽北棲鴈門尚書曰荆及衡陽惟荆州往春翔北土今冬客南淮管子曰大鴻鵠春北而秋南不失時者也遠行蒙霜雪毛羽日摧頹東觀漢記曰世祖蒙犯霜雪古臨高臺辭曰我欲負之毛衣摧頹常恐傷肌骨身隕沈黃泥簡珠墮沙石何能中自諧簡珠喻賢人也沙石喻羣小也淮南子曰周之簡珪產於垢土爾雅曰簡大也又曰諧和也欲因雲雨會濯翼陵高梯樂動聲儀

曰風雨感魚龍仁義動君子范曄後漢書鄧騭上疏
曰披雲雨之渥澤高梯喻尊位也賈逵國語注曰梯
猶階也
良遇不可值伸眉路何階漢書曰左馮翊薛宣爲書曉高陵令楊湛曰君自圖進退可復伸眉於後
公子敬愛客樂飲不知疲漢書曰陳平厚具樂飲太尉
和顏既以暢乃肯顧細微鄭玄禮記注曰暢充也鬼谷子曰以識細微
贈詩見存慰小子非所宜孔叢子衛君謂子思曰猶步玉趾而慰存之鄭玄周禮注曰存省也毛萇詩傳曰慰猶安存之也
爲且極歡情不醉其無歸不醉無歸已見上文
凡百敬爾位以副飢渴懷毛詩曰凡百君子各敬爾儀孔叢子子思謂魯穆公曰君若飢渴待賢

皇太子宴玄圃宣猷堂有令賦詩一首四言王隱晉書曰愍懷太子遹字熙祖惠帝即位立爲皇太子楊佺期洛陽記曰東宮之北曰玄圃園

陸士衡

三正迭紹洪聖啓運三正夏殷周也周建子爲正月殷建丑爲正月夏建寅爲正月尚書大傳曰正色三而復者也春秋合誠圖曰赤受天運宋均曰運録運也自昔哲王先天而順尚書曰在昔殷先哲王周易曰大人者先天而天弗違又曰湯武革命順乎天而應乎人羣辟崇替降及近古國語藍尹亹曰吾聞君子唯獨居思念前世崇替韋昭曰崇終也替廢也班固漢書項羽讚曰近古以來未嘗有也黃暉既渝素靈承祜魏爲土德曰黃晉爲金行曰素干寶搜神記曰魏推五德之運以土承漢又程猗說石圖曰金者晉之行也建安五年初桓帝時有黃星見於楚宋之分野遼東殷馗善天文言後五十歲當有真人起於譙沛之間其鋒不可當至此凡五十年而公破紹天下莫敵矣晉世祖武皇帝姓司馬名炎字安世受魏陳留王禪以金德王都洛陽金於西方爲白故曰素靈爾雅曰渝變也祜福也乃眷斯顧祚之宅土

毛詩曰乃眷西顧惟此與宅左氏傳衆仲曰胙之以土而命之氏尚書曰降丘宅土

三后始基丗武丕承

三后謂宣景文也丗武丗祖武皇帝也國語太子晉曰自后稷始基靖民尚書伊尹曰肆嗣王丕承基緒

協風傍駭天晷仰澄

國語曰虞幕能聽協風以成樂生物者也韋昭曰協和也廣雅曰駭起也說文曰晷日景也言日澄清也謂不薄蝕

淳曜六合皇慶攸興

國語史伯對鄭桓公曰夫黎爲高辛氏火正以淳曜彰大光照四海呂氏春秋曰神通乎六合

自彼河汾奄齊七政

晉在河汾之陽毛詩曰自彼氐羌尚書曰璿璣玉衡以齊七政孔安國曰七政日月五星各異政也

時文惟晉丗篤其聖

周禮栗氏量銘曰時文思索鄭玄曰言是文德之君思求可以爲民立法者尚書曰丗篤忠貞毛萇詩傳曰篤厚也

欽翼昊天對揚成命

尚書曰欽若昊天毛萇詩傳曰翼敬也毛詩曰對揚王休又曰昊天有成命二后受之

九區克咸讌歌以詠

劉騊駼郡太守箴曰大漢遵周化洽九區尚書夔曰戛擊鳴球搏拊

琴瑟以詠祖考來格皇上纂隆經教引道皇上惠帝也爾雅曰纂繼也經猶理也論語曰人能引道于化既豐在工載考毛詩曰在宗載考鄭玄曰考成也俯釐庶績仰荒大造尚書曰允釐百工庶績咸熙孔安國曰釐理也毛萇詩傳曰荒大也左氏傳呂相曰我有大造于西也杜預曰造成也儀刑祖宗妥綏天保毛詩曰儀刑文王又曰天保定爾篤生我后克明克秀我后謂太子也機爲洗馬故稱我后毛詩曰篤生武王又曰克明克類體輝重光承規景數尚書曰昔先君文王武王宣重光爾雅曰景大也尚書周公曰王嗣無疆大歷服又舜曰天之歷數在爾躬茂德淵沖天姿玉裕尚書曰有夏先后方懋厥德家語齊大夫子輿見孔子曰今知海淵之爲大字書曰沖虛也桓子新論曰聖人天然之姿所以絕人遠者也應劭漢官儀曰太子有玉質廣雅曰裕容也蕞爾小臣邈彼荒遐左氏傳子產曰諺云蕞爾小國儀禮曰小臣正辭韋子孟諷諫詩曰撫寧遐荒弛厥

負檐振纓承華臧榮緒晉書曰楊駿誅徵機爲太子洗馬左氏傳陳公子完曰弛於負檐杜預左氏傳注曰振整也洛陽記曰太子宮在大宮東中有承華門匪願伊始惟命之嘉左氏傳周子曰孤始願不及此爾雅曰嘉善也

大將軍讌會被命作詩一首四言臧榮緒晉書曰成都王穎字章度趙王倫篡位穎與齊王冏誅之進位大將軍

陸士龍王隱晉書曰陸雲字士龍少與兄機齊名號曰二陸爲吴王郎中令出宰浚儀有惠政機被收并收雲

皇皇帝祜誕隆駿命毛詩曰皇皇后帝又曰既受帝祉又曰受天之祜薛君韓詩章句曰誕信也毛詩曰宜監于殷駿命不易毛萇曰駿大也四祖正家天禄保定四祖宣景文武也周易曰正家而天下定尚書曰天禄永終保定即天保定爾已見上文睿哲惟晉世有明聖

尚書曰明作哲睿作聖毛詩曰世有哲王如彼日月萬景攸正其一尚書曰惟我文考若日月之照臨傅玄歌詩曰日中萬影正夕中萬景傾義與此同巍巍明聖道隆自天巍巍已見上文禮記子思曰道隆則從而隆毛詩曰有命自天命此文王則明分爽觀象洞玄孝經曰則天之明孔安國尚書傳曰爽明也周易曰仰則觀象於天又曰天玄而地黃陵風協紀絕輝照淵言風教上升協於辰極光炎絕遠下照深淵廣雅曰陵乘也然乘亦升也孝經鉤命決曰皇德協極注曰極北辰也封禪書曰未光絕炎劇秦美新曰炎光飛響盈塞天淵肅雍往播福祿來臻其二毛詩曰肅雍顯相杜預左氏傳注曰播揚也毛詩曰福祿攸降爾雅曰臻至也在昔姦臣稱亂紫微姦臣謂趙王倫也法言曰上失其政姦姦臣竊國命尚書曰敢行稱亂紫微喻帝位也春秋合誠圖曰北辰其星七在紫微中又曰紫宮大帝室也神風潛駭有赫茲威毛詩曰皇矣上帝臨下有赫靈旗樹旆如電斯揮甘泉

賦曰樹靈旗楚辭曰靈旗兮電鶩韓康伯周易注曰揮者散也**致天之屆于河之沂**臧榮緒晉書曰成都王穎遣趙驤爲前鋒倫遣孫會等前驅未及温十餘里大戰孫會先退諸軍相次奔潰穎尋過河入于京師毛詩曰致天之屆毛萇曰屆極也文穎漢書注曰沂水上橋也**有命再集皇輿凱歸**其三趙王倫廢帝於金墉城既敗倫於温帝復還故曰再集毛詩曰天監在下有命既集楚辭曰恐皇輿之敗績周禮曰師有功則凱樂**頹綱既振品物咸秩**說文曰振舉也周易曰品物咸亨**神道見素遺華反質**周易曰聖人以神道設教素樸素也莊子曰同乎無欲是謂素樸鄭玄禮記注曰凡物無飾曰素華謂采章質謂淳樸也遺棄也**辰晷重光協風應律**國語曰次序三辰賈逵曰日月星也漢書倪寬云宣重光張晏曰重光謂日月也協風已見上文應律應律而至也**函夏無塵海外有謐**其四楊雄河東賦曰函夏之大漢東觀漢記曰祭彤爲遼東太守胡夷皆來內附野無風塵毛詩曰海外有截

爾雅曰謐靜也芒芒宇宙天地交泰左氏傳曰芒芒禹跡淮南子曰虛廓生宇宙宇宙生天地周易曰天地交泰王在華堂式宴嘉會毛詩曰王在靈囿又曰嘉賓式宴以敖周易曰嘉會足以合禮玄暉峻朗翠雲崇靄玄天色也冕弁振纓服藻垂帶其五尚書曰藻火粉米鄭玄孝經注曰大夫服藻火毛詩曰彼都人士垂帶而厲祁祁臣僚有來雍雍祁祁已見上文毛詩曰有來雍雍薄言載考承顏下風毛詩曰薄言采之載考已見上文漢書雋不疑曰乃今承顏接辭孔叢子曰伋願在下風俯覿嘉客仰瞻玉容毛詩曰我有嘉客亦不夷懌曹植罷朝表曰覲玉容而慶薦奉權宴而慈潤施己唯約于禮斯豐魏文帝典論曰君子謹乎約己引乎接物淮南子曰禮豐不足以効愛天錫難老如嶽之崇其六言賜之難老合壽考也毛詩曰永錫難老又曰如南山之壽

晉武帝華林園集詩一首四言洛陽圖經曰華林園在城內東北隅魏明帝起名芳林園齊王芳改爲華林干寶晉紀曰泰始四年二月上幸芳林園與羣臣宴賦詩觀志孫盛晉陽秋曰散騎常侍應貞詩最美

應吉甫文章志曰應貞字吉甫少以才聞能談論晉武帝爲撫軍將軍以貞參軍晉室踐祚遷太子中庶子散騎常侍卒

悠悠太上民之厥初毛萇詩傳曰悠悠遠貌太上太古也老子曰太上下知有之淮南子曰太上之道生萬物而不有毛詩曰厥初生民皇極肇建彝倫攸敷尚書曰建用皇極又曰天乃錫禹洪範九疇彝倫攸敘孔安國曰皇大極中也五德更運膺籙受符七略曰鄒子有終始五德言土德從所不勝木德繼之金德次之火德次之水德次之春秋命厤序曰五德之運同徵合符膺籙次相代春秋漢含孳曰天子受符以辛日立號陶唐既謝天歷在虞其一

說文解字云陶丘再成也在濟陰夏書曰東至陶丘陶丘有堯城堯甞居之故號陶唐氏天歷天之歷數也已見上文虞謂舜也**於時上帝乃顧惟眷**孔安國尚書傳曰時是也毛詩曰皇矣上帝又曰乃眷西顧此惟與宅**光我晉祚應期納禪**魏禪晉已見魏都賦范曄後漢書伏隆撽張步曰皇天祐漢聖哲應期尚書刑德放曰河圖帝王終始存亡之期**位以龍飛文以虎變**周易曰飛龍在天利見大人又曰大人虎變其文炳也**玄澤滂流仁風潛扇**玄澤聖恩也曹子建責躬詩曰玄化滂流典引曰仁風翔于海表**區內宅心方隅回面**其二尚書曰宅心知訓孔安國曰常以居心也劇秦美新曰回面內嚮喁喁然**天垂其象地曜其文**周易曰天垂象聖人則之韓詩外傳曰天見其象地見其形聖人則之春秋元命苞曰天質地文**鳳鳴朝陽龍翔景雲**毛詩曰鳳凰鳴矣于彼高岡梧桐生矣于彼朝陽注曰山東曰朝陽孝經援神契曰王者德至山陵則景雲出孫柔之曰一名慶雲文子曰景雲光潤**嘉禾重**

頡蕢莢載芬孝經援神契曰王者德至地則嘉禾生東觀漢記曰濟陽縣嘉禾生一莖九穗田俅子曰堯爲天子蓂莢生于庭爲帝成歷率土咸亨人胥悅欣其三胥相也毛詩曰率土之濱莫非王臣恢恢皇度穆穆聖容老子曰天網恢恢疏而不失禮記曰天子穆穆言思其順貌思其恭在視斯明在聽斯聰尚書曰言曰從貌曰恭視曰明聽曰聰注曰是則可從恭嚴恪也明必精審聽必微諦論語曰君子視思明聽思聰貌思恭言思忠登庸以德明試以功其四尚書帝曰若時登庸又曰明試以功車服以庸其恭惟何昧旦丕顯左氏傳讒鼎之銘曰昧旦丕顯後世猶怠無理不經無義不踐行捨其華言去其辯禮記曰理發乎外而衆莫不順鄭玄曰理謂言行也陸賈新語曰義者德之經履之者聖也老子曰處其實不處其華尚書曰君無以辯言亂舊政辯捷也口捷給則數爲人所憎故云去其辯游心至虛同規易簡嵇康書曰遊心于寂

寞老子曰致虛極王弼曰言至虛之極也管子曰虛無形謂之道周易曰乾以易知坤以簡能易則易知簡則易從簡易而天下之理得矣**六府孔修九有斯靖**其五尚書曰四海會同六府孔修毛詩曰奄有九州**澤靡不被化罔不加聲教南暨西漸流沙**尚書曰東漸于海西被于流沙朔南暨聲教孔安國曰漸入也**幽人肆險遠國忘遐**毛萇詩傳曰幽遠也長楊賦曰故平不肆險服虔曰肆棄也**越裳重譯充我皇家**其六尚書大傳曰成王之時越裳重譯而來朝曰道路悠遠山川阻深恐使之不通故重三譯而朝也鄭玄曰欲其轉相曉也何休公羊傳注曰充滿也典引曰盛哉皇家**峩峩列辟赫赫虎臣**毛詩曰奉璋峩峩典引曰德臣列辟毛詩曰進厥虎臣**內和五品外威四賓**尚書帝曰五品不遜孔安國曰五品謂五常也又曰四夷咸賓**脩時貢職入覲天人**周禮曰施貢分職以任邦國毛詩曰以其介圭入覲于王莊子曰皆原於一不離於宗謂之天人**備言錫命羽蓋**

朱輪其七毛詩曰備言燕私又序曰不能錫命以禮尚書大傳曰古諸侯之於天子有功者天子賜其車服號曰命諸侯鄭玄儀禮注曰命加爵服之名子虛賦曰建羽蓋楊惲書曰乘朱輪者十人貽宴好會不常厥數史記曰秦王告趙王欲爲好會數猶禮也左氏傳張趯曰吾得聞此數神心所受不言而喻范曄後漢書鄧騭上疏曰聖策定於神心孟子曰君子所性仁義禮智信根於心施於四體不言而喻於時肆射弓矢斯御呂氏春秋曰天子講武肄射毛詩曰弓矢斯張毛萇曰御進也發彼五的有酒斯飫其八毛詩曰發彼有的以祈爾爵毛萇曰的射質也鄭玄曰發發矢也周禮曰王射三侯五正毛詩曰君子有酒酌言嘗之又曰飲酒之飫杜預左氏傳注曰飫厭也文武之道厥猷未墜論語子貢曰文武之道未墜於地在人也在昔先王射御兹器示武懼荒過亦爲失周易曰弓矢者器也用之過亦爲失也凡厥羣后無懈于位其九毛詩曰不懈于位民之攸塈

九日從宋公戲馬臺集送孔令詩一首　五言蕭子顯齊

書曰宋武帝爲宋公在彭城九日出項羽戲馬臺至今相承以爲舊準沈約宋書曰孔靖字季恭宋臺初建以爲尚書令讓不受辭事東歸高祖餞之戲馬臺百寮咸賦詩以述其美

謝宣遠　宋書七志曰謝瞻字宣遠東郡人也幼能屬文宋黃門郎以弟晦權貴求爲豫章太守卒高祖遊戲馬臺命僚佐賦詩瞻之所作冠于時

風至授寒服霜降休百工　禮記曰孟秋之月涼風至又曰仲秋之月盲風至命有司衣服有量必脩其故鄭玄曰盲風疾風也毛詩曰七月流火九月授衣禮記曰季秋之月霜始降則百工休

繁林收陽彩密苑解華叢巢幕無留鷰遵渚有來鴻　左氏傳曰吳公子札聘于上國宿于戚聞孫林父擊鍾曰夫子之在此猶鷰之巢幕上杜預曰

夫子孫文子也毛詩曰鴻飛遵渚禮記曰九月之節鴻鴈來賓輕霞冠秋日迅商薄

清穹迅商商風之迅疾也楚辭曰商風肅而害之百草育而不長王逸曰商風西風也秋氣起則西風疾又曰薄附也爾雅曰穹蒼蒼天也聖心眷嘉節揚鑾戾行宮孫卿子曰積善德而聖心備焉左氏傳曰錫鑾和鈴爾雅曰戾至也東觀漢記曰濟陽有武帝行過宮四筵霑

芳醴中堂起絲桐儀禮曰旨酒令芳西京賦曰促中堂之客坐史記曰鄒忌以鼓琴見齊威王忌曰夫理國家而彌人倫皆在其中王曰夫理國家又何爲乎絲桐之間扶光迫西汜歡餘讌有

窮淮南子曰日出暘谷拂于扶桑楚辭曰出自暘谷次于蒙汜逝矣將歸客養素

克有終歸客謂靖也嵇康幽憤詩曰養素全真王隱晉書周馥教曰祭軍杜夷優遊養素周易曰謙亨君子有終吉班固漢書述曰疏克有終散金娛老臨流怨莫從歡心歎飛蓬言己牽於時役未果言歸臨流念鄉邑結莫從之怨而以侍宴暫歡之志重歎飛蓬之遠也楚辭曰臨流水而

太息王逸曰念舊鄉也曹植應詔詩曰朝覲莫從列子宋元君曰適值寡人有懽心商君書曰夫飛蓬遇飄風而行千里乘風之勢

樂遊應詔詩一首　五言丹陽郡圖經曰樂遊苑宮城北三里晉時藥園也

范蔚宗　沈約宋書曰范曄字蔚宗順陽人少好學爲高祖相國掾稍遷至太子詹事坐謀反誅

崇盛歸朝闕虛寂在川岑　方言曰寂安靜也　山梁協孔性黄屋非堯心　論語子曰山梁雌雉時哉時哉何晏曰言山梁雌雉得時鄭玄毛詩箋曰梁石絶水之梁也漢書曰紀信乃乘王車黄屋左纛李斐曰天子車以黄繒爲裹堯以位禪務光許由故非堯心所悅郭象注莊子曰徒見聖人載黄屋佩玉璽便謂足以纓紱其心矣　軒駕時未肅文囿降照臨

言未戒軒駕而訪道且降文囿而愛物也莊子曰黄帝
將見大隗方明爲御昌寓參乘鄭玄禮記注曰肅戒也
孟子齊宣王問曰文王之囿方七十里毛詩曰王在靈囿
鄭玄曰文王親至靈囿言愛物也毛詩曰明明上天照臨
下土流雲起行蓋晨風引鑾音原薄信平蔚臺澗
備曾深王逸楚辭注曰草木交曰薄處蘭池清夏氣脩帳含秋陰三輔
黄圖曰蘭池觀在城外漢書成紀曰三輔長無供帳之勞張晏曰帳帷帳也遵渚攀蒙密隨
山上嶇嶔遵渚已見上文尚書曰隨山濬川洞簫賦曰嶇嶔巋崎睇目有極覽遊情
無近尋廣雅曰睇視也王弼老子注曰滌除邪飾至于極覽鄭玄禮記注曰極者盡也聞道雖已
積年力互頽侵莊子南郭子綦問于女偊曰子之年長矣而色若孺子何也曰吾聞道矣偊音禹陸
機應嘉賦曰悲來日之苦短恨頽年之方促採己謝丹巘感事懷長林毛詩
曰赤茀在股毛萇曰諸侯赤茀鄭玄曰茀太古蔽膝之象巘與茀古字通江賦曰感事而出

九日從宋公戲馬臺集送孔令詩一首 五言

謝靈運

季秋邊朔苦旅鴈違霜雪列子曰禽獸之智違寒就温孔安國尚書傳曰違避也淒淒陽卉腓皎皎寒潭絜韓詩曰秋日淒淒百卉俱腓薛君曰腓變也俱變而黃也腓音肥毛萇曰痱病也今本作腓字非良辰感聖心雲旗興暮節楚辭曰吉日兮良辰東征賦曰撰良辰而將行爾雅曰感動也楚辭曰載雲旗兮委迤鳴葭戾朱宮蘭巵獻時哲魏文帝書曰從者鳴笳以啓路傅玄西都賦曰彤彤朱宮漢書曰百末旨酒布蘭生晋灼曰芬芳布列若蘭之生應劭曰巵鄉飲酒禮器也受四升鄭玄毛詩箋曰主人酌賓爲獻餞宴光有孚和樂隆所缺薛君韓詩章句曰送行飲酒曰餞周易曰有孚飲酒無咎毛詩序曰鹿鳴廢則和樂缺矣在宥天下理吹萬羣方悅莊子曰聞在宥天下

不聞在治天下也司馬彪曰在察也宥寬也郭象曰宥使自在則治也莊子南郭子綦曰夫吹萬不同而使其自已也司馬彪曰言天氣吹煦生養萬物形氣不同已止也使各得其性而止**歸客遂海嵎脫冠謝朝列**廣雅曰遂往也尚書曰至于海隅蒼生凡仕則冕弁謝職故曰脫冠閑居賦序曰猥厠朝列**弭棹薄枉渚指景待樂闋**杜預左氏傳注曰弭息也楚辭曰朝發枉渚王逸曰枉曲也指景指日也已見上文禮記曰有司告以樂闋鄭玄曰闋終也**河流有急瀾浮驂無緩轍**言彼去河有急瀾而不止已旋驂無緩轍而不留言相背之疾也孔安國尚書傳曰浮行也**豈伊川途念宿心愧將別**孔以養素爲榮而已以戀位爲辱故云愧也周禮曰兩山之間必有川焉大川之間必有塗焉趙壹報羊陟書曰惟君明睿平其宿心嵇康幽憤詩曰內負宿心**彼美丘園道喟焉傷薄劣**毛詩曰彼美孟姜周易曰六五賁于丘園束帛戔戔王肅曰失位無應隱處丘園閑居賦曰信用薄而才劣

應詔讌曲水作詩一首

四言水經注曰舊樂遊苑宋元嘉十一年以其地爲曲水武帝引流轉酌賦詩裴子野宋略曰文帝元嘉十一年三月丙申禊飲于樂遊苑且祖道江夏王義恭衡陽王義季有詔會者賦詩

顏延年

道隱未形治彰既亂老子曰大象無形又曰道隱無名王弼曰有形則亦有分有分者不温則涼故象者非大象也又曰夫道物以之成而不見形故隱而無名也河上公曰道潛隱使人無能名也太玄經曰亂不極則治不形賈逵國語注曰彰著也帝迹懸衡皇流共貫春秋合誠圖曰黃帝有迹必稽功務法宋均曰迹行迹謂功績也申子曰君必有明法正義若懸權衡以稱輕重所以一羣臣也長楊賦曰逮至孝文隨風乘流孔安國尚書傳曰萬國共貫惟王創物永錫洪筭周禮曰智者創物毛詩曰永錫難老鄭玄儀禮注曰筭數也謂年數仁固開周義高登漢其一毛詩序曰周家忠厚仁及草木漢書曰五星聚于東井此高祖受命之符當以義取天下祚融

世哲業光列聖爾雅曰融長也毛詩曰世有哲王魏都賦曰列聖之遺塵太上正位
天臨海鏡太上謂文帝也漢書薄昭書曰欲以親戚之意望於太上如淳曰太上天子也周易曰女
正位于内男正位于外潘岳魯公詩曰如地之載如天
之臨孫綽望海賦曰因湛亮以靜鏡俯遊目於淵庭
制以化裁樹之形性周易曰化而裁之謂之變莊子曰流動而生物物成生理謂之形形
體保神各有儀則謂之性惠浸萌生信及翔泳其二史記文帝詔曰萬物之萌生翔泳謂
魚鳥也周易曰豚魚吉信及豚魚薛君韓詩章句曰文王聖德上及飛鳥下及魚鼈崇虛非徵積
實莫尚言崇尚虛假誹非有徵積累成實則莫能尚也演連珠曰積實雖微必動於物崇虛雖廣
不能移心杜預左氏傳注曰尚亦上也豈伊人和寔靈所貺言化之所感豈止人
和乎實亦受天貺左氏傳季良曰於是人和而神降之福春秋元命苞曰通三靈之貺交錯同端也日
宁其朔月不掩望漢書曰天下太平日不蝕朔月不掩望航琛越水輦

賮踰障其三言遠夷納貢也毛萇詩傳曰琛寶也孟子曰將有遠行者必以賮爾雅曰上正嶂也郭璞曰山上平

帝體麗明，儀辰作貳。言太子附帝故有明德也帝體謂太子也沈約宋書曰文帝立皇子劭爲太子喪服傳曰長子正體於上周易曰黃離元吉鄭玄曰離南方之卦離爲火土託位焉土色黃火之子喻子有明德能附麗於父之道文王之子發旦是也毛萇詩傳曰儀匹也辰北辰也典引曰辰居其位齊王攸太子箴曰尊以引道固以貳己

君彼東朝，金昭玉粹。東朝東宮也潘岳贈陸機詩曰繾綣東朝高誘呂氏春秋注曰東宮太子所居詩曰東宮之妹又曰金玉其相廣雅曰粹純也

德有潤身，禮不愆器。禮記曾子曰富潤屋德潤身又曰禮器鄭玄曰禮器言禮使人成器如耒耜之爲用也

柔中淵映，芳猷蘭祕。其四周易曰其用柔中陸機宣猷堂詩曰茂德淵沖字書曰祕者謂蘭芳之幽密

昔在文昭，今惟武穆。言昔者在高祖之子爲王同於文王之昭今帝之子爲王又同武王之穆言其成也左氏傳富辰曰畢原酆郇文之昭也杜預曰皆

文王子也邪晉應韓武之穆也杜預曰皆武王子也漢書韋玄成議曰父爲昭子爲穆孫復爲昭昭穆父子之迭號千祀而一也晉文王諱昭改爲韶

於赫王宰方旦居叔

王宰謂王爲宰輔比之周旦而亦居叔也沈約宋書曰彭城王義康爲司徒毛詩曰於赫湯孫韓詩外傳周公誡伯禽曰吾成王叔父也

有睟睿蕃爰履奠牧

謂諸王者蕃也孟子曰仁義禮智根於心其生色也睟然於面二蕃謂江夏衡陽二王也爰履奠牧謂於所履之地能鎮定其郊牧也爾雅曰爰於也左氏傳管仲曰賜我先君履杜預曰履所履之界也諸侯得祀名山大川故曰奠牧尚書曰奠高山大川爾雅曰郊外謂之牧

寧極和鈞屏京維服

其五和鈞謂王宰也屏京謂蕃封也尚書曰關石和鈞周禮曰三曰禮典以和邦國四曰政典以均萬民又曰凡邦國大小相維

朏魄雙交月氣參變

朏魄雙交謂三日也凡朏魄之交皆在月三日之夕今月未夕故以前之文唯止有二故曰雙也孔安國尚書傳曰朏明也月三日明生之名說文曰魄月始生魄然也月氣參變謂三月也月氣每月一變故曰參也周書

曰凡四時成歲各有孟仲季以名十有二月月有中氣以著時應**開榮灑澤舒虹爍電**言時
候也禮記曰季春之月桐始華又曰時雨將降又曰虹始見又曰仲春之月始電**化際無間皇情爰**
眷言既太平故眷斯嘉節解嘲曰纖者入無間杜預左氏傳注曰間隙也**伊思鎬飲每惟**
洛宴其六楚辭曰伊思兮往古毛詩曰王在在鎬飲酒樂豈束陽無疑齊諧記束晳對武帝曰昔周公卜洛邑
因流水以汎酒故逸詩曰羽觴隨流波**郊餞有壇君舉有禮**餞已見上文左氏傳
曹劌曰君舉必書**幙帷蘭甸畫流高陛**廣雅曰幙帳也蘭甸蘭生于甸猶蘭皋也
畫流分流也**分庭薦樂析**錫**波浮醴**莊子曰分庭抗禮**豫同夏諺**
事無出濟其七孟子夏諺曰吾王不豫吾何以助毛詩曰出宿于濟**仰閱豐施降**
惟微物閱猶數也微物自謂也薛君韓詩章句曰鳥微物也**三妨儲隸五塵朝黻**
沈約宋書曰高祖受命延年補太子舍人徙尚書儀曹郎太子中舍人轉正員外郎徙員外常侍出爲始安太

守衛中書侍郎轉太子中庶子途泰命屯恩充報屈泰屯二卦名周易曰泰者通也又曰屯如邅如有悔可悛滯瑕難拂其八周易曰盱豫有悔位不當也孔安國尚書傳曰悛改也廣雅曰瑕穢也毛萇詩傳曰拂去也拂亦作弗古字通

皇太子釋奠會作詩一首四言裴子野宋略曰文帝元嘉二十年三月皇太子劭釋奠于國學禮記曰凡學春官釋奠于先師秋冬亦如之鄭玄曰官謂禮樂詩書之官周禮曰凡有道者有德者使教焉死則以爲樂祖祭於瞽宗此之謂先師也若漢禮有高堂生樂有制氏詩有毛公書有伏生釋奠者設薦饌酌奠而已無迎尸之事

顏延年

國尚師位家崇儒門漢書元帝詔曰國之將興尊師而重傅鄭玄禮記注曰尊師授道焉不使處臣位也漢書儒林傳曰嚴彭祖顏安樂各專門教授稟道毓德講藝立言王粲

贈文叔良詩曰温温恭人禀道之極周易曰君子以振
民毓德西都賦曰講論乎六藝左氏傳范宣子曰其次
立言**浚明爽曙達義兹昬**以日喻道也大明之道既以爽曙道達之義於此彌昬也尚書
曰夙夜浚明有家馬融曰浚大也魏都賦曰昬情爽曙箴規顯之毛萇詩傳曰爽差也然義與魏都賦微異不以文
害意也禮記曰先王修道以達義桓子新論曰學者既多蔽暗而師道又復缺然此所以滋昬也**永瞻先**
覺顧惟後昆其一言大義漸乖永瞻先覺之意顧思後昆以正之孟子伊尹曰天生斯人使先覺覺後
覺予天人之先覺者也尚書曰垂裕後昆**大人長物繼天接聖**周易曰利見大人君德也
尸子曰天地之道莫見其所以長物而物長聖人之道亦然漢書曰庖羲繼天而王爲百王先首**時屯必**
亨運蒙則正周易曰屯元亨利貞王弼曰剛柔始交是以屯也不交則否故屯乃大亨也運録運
也周易曰蒙亨利貞王弼曰蒙之所利乃利正也**偃閉武術闡揚文令**尚書曰王來自
商至于豐乃偃武修文孔安國曰闡修文教賈逵國語注曰偃息也**庶士傾風萬流仰鏡**

其二尚書曰庶邦庶事嵇康高士傳孔子問項橐曰居何在曰萬流屋是也注曰言與萬物同流匹也雒書曰秦失金鏡鄭玄曰金鏡喻明道也虞庠飾館睿圖炳睟禮記曰有虞氏養國老於上庠睿圖孔聖之圖畫也炳丹青色也睟已見上文懷仁懔九永集抱智麢丘殞至懷抱謂包韞也禮記曰君子有禮故物無不懷仁又曰儒有戴仁而行抱義而處毛詩曰懔彼淮夷毛萇曰懔遠行貌左氏傳蔿啓彊謂楚子曰求諸侯而麢至杜預曰麢群也踵門陳書躡蹻獻器莊子曰有孫休者踵門而詫扁子司馬彪曰踵至也陳書謂陳列其書而進之也史記曰虞卿躡蹻檐簦器謂樂也漢書曰河間獻王修學好古或有先祖舊書多奉與獻王來朝獻樂器也澡身玄淵宅心道祕其三禮記曰儒有澡身而浴德王逸妍敖蚩曰窮聖人之祕奧測六義之淵玄宅心已見上文伊昔周儲聿光往記禮記曰文王之爲世子朝於王季日三鷄初鳴而衣服至寢門外問內豎之御者曰今日安否何如內豎曰安文王乃喜及日中又至亦如之及暮又至亦如之其有不安則內豎以告文王文王

色憂行不正履王季復膳然後亦復初漢書疏廣曰太子國儲副君孔安國尚書傳曰聿述也思皇世哲體元作嗣毛詩曰思皇多士東都賦曰體元立制繼天而作鄭玄禮記注曰上嗣君之適長子資此夙知降從經志資猶藉也毛詩曰誰夙知而暮成禮記曰一年視離經辨志遏彼前文規周矩值其四爾雅曰遏遠也尚書大傳曰聖人與聖也猶規之相周矩之相襲值當也正殿虛筵司分簡日正殿前殿也長門賦曰正殿嵬以造天虛筵以待賢也左氏傳郯子曰玄鳥氏司分者也爾雅曰簡擇也尚席函杖丞疑奉帙漢書音義晋灼曰舊有五尚有尚席禮記曰席閒函丈鄭玄曰函容也丞疑疑丞也禮記曰虞夏商有師保有疑丞侍言稱辭惇史秉筆馮衍德誥曰仲尼言語不習則子貢侍禮記曰有善記之爲惇史國語士茁謂襄子曰臣秉筆事君妙識幾音王載有述其五周易曰知幾其神乎尚書曰熙帝之載王肅曰載事也孔叢子曰使談者有述焉爲之柰何肆議芳訊大教克明演連珠曰

肆議芳訊非庸聽所善孔安國尚書傳曰肆陳也鄭玄毛詩箋曰訊言也敬躬祀典告奠聖靈禮記曰非此族也不在祀典又曰凡人之始立學者先釋奠于先聖先師禮屬觀盥樂薦歌笙周易曰觀盥而不薦王弼曰可觀者莫盛乎宗廟宗廟之可觀者莫盛於觀盥也儀禮曰歌南有嘉魚笙崇丘也昭事是肅俎實非馨其六左氏傳曰以昭事神尚書成王曰黍稷非馨明德惟馨獻終龔吉即宮廣讌獻終祭畢也尚書曰乃卜三龜一襲吉孔安國曰襲因也禮記孔悝鼎銘曰即宮于宗周堂設象筵庭宿金懸劉楨瓜賦曰更鋪象牙之席吳都賦曰桃笙象簟周禮曰宿懸於阼階其南鍾然鍾則金也台保兼徽皇戚比彥春秋漢含孳曰三公在天法三能能與台同保太保也皇戚皇家之戚也爾雅曰美士爲彥肴乾酒澄端服整弁其七禮記曰酒清人渴而不敢飲肉乾人飢而不敢食杜預左氏傳曰肴乾而不食淮南子曰酒澄而不飲六官眂命九賓相儀六官

六卿也周禮曰典命掌諸侯之五儀其衣服禮儀各眂其命之數漢書曰羣臣朝十月儀大行設九賓臚句傳東京賦曰伯夷起而相儀

纓笏帀序巾卷充街纓笏垂纓秉笏也皆朝臣之服故擧服以明人爾雅曰東西牆謂之序巾巾箱也所以盛書

都莊雲動野馗風馳爾雅曰六達謂之莊劇秦美新曰雲動風偃韓詩曰施于中馗薛君曰中馗馗中九交之道也四子講德論曰風馳雨集雜襲並至

倫周伍漢超哉邈猗其八鄭玄禮記注曰倫比也說文曰伍相參伍也蔡邕胡黃二公頌曰超哉邈猗莫參其二

清暉在天容光必照清暉喻日喻帝也孟子云日月有明容光必照趙岐曰容光小隙

物性其情理宣其奧周易曰乾元者始而亨者也利貞者性情也王弼曰不爲乾元何能通物之始不性其情何能久行其正是故始而亨者必乾元也利而貞者必性情也此意性情者正也言人君在上以道被物各存其性僞情矯志不入於心老子曰道者萬物之奧廣雅曰奧藏也

妄先國冑側聞邦教沈約宋書曰元嘉中延之遷國

子祭酒司徒左長史尚書曰命汝典樂教胄子賈誼弔屈原曰側聞先生尚書曰司徒掌邦教徒愧微冥終謝智効其九微冥微賤而闇冥也家語哀公曰寡人愚冥莊子曰智効一官

侍宴樂遊苑送張徐州應詔詩一首五言劉璠梁典曰張諟字公喬齊明帝時爲北徐州刺史諟霜六切

丘希範梁史曰丘遲字希範吴興人八歲能屬文及長辟徐州從事高祖踐祚拜中書郎遷司徒從事中郎卒集題曰兼中書侍郎丘遲上

詰去質旦閶闔開馳道聞鳳吹左氏傳曰詰朝將見杜預曰詰朝平旦也西京賦曰表嶢闕於閶闔薛綜曰紫微宮門曰閶闔漢書曰太子不敢絶馳道應劭曰道天子道也吕氏春秋曰伶倫制十二筩聽鳳鳥之鳴以別十二律蔡邕月令章句曰吹者所以通氣也管簫竽笙塤篪皆以鳴吹者也

輕荑承玉輦細草藉龍騎毛詩曰自牧歸荑毛萇曰荑茅始生也藉田賦

曰天子御玉輦服虔漢書注曰藉薦也周禮曰馬八尺以上爲龍風遲山尚響雨息雲猶積集本作漬巢空初鳥飛荇杏亂新魚戲毛詩曰參差荇菜寔惟北門重匪親孰爲寄史記齊威王曰吾吏有黔夫者使守徐州則燕人祭北門裴駰曰齊之北門也史記田肯謂上曰非親子弟莫使王齊參差別念舉肅穆恩波被荀悦漢紀曰大會羣臣於長樂宮成禮而罷莫不肅穆小臣信多幸投生豈酬義左氏傳羊舌職曰諺曰人之多幸國之不幸西征賦曰豈生命之易投

應詔樂遊苑餞呂僧珍詩一首五言梁書曰呂僧珍字元瑜爲左衛將軍天監四年冬大舉北伐

沈休文劉璠梁典曰沈約字休文吴興人少爲蔡興宗所知引爲安西記室梁興稍遷至侍中丹陽尹建昌侯薨謚曰隱

丹浦非樂戰負重切君臨六韜曰堯與有苗戰于丹水之浦高誘呂氏春秋注曰丹水在

南陽浦崖也莊子曰兵革之士樂戰鄧析子曰明君之御人
若履氷而負重孟子曰舜竊負而逃遵海濵而處左氏傳子
囊曰赫赫楚國而君臨之**我皇秉至德忘己用堯心**穀梁傳曰我君接上下論語曰
周之德可謂至德矣莊子堯謂舜曰吾不敖無告不廢窮民此吾用心也**愍兹區宇內魚鳥**
失飛沈言失常也東京賦曰區宇乂寧大戴禮曰魚游于水鳥飛于雲**推轂二崤岨揚**
旆九河陰漢書馮唐曰臣聞上古王者遣將也跪而推轂曰閫以內寡人制之閫以外將軍制之閫魚列
切西都賦曰左據函谷二崤之阻籍田賦曰九旗揚旆尚書曰九河既道穀梁傳曰水南曰陰**超乘盡三**
屬選士皆百金左氏傳曰秦師過周北門超乘者三百乘韋昭國語注曰超乘者跳躍上車也
漢書曰魏氏武卒衣三屬之甲如淳曰上身一髀褌一脛繳一凡三屬也顧野王曰屬猶接也史記曰李牧趙
之良將也匈奴入牧選百金之士五萬擊之漢書音義服虔曰良士直百金言重故也**戎車出細**
柳餞席樽上林尚書曰武王戎車三百兩漢書曰匈奴大入邊遣內史周亞夫軍細柳餞已見

上文命師誅後服授律綏前禽公羊傳曰何喜于服楚有王者則後服無王者則先強周易曰王用三驅失前禽也函轘方解帶崤武稍披襟函函谷也轘轘轅也解帶披襟言將降附也漢書音義應劭曰崤山之阨也李奇曰在上洛北文穎曰武關在洛西李尤函谷關銘曰函谷險要襟帶咽喉伐罪芒山曲弔民伊水潯尚書曰奉辭伐罪郭緣生述征記曰北芒洛陽北芒嶺靡迤長阜自滎陽山連嶺脩亘暨于東垣孟子曰湯始征自葛誅其君弔其民伊水名也許慎淮南子注曰潯涯也將陪告成禮待此未抽簪尚書曰柴望大告武成也謂武王誅紂而還燔柴郊天望祀山川大告以武功成也鍾會遺榮賦曰散髮抽簪永縱一壑通俗文曰幘道曰簪

祖餞崔寔四民月令曰祖道神也黃帝之子好遠遊死道路故祀以爲道神以求道路之福

送應氏詩二首五言

曹子建

步登北芒坂遙望洛陽山北芒已見上文洛陽何寂寞宮室

盡燒焚說文曰寂無人聲也獻帝紀曰車駕至洛陽宮室盡燒垣牆皆頓擗荆棘上參天漢書伍被曰臣今見宮中生荆棘孟子曰太山之高參天入雲不見舊耆老但覩新少年側足無行徑荒疇不復田東觀漢記馬援曰隗囂側足無所立國語曰田疇荒蕪賈逵曰一井爲疇遊子久不歸不識陌與阡中野何蕭條千里無人煙漢書高祖曰遊子悲故鄉風俗通曰南北曰阡東西曰陌劉歆遂初賦曰野蕭條而寥廓東觀漢記曰北夷作寇千里無煙火念我平常居氣結不能言古詩曰悲與親友別氣結不能言

清時難屢得嘉會不可常李陵與蘇武書曰策名清時又詩曰嘉會難再逢天地無終極人命若朝霜莊子曰天與地無窮人死者有時漢書李陵謂蘇武曰人生如朝露願得展嬿婉我友之朔方毛詩曰嬿婉之求又曰我友敬矣又曰城彼朔

方親昵並集送置酒此河陽爾雅曰昵近也漢書曰上過沛置酒沛宫中饋豈獨薄賓飲不盡觴周易曰在中饋王弼曰婦人職中饋儀禮有饋食之禮鄭玄周禮注曰進物於尊者曰饋愛至望苦深豈不愧中腸言恩愛至情之極所望悲苦愈深也漢書杜鄴說王音曰愛至者其求詳鄭玄注禮記曰病愧謂罪苦也山川阻且遠別促會日長毛詩曰山川悠遠又曰道阻且長願爲比翼鳥施翮起高翔古詩曰願爲雙鳴鳥奮翼起高飛

征西官屬送於陟陽候作詩一首 五言

孫子荆 臧榮緒晉書曰孫楚字子荆太原人也征西扶風王駿與楚舊好起爲參軍梁令衛軍司馬爲馮翊太守卒

晨風飄岐路零雨被秋草李陵與蘇武詩曰欲因晨風發送子以賤軀毛詩曰

零雨其濛傾城遠追送餞我千里道傾猶盡也三命皆有極咄丁忽嗟安可保養生經黃帝曰上壽百二十中壽百年下壽八十鄭玄禮記注曰司命主督察三命蒼頡篇曰咄啐也說文曰啐驚也倉憒切王弼周易注曰嗟憂歎之辭莫大於殤子彭聃猶爲夭莊子南郭子綦曰天下莫大於秋毫之末而太山爲小莫壽於殤子而彭祖爲夭郭象曰夫以形相對則太山大於秋毫若各據其性分物冥其極則形大未爲有餘形小未爲不足苟各安其性則秋毫不獨小其小太山不獨大其大矣若以性足爲大則天下之足未有過於秋毫也若性不足者非大則雖太山亦可稱小矣故曰莫大於秋毫之末而太山爲小太山爲小則天下無大矣秋毫爲大則天下無小矣無大無小無壽無夭是以蟪蛄不羨大椿而欣然自得斥鴳不貴天池而榮願已足列仙傳曰彭祖殷賢大夫歷夏至商末號年七百史記曰老子字聃列仙傳曰李耳生於殷時爲周守藏吏積八十餘年後之流沙莫知所終蓋百六十餘歲或言二百餘歲吉凶如糾纆憂喜相紛繞漢書音義應劭曰禍福相爲表裏如

糾纆索相附會也按糾纆索也糾兩股索纆三股索言禍福之相糾如此鵩鳥賦曰禍之與福何異糾纆又曰憂喜聚門吉凶同域神女賦曰紛紛擾擾未知何意**天地爲我爐萬物一何小**言天地爲爐陶冶萬物居其間一何微小言不足自愛也鵩鳥賦曰天地爲鑪萬物爲銅**達人垂大觀誠此苦不早**此謂愛生也達人大觀死生若一故戒此愛生苦于不早言能早戒之不以經慮也鶡冠子曰達人大觀乃見其理古詩曰立身苦不早**乖離即長衢惆悵盈懷抱**楚辭曰惆悵兮私自憐王孫子曰仲叔諫衛靈公曰百姓乖離**孰能察其心鑒之以蒼昊齊契在今朝守之與偕老**說文曰契大約也毛詩曰君子偕老

金谷集作詩一首

五言酈元水經注曰金谷水出河南太白原東南流歷金谷謂之金谷水東南流經石崇故居

潘安仁

王生和鼎實貞石子鎮海沂石崇金谷詩序曰余以元康六年從太僕卿出爲使持節監青徐諸軍事有別廬在河南縣界金谷澗時征西大將軍祭酒王詡當還長安余與衆賢共送澗中賦詩以叙中懷應劭漢官儀曰太尉司空司徒長史號爲毗佐三台助鼎和味尚書曰海岱惟青州又曰徐州淮沂其乂蔡邕陳琳碑曰遠鎮南裔親友各言邁中心悵有違毛詩曰還車言邁又曰行道遲遲中心有違何以叙離思攜手游郊畿曹子建雜詩曰離思故難任朝發晉京陽夕次金谷湄晉京洛陽也爾雅曰水草交爲湄迴谿縈曲阻峻阪路威夷七發曰依絶區兮臨迴谿韓詩曰周道威夷薛君曰威夷險也綠池汎淡淡青柳何依依東京賦曰渌水澹澹澹與淡同韓詩曰昔我往矣楊柳依依薛君曰依依盛貌濫泉龍鱗瀾激波連珠揮爾雅曰濫泉正出正出湧出也酈元水經注曰允街谷水文成蛟龍允音沿街音牙洞簫賦曰揚素波而揮連珠前庭樹沙棠後園植烏

楟上林賦曰沙棠櫟儲西京雜記曰上林有烏椑沙棠樹靈囿繁若榴茂林列芳梨毛詩曰王在靈囿廣雅曰石榴若榴也西京雜記曰上林有芳梨飮至臨華沼遷坐登隆坻毛詩曰舍其坐遷鄭玄詩箋曰坻水中之高地玄醴染朱顏但愬杯行遲邊讓章華臺賦曰激玄醴於清池楚辭曰美人既醉朱顏酡王仲宣公讌詩曰但愬杯行遲揚桴撫靈鼓簫管清且悲楚辭曰揚桴兮撫鼓毛詩曰簫管備舉王仲宣公讌詩曰管紵發徽音度曲清且悲春榮誰不慕歲寒良獨希春榮喻少歲寒喻老也周易陰符太公曰春道生萬物榮論語曰歲寒然後知松柏之後凋投分寄石友白首同所歸阮瑀爲魏武與劉備書曰披懷解帶投分託意分猶志也史記蘇秦謂齊王曰此弃仇讎而得石交者也漢書曰石建老白首萬石君尚無恙易曰殊途而同歸世說曰孫秀既恨石崇不與緑珠又憾潘岳昔遇之不以禮後秀爲中書令岳於省内謂秀曰孫令憶疇昔周旋不秀曰中心藏之何日忘之岳於是始知不免後收石崇同日

取岳石先送市亦不相知潘後至石謂潘曰安仁卿亦復爾耶潘曰可謂白首同所歸岳金谷集詩乃成其讖王隱晉書曰岳父文德爲琅邪太守孫秀時爲小吏給岳岳於秀不以仁遇也

王撫軍庾西陽集別時爲豫章太守庾被徵還東一首 五言沈約宋書曰王引爲豫州之西陽新蔡諸軍事撫軍將軍江州刺史庾登之爲西陽太守入爲太子庶子集序曰謝還豫章庾被徵還都王撫軍送至湓口南樓作

謝宣遠 瞻時爲豫章太守

祗召旋北京守官反南服 言庾被召而旋帝京己守官而莅南服也左氏傳仲尼曰守道不如守官南服南方五服也 方舟新舊知對筵曠明牧 爾雅曰大夫方舟郭璞注曰方舟並兩船也楊仲武誄曰惟我與爾對筵接几蒼頡篇曰踈曠也舊知庾也明牧王撫軍也 舉觴矜飲餞指途念出宿 劉琨荅盧諶詩序曰舉觴對膝毛詩曰出宿于濟飲餞于禰陸

士衡贈弟詩曰掐塗悲有餘

來晨無定端，別晷有成速。頹陽照通津，夕陰曖平陸。

楚辭曰日晻晻而下頹

榜人理行艫，輶軒命歸僕。

張揖子虛賦注曰月令曰命榜人榜人舡長也說文曰艫船頭也吳都賦曰輶軒蓼擾毛詩曰輶車鑾鑣楊雄荅劉歆書曰嘗聞先代輶軒之使

分手東城闉，

因

發櫂西江隩。

說文曰闉城曲重門也爾雅曰隩隈也郭璞曰今江東人呼浦爲隩

離會雖相親，逝川豈往復。

言離而復會雖有相親之理但逝川之流豈有往復之義嗟年命之速而會難也呂氏春秋曰離則復合合則復離親或爲雜非也

誰謂情可書，盡言非尺牘。

周易曰書不盡言言不盡意杜篤弔比干文曰敬申弔于比干寄長懷於尺牘說文曰牘書版也

鄰里相送方山詩一首

五言沈約宋書曰少帝出靈運爲永嘉郡守丹陽郡圖經曰方山在江寧縣東五十里下有湖水舊揚州有四津方山爲東石頭爲

西

謝靈運

祗役出皇邑相期憩甌越役所莅之職也王充論衡曰充罷州役曹子建詩曰清晨發皇邑毛萇詩傳曰憩息也史記曰東越王搖都東甌時俗號東甌王徐廣曰今之永寧也解纜蹔及流潮懷舊不能發吳志曰更增舸纜然纜維船索也西都賦曰攄懷舊之蓄念析析就衰林皎皎明秋月含情易爲盈遇物難可歇王仲宣公讌詩曰含情欲待誰積痾謝生慮寡欲罕所闕說文曰痾病也古詩曰所遇無故物老子曰少思寡欲資此永幽棲豈伊年歲別郭璞山海經曰山居爲棲各勉日新志音塵慰寂蔑周易曰日新其德陸機思歸賦曰絕音塵於江介荀組七哀詩曰轍兮轍兮何其寂蔑蔑一作滅

新亭渚別范零陵詩一首

五言　十洲記曰丹陽郡新亭在中興里吳

舊亭也。梁書曰：范雲齊世爲零陵郡內史。

謝玄暉 蕭子顯齊書曰：謝朓字玄暉，陳郡人也。少有美名，文章清麗。解褐豫章王行參軍，稍遷至尚書吏部郎，兼知衛尉事。江祐等謀立始安王遙光，朓不肯。祐白遙光，遙光收朓下獄死。

洞庭張樂地，瀟湘帝子遊。莊子北門成問於黃帝曰：帝張咸池之樂於洞庭之野，吾始聞之懼，復聞之怠。山海經曰：洞庭之山，帝之二女居之，是常遊於江淵。澧沅風交瀟湘之川。郭璞曰：言二女游戲江之淵府，則能鼓動五江，令風波之氣共相交通，言其靈響也。楚辭湘君曰：帝子降兮北渚。王逸曰：帝謂堯也。娥皇女英隨舜不反，死於湘水，因爲湘夫人。雲去蒼梧野，水還江漢流。歸藏啓筮曰：有白雲出自蒼梧，入于大梁。尚書曰：江漢朝宗于海。停驂我悵望，輟棹子夷猶。鄭玄毛詩注曰：驂，兩騑也。蔡邕初平詩曰：暮宿河南悵望，天陰雨雪滂滂。楚辭曰：君不行兮夷猶。王逸曰：夷猶，猶豫也。廣平聽方籍，茂陵將見求。言范同廣平而聲聽方向籍，己當居茂陵。

之下將於彼而見求王隱晉書曰鄭袤字林叔爲中郎散騎常侍會廣平太守缺宣帝謂袤曰賢叔大匠渾垂稱於平陽魏郡蒙惠化且盧子家王子邕繼踵此郡欲使世不乏之賢故復相屈在郡先以德化善爲條教百姓愛之鄭玄毛詩箋曰方向也漢書曰司馬相如既病免家居茂陵

心事俱已矣江上徒離憂楚辭曰思公子兮徒離憂

別范安成詩一首

五言梁書曰范岫字懋賓齊代爲安成内史

沈休文

生平少年日分手易前期言春秋既富前期非遠分手之際輕而易之言不難也漢書灌夫傳曰生平慕之論語子曰久要不忘平生之言孔安國曰平生少時也賈充上與李夫人書曰每至當別未嘗以爲易及爾同衰暮非復別離時言年壽衰暮死日將近交臂相失故曰非時也蜀志曰宋預聘吳孫權捉預手曰今君年長孤亦老恐不復相見也勿言一樽酒明日

難重持蘇武詩曰我有一樽酒將以贈遠人夢中不識路何以慰相思繆襲嘉夢賦曰心灼爍其如陽不識道之焉如韓非子曰六國時張敏與高惠二人爲友每相思不能得見敏便於夢中往尋但行至半道即迷不知路遂回如此者三

文選卷第二十

賜進士出身通奉大夫江南蘇松常鎮太等處承宣布政使司布政使胡克家重校刊

文選卷第二十一

梁昭明太子撰

文林郎守太子右内率府録事參軍事崇賢館直學士臣李善注上

詠史

百一

應休璉百一詩一首

遊仙

何敬祖遊仙詩一首　郭景純遊仙詩七首

詠史

詠史詩一首 五言　王仲宣

自古無殉死，達人共所知。禮記曰：陳乾昔寢疾，屬其子曰：如我死，使吾二婢子夾我。乾昔死，其子曰：殉葬非禮也。杜預左氏傳注曰：以人從葬爲殉。鶡冠子曰：達人大觀。秦穆殺三良，惜哉空爾爲。左氏傳曰：秦伯任好卒，以子車氏三子奄息、仲行、鍼虎爲殉，皆秦之良也。毛萇詩傳曰：三良，三善臣。賈逵國語注曰：惜，痛也。鄭玄禮記注曰：爾，語助也。結髮事明君，受恩良

不訾漢書曰霍光以結髮內侍又王生謂蓋寬饒曰用不訾之軀良信也賈逵國語注曰訾量也臨

歿要之死焉得不相隨劉德漢書注曰黃鳥之詩刺秦穆公要之從死妻子當

門泣兄弟哭路垂臨穴呼蒼天涕下如綆古杏縻美悲切垂邊也

毛詩曰臨其穴惴惴其慄彼蒼者天殲我良人鄭玄曰穴謂塚壙也說文曰綆汲井綆也縻牛轡也人生

各有志終不爲此移同知埋身劇心亦有所施說文曰劇甚也包咸論語注曰施行也

生爲百夫雄死爲壯士規毛詩曰維此奄息百夫之特鄭玄曰百夫之中最雄俊者也漢書項羽謂樊噲曰壯士也

黃鳥作悲詩至今聲不虧毛詩序曰黃鳥哀三良也王逸楚辭注曰虧歇也

三良詩一首　五言　曹子建

功名不可爲忠義我所安言功立不由於己故不可爲也呂氏春秋曰功名之立天

也鄭玄禮記注曰名令聞也孝經注曰死君之難爲盡忠謚法曰能制命曰義我謂三良也　秦穆先下世三臣皆自殘列女傳柳下惠妻誄曰愷悌君子永能厲兮吁嗟惜哉乃下世兮賈逵國語注曰沒身爲殘　生時等榮樂既沒同憂患應劭漢書注曰秦穆與羣臣飲酒酒酣公曰生共此樂死共此哀奄息等許諾及公薨皆從死　誰言捐軀易殺身誠獨難說文曰捐棄也　攬涕登君墓臨穴仰天歎楚辭曰美人兮攬涕而竚臨穴巳見上文說文曰歎太息也　長夜何冥冥一往不復還李陵詩曰嚴父潛長夜慈母去中堂東觀漢記鄧太后報鄧閶曰長歸冥冥往而不反　黄鳥爲悲鳴哀哉傷肺肝禮記曰親始死惻怛之心傷腎乾肝焦肺古歌曰大憂摧人肺肝心

詠史八首　五言

左太沖

弱冠弄柔翰卓犖觀羣書禮記曰人生二十曰弱冠王粲車渠椀賦曰援柔翰

以作賦孔融薦禰衡表曰英才卓躒躒與犖同班固漢書司馬遷贊曰劉向楊雄博極羣書著論準過秦作賦擬子虛賈誼作過秦論司馬相如作子虛賦邊城苦鳴鏑羽檄飛京都長楊賦曰永無邊城之災漢書曰冒頓乃作爲鳴鏑習勒騎射音義曰箭鏑也如今鳴箭也漢書高祖曰吾以羽檄徵天下兵雖非甲冑士疇昔覽穰苴尚書曰善敹乃甲冑左氏傳羊斟曰疇昔之羊子爲政史記曰司馬穰苴者田完之苗裔也齊景公以爲將軍將兵扞燕晉之師其後田和因自立爲齊威王用兵行威大放穰苴之法而諸侯朝齊威王使大夫追論古者司馬法而附穰苴其中因號曰司馬穰苴兵法長嘯激清風志若無東吳楚辭曰臨深水而長嘯王逸楚辭注曰激感也東吳謂孫氏也鉛刀貴一割夢想騁良圖東觀漢記班超上疏曰臣乘聖漢威神與傚鉛刀一割之用韓君章句曰騁施也左眄澄江湘右盼定羌胡廣雅曰眄視也方言曰澄清也馬融論語注曰盼動目貌功成不受爵長揖歸田廬漢書

曰鄴食其長揖不拜毛詩曰中田
有廬漢書䟽廣曰吾自有舊田廬
鬱鬱澗底松離離山上苗古詩曰鬱鬱園中柳毛萇詩傳曰離離垂貌以彼
徑寸莖蔭此百尺條史記魏王曰寡人有徑寸之珠七發曰高百尺而無枝世胄
躡高位英俊沈下僚韓詩內傳曰所以為世子何言世世不絕孔安國尚書傳曰胄長子
也謂卿大夫子弟也廣雅曰躡履也西都賦曰英俊之域爾雅曰僚官也地勢使之然由來
非一朝周書湯曰吾欲因地勢所有而獻之列子俞氏曰病非一朝一夕之故其所由來漸矣金
張籍舊業七葉珥漢貂班固漢書金日磾贊曰夷狄亡國羈虜漢庭七葉內侍何其盛
也七葉自武至平也又張湯傳贊曰張氏之子孫相繼自宣元已來為侍中中常侍者凡十餘人功臣之後唯
有金氏張氏親近貴寵比於外戚珥挿也董巴輿服志曰侍中中常侍冠武弁貂尾為飾馮公豈不
偉白首不見招漢書馮唐以孝著為郎中署長事文帝帝輦過問唐曰父老何自為郎說文曰偉

奇也荀悅漢紀曰馮
唐白首屈於郎署
吾希段干木偃息藩魏君廣雅曰希庶也干木已見魏都賦幽通賦曰干木偃息以藩魏
吾慕魯仲連談笑却秦軍史記曰魯仲連好奇偉倜儻畫策而不肯仕宦任職趙孝成王時秦使白起圍趙魏王使將軍新垣衍說趙尊秦昭王爲帝魯連適遊趙謂平原君曰梁客新垣衍安在吾請爲君責而歸之乃見新垣衍垣衍起再拜謝曰吾請出不敢復言秦將聞之爲却五十里
當世貴不羈遭難能解紛功成不受賞高節卓不羣史記曰秦軍引去平原君欲封魯連魯連辭不肯受平原君乃置酒酒酣起前以千金遺魯連魯連笑曰所貴於天下之士者爲人排患釋難解紛而不取也即有取者是商賈之事而連不忍爲也遂辭平原君而去班固說東平王蒼曰光名宣於當世鄒陽上書曰不羈之士與牛驥同皁史記曰魯仲連好持高節遊於趙論語顏回曰如有所立卓爾
臨組不肯緤對珪不肯分說文曰組綬屬也王逸楚辭注曰緤繫也禮稽命徵

曰諸侯執珪解嘲曰析人之珪連璽燿前庭比之猶浮雲將加之官必授之以印後
仲連爲書遺燕將燕將自殺田單欲爵之仲連逃海上再封故言連璽鄭玄周禮注曰璽印也論語子曰不義
而富且貴於我如浮雲

濟濟京城內赫赫王侯居毛詩曰濟濟多士毛萇曰濟濟多威儀也吳質書曰陳威
發憤思入京城毛詩曰赫赫師尹毛萇曰赫赫顯盛貌冠蓋蔭四術朱輪竟長衢
西都賦曰冠蓋如雲廣雅曰術道也楊惲書曰乘朱輪者十人古詩曰長衢夾巷朝集金張館
暮宿許史廬漢書蓋寬饒曰上無許史之屬下無金張之託金張已見上文漢書孝宣許皇后元
帝母元帝封外祖父廣漢爲平恩侯又曰史良娣宣帝祖母也兄恭宣帝立恭已死封恭長子高爲樂陵侯

南鄰擊鐘磬北里吹笙竽左氏傳曰鄭伯有夜飲酒擊鐘焉呂氏春秋曰帝嚳令人
擊磬墨子曰彈琴瑟吹笙竽磬或爲鼓寂寂楊子宅門無卿相輿說文曰寂寂無

人聲也漢書楊雄自敘曰雄家素貧嗜酒人希至其門寥寥空宇中所講在玄虛廣雅曰寥深也空廓也楚辭曰閔空宇之孤子漢書曰雄方草創太玄有以自守老子曰玄之又玄衆妙之門管子曰虛無無形謂之道言論準宣尼辭賦擬相如漢書曰時有人問雄者雄常用法應之譔爲十三卷象論語號曰法言又曰先是時蜀有司馬相如作賦甚弘麗溫雅雄心壯之每作賦常擬以爲式悠悠百世後英名擅八區論語曰其或繼周者雖百世可知也魏志程昱曰劉備有英名說文曰擅專也解嘲曰天下之士咸營於八區皓天舒白日靈景耀神州廣雅曰皓明也傅玄三都賦曰白日舒靈景於天地理書曰崐崘東南地方五千里名曰神州列宅紫宮裏飛宇若雲浮西京賦曰正紫宮於未央栢寬鹽鐵論曰梓匠營宮室上成雲氣下成山林峩峩高門內藹藹皆王侯廣雅曰峩峩容也峩與娥同古字通漢書鮑宣曰豈徒欲使臣重高門之地哉毛詩曰藹藹王多吉士廣雅曰

藹藹盛也自非攀龍客何爲欻來遊揚子法言曰攀龍鱗附鳳翼薛綜西京賦
注曰欻者言忽也被褐出閶闔高步追許由家語子路曰有人於此被褐而懷玉
何如子曰國無道隱者可也晉宮闕名曰洛陽城閶闔門西向皇甫謐高士傳曰許由武陽城槐里人也隨沖
虛學于齧缺許由爲堯所讓由是退隱遯耕於中嶽下振衣千仞崗濯足萬里流
王粲七釋曰濯身乎滄浪振衣乎高嶽
荆軻飲燕市酒酣氣益振孔安國尚書傳曰樂酒曰酣毛萇詩傳曰震猶威也哀
歌和漸離謂若傍無人史記曰荆軻之燕與屠狗及高漸離飲於燕市酒酣以往高漸
離擊筑荆軻和而歌於市中相樂也已而相泣旁若無人雖無壯士節與世亦殊倫
高眄邈四海豪右何足陳臣瓚漢書注曰邈縣邈也張衡四愁詩序曰豪右兼并之
家貴者雖自貴視之若埃塵賤者雖自賤重之若千

鈞埃塵言輕于鈞喻重也列子楊朱曰貴非所貴賤非所賤齊貴齊賤漢書曰十六兩爲一斤三十斤爲一鈞

主父宦不達骨肉還相薄史記或說主父偃曰太橫主父偃曰臣結髮游學四十年身不得遂親不以爲子昆弟不收杜預左氏傳注曰宦仕也呂氏春秋曰父母之於子也子之於父母也此之謂骨肉之親薄輕鄙之也史記曰君薄淮陽邪

買臣困采樵伉儷不安宅漢書曰朱買臣家貧常刈薪樵賣以給食擔束薪行且誦書妻亦負戴相隨數止買臣無謳歌道中買臣愈益疾歌妻羞之求去買臣笑曰我年五十當富貴今已四十餘矣汝苦日久待我富貴報汝功力妻恚怒曰如公等終餓死溝中耳能何富貴買臣不能留即聽去左氏傳曰施氏之婦怒施氏曰己不能庇其伉儷杜預曰儷偶也伉敵也

陳平無產業歸來翳負郭漢書曰陳平家貧好讀書負郭窮巷以席爲門然門外多長者車轍方言曰翳薆也郭璞曰謂蔽薆也音愛鄭玄禮記注曰負之言背也

長卿還成都壁立何寥廓史記曰卓文君奔司馬相如相與馳歸成都居徒四壁立郭璞曰貧窮也楚辭

曰嗟寥廓而無處廣雅曰廓空也**四賢豈不偉遺烈光篇籍**班固說東平王蒼曰遺烈著於無窮漢書曰吴起商鞅垂著篇籍**當其未遇時憂在塡溝壑**孟子曰志士不志在溝壑**英雄有屯邅由來自古昔**周易曰屯如邅如國語曰古曰在昔**何世無奇才遺之在草澤**孫子曰何世之無才何才之無施**習習籠中鳥舉翮觸四隅**說文曰習習數飛也鶡冠子曰籠中之鳥空籠不出鄭玄毛詩箋云隅角也**落落窮巷士抱影守空廬**落落踈寂貌言士之居窮巷若鳥之在籠中也風賦曰廓抱影而獨倚**出門無通路枳棘塞中塗**王仲宣七哀詩曰出門無所見孔叢子孔子山陵之歌曰枳棘充路陟之無緣**計策棄不收塊若枯池魚**東方朔六言曰計策棄捐不收王逸楚辭注曰塊獨處貌**外望無寸祿內顧無斗儲**國語叔向曰絳之富商而無尋尺之祿鄭玄毛詩箋曰迴首曰顧古出東門行曰盎中無斗米儲還

視架上無懸衣說文曰儲蓄也謂蓄積以待用也親戚還相蔑朋友日夜踈鄭玄毛詩箋曰蔑輕也莊子曰親友益踈蘇秦北遊說李斯西上書俛仰生榮華咄嗟復彫枯史記曰蘇秦乃西至秦說惠王王方誅商鞅疾辯士弗用乃東之趙遂說六國蘇秦爲從約長并相六國後去趙之燕陽爲得罪於燕而亡自燕之齊齊宣王以爲客卿後齊大夫多與蘇秦爭寵者而使人刺蘇秦又曰李斯西入秦說秦王後秦王以斯爲客卿又曰始皇以斯爲丞相二世下斯吏斯就五刑莊子曰其疾也俛仰之間文子曰身有榮華心有愁悴蒼頡篇曰咄咤也說文曰咤驚也王弼周易注曰嗟憂歎之辭咄丁忽切咤倉憒切飲河期滿腹貴足不願餘巢林棲一枝可爲達士模莊子曰鷦鷯巢林不過一枝偃鼠飲河不過滿腹

詠史一首 五言

張景陽

臧榮緒晉書曰張協字景陽載弟也兄弟並守道不競以屬詠自娛少辟公府後爲黃門侍郎

因託疾遂絶
人事終於家
昔在西京時朝野多歡娛漢書劉向上䟽曰衆賢和於
朝萬物和於野孟子曰霸者
之民驩虞如也王逸楚辭注
曰娛樂也娛與虞古字通用藹藹東都門羣公祖二踈
毛詩曰仲山甫出祖鄭玄
曰祖者行犯軷之祭也朱軒曜金城供帳臨長衢尚書
大傳曰未命爲士不得朱軒鹽鐵論曰秦
金城千里供帳見下注長衢已見上文達人知止足
遺榮忽如無鍾會有
遺榮賦抽簪解朝衣散髮歸海隅鍾會遺
榮賦曰
散髮抽簪永絶一丘倉頡篇曰簪笄也所以持冠也孟
子曰如以朝衣朝冠坐於塗炭也尚書曰至于海隅蒼
生行人爲隕涕賢哉此丈夫漢書楊宣上書曰行道之
人爲之隕涕毛詩曰心之
憂矣涕
既隕之揮金樂當年歲暮不留儲韓康伯周易注曰
揮散也歲暮喻年
老也詩曰蟋蟀在堂歲聿其暮薛
君曰暮晚也言君之年歲已晚也顧謂四坐賓多財爲

累愚說文曰顧還視也古詩曰四坐莫不歎漢書曰疏廣字仲翁東海人也明春秋爲太子太傅兄子受字公子亦以賢良爲太子家令廣謂受曰吾聞知足不辱知止不殆今仕至二千石功成名立如此不去懼有後悔豈如父子相隨出關歸老故鄉以壽命終不亦善乎遂上疏乞骸骨上以其年篤老皆許之加賜黄金二十斤皇太子賜五十斤公卿大夫故人邑子爲設祖道供帳東都門外送車數百兩辭訣而去道路觀者曰賢哉二大夫或歎息爲之下泣廣既歸鄉里日令家共具設酒食請族人故舊賔客與相娛樂居歲餘廣子孫竊謂其昆弟老人廣所愛信者曰子孫幾及君時頗立産業基址今日飲食費且盡宜從丈人所勸説君買田宅老人即以閑暇時爲廣言此計廣曰吾豈老誖不念子孫哉賢而多財則損其志愚而多財則益其過金者聖主所以惠養老臣也故樂與鄉黨宗族共饗其賜以盡吾餘日不亦可乎於是族人悦服皆以壽終累猶負也累愚爲愚者之累也清風激萬代名與天壤俱胡廣書曰建鴻德流清風史記魯仲連與燕將書曰業與三王爭流名與天壤俱弊咄此蟬冕客君紳宜見書說文曰咄

相謂也蔡邕獨斷曰太尉已下冠惠文侍中加貂蟬
論語曰子張問行子曰言忠信行篤敬子張書諸紳

覽古一首　五言　盧子諒

徐廣晉紀曰盧諶字子諒范陽人也有才理顯宗衛爲散騎常侍段末波愛其才託以道險終不遣之末波死諶依石季龍冉閔誅石氏諶隨閔軍遇害

趙氏有和璧天下無不傳　蔡邕琴操曰楚明光者楚王大夫也昭王得瑀氏璧欲以貢於趙王於是遣明光奉璧之趙瑀古和字史記秦王曰和氏璧天下共傳寶也

秦人來求市厥價徒空言　史記曰趙惠王得和氏璧秦昭王聞之使人遺趙王書願以十五城易璧史記漢王曰空言虛語非所守也價或作償

與之將見賣不與恐致患簡才備行李圖令國命全　史記曰趙王得秦王書與大將軍廉頗諸大臣謀欲與秦璧城恐不可得而見欺欲勿與即患秦兵之來計未定求令報秦者未得毛萇詩傳曰將且也見賣謂將賣己也爾雅曰簡擇也左

氏傳燭之武謂秦伯曰行李之往來供其乏困杜預曰行李使人孫卿子曰人之命在天國之命在禮**藺**
生在下位繆子稱其賢史記曰官者令繆賢曰臣舍人藺相如可使王召見問藺相如
周易曰在下位而不憂家語曰顏回以德行著名孔子稱其賢**奉辭馳出境伏軾逕入**
關史記曰趙王遂令相如奉和璧西入秦尚書曰奉辭罰罪鄭玄禮記注曰辭言語也莊子曰宣尼伏軾而
歎曰由之難化也**秦王御殿坐趙使擁節前**史記曰秦王坐章臺見相如相如奉
璧奏秦秦王秦秦王大喜毛萇詩傳曰御進也鄭玄禮記注曰節所以明信輔君命也令趙使者擁節也**揮袂**
睨金柱身玉要俱捐說文曰揮奮也史記曰相如視秦王無意償趙城乃前曰璧有瑕請
指示王王授璧相如相如持璧却立倚柱怒髮上衝冠曰臣觀大王無償趙城意故臣復取璧大王必欲急臣
臣頭今與璧俱碎於柱矣相如持其璧睨柱欲以擊柱秦王恐其破璧乃辭謝請以十五都與趙燕丹子曰荊
軻拔匕首擿秦王決耳入銅柱火出然銅有金故稱曰金柱**連城既僞往荊王亦眞**

還史記曰相如度秦王特以詐僞爲與趙城實不可得乃使從者衣褐裹其璧從徑道亡歸璧于趙秦乃不以城與趙趙亦終不與璧爰在澠池會二主克交歡爾雅曰爰曰也史記曰秦王欲爲好會於澠池趙王遂與秦王會澠池又曰嚴仲子謂聶政曰故進百金者得以交足下懽漢書曰郭解入關賢豪交歡昭襄欲負力相如折其端史記曰秦武王死無子立異母弟是爲昭襄王列子曰不猶愈於負其力乎漢書曰秦王政負力怙威鄭玄周禮注曰負恃也方言曰端緒也眥血下霑衿怒髮上衝冠說文曰眥目眶也列士傳曰朱亥瞋目視虎眥裂血出濺虎髮上衝冠巳見上注西缶終雙擊東瑟不隻彈西缶東瑟巳見西征賦捨生豈不易處死誠獨難幽通賦曰捨生取誼史記太史公曰非死者難也處死者難也稜威章臺顛彊禦亦不干漢書武帝報李廣曰威稜儡于鄰國毛詩曰不畏彊禦孔安國尚書傳曰干犯也屈節邯鄲中俛首忍迴軒史記曰趙王以相如功大拜爲上卿

位在廉頗之右廉頗曰相如素賤人吾羞不忍爲之下我見相如必辱之相如聞不肯與會出望見廉頗相如引車避匿家語子貢曰夫子欲屈節以救父母之國節猶操也

廉公何爲者負荆謝厥愆史記曰於是舍人相與諫相如曰今君與廉君同列廉君宣惡言而君畏匿且庸人尚羞之相如曰相如雖駑獨畏廉將軍哉顧吾念之彊秦所以不敢加兵於趙者徒以吾兩人在也今兩虎自鬭其勢必不俱生吾所以爲此也以先國家之急而後私讎也廉頗聞之肉袒負荆因賓客至藺相如門謝罪曰鄙賤之人不如將軍寬之至也卒相與歡爲刎頸之交晉灼漢書注曰以辭相告曰謝尚書曰思免厥愆孔安國尚書傳曰愆過也

智勇蓋當代弛張使我歎史記太史公曰相如其處智勇可謂兼之矣禮記孔子曰一張一弛文武之道也鄭玄曰張弛以弓弩喻人也說文曰歎吟也謂情有所悅吟歎而歌詠

張子房詩一首

五言沈約宋書曰姚泓新立關中亂義熙十三年正月公以舟師進討軍頓留項城經張良廟也

謝宣遠 王儉七志曰高祖遊張良廟並命僚佐賦詩瞻之所造冠于一時

王風哀以思周道蕩無章 毛詩序曰開雎麟趾之化王者之風又曰亡國之音哀以思毛詩曰顧瞻周道又序曰厲王無道天下蕩蕩無綱紀文章 卜洛易隆替興亂罔不士 尚書曰予朝至于洛師卜惟洛食韋昭國語注曰替廢也漢書婁敬說高祖曰昔成王即位乃營成周都洛以爲此天下中有德則易以王無德則易以亡又劉向上䟽曰自古及今未有不亡之國也 力政吞九鼎苛慝暴三殤 力政謂秦也墨子曰反天意者力政也如淳漢書注曰王室微弱諸侯以力爲政相攻伐也史記曰秦取周九鼎寳器而遷西周禮記曰孔子過泰山側婦人哭於墓者而哀夫子式而聽之使子貢問之曰子之哭也一似重有憂者而曰然昔者吾舅死於虎吾夫又死焉今吾子又死焉夫子曰何不去也曰無苛政夫子曰小子識之苛政猛於虎也苛猶虐也 息肩纏民思靈鑒集朱光 東京賦曰百姓不能忍是用息肩於漢毛詩曰天鑒在下有命既集曹植離友詩曰靈鑒無私

賈逵國語注曰鑒察也南都賦曰輝朱光於白水

伊人感代工聿來扶興王

伊人謂張良也毛詩曰所謂伊人感猶應也尚書咎繇曰無曠庶官天工人其代之毛詩曰聿來胥宇孔安國尚書傳曰聿遂也陸機遂志賦曰扶興王以成命延衰期乎天祿

婉婉幙中畫輝輝天業昌

婉婉和順貌也漢書高祖曰運籌帷幄之中吾不如子房易巛靈圖曰攝天之業使之理鄭玄曰天業得其理

鴻門消薄蝕垓下殞攙搶

漢書曰亞父范增說項羽急擊沛公項伯素善張良夜馳見良具告事實良乃與項伯見沛公曰早自來謝沛公翌日從百餘騎見羽鴻門羽因留沛公飲范增數目羽擊沛公羽不應有頃公從間道走軍使張良留謝又曰漢王追羽至陽夏不會謂張良曰諸侯不從柰何用良計諸侯皆會圍羽垓下薄蝕攙搶皆喻羽也京房易飛候曰凡日蝕皆於晦朔不於晦朔蝕者名曰薄爾雅曰彗星爲攙搶

爵仇建蕭宰定都護儲皇

爵仇謂封雍齒也巳見幽通賦漢書曰良從上出奇計及立蕭相國音義曰何時未爲相國勸高祖立之漢書婁敬說上曰陛下都洛陽不如

入關上問良良因勸上是日車駕西都長安又曰欲廢太子立戚夫人子趙王如意呂后恐不知所爲或謂呂后留侯善畫計呂后乃使建成侯呂澤劫良良曰願上有所不能致者四人令太子爲書卑辭安車請以爲客令上見之則一助也於是太子迎四人至上破黥布歸愈欲易太子及置酒太子侍四人從上乃驚曰吾求公公逃避我今公何自從吾兒遊乎煩公幸卒調護太子竟不易不易太子者良本招此四人之力也又疏廣曰太子國儲副君也

肇允契幽叟飜飛指帝鄉

言初即合契幽叟晚乃遊心帝鄉漢書曰良從容步下邳圯上有一老父衣褐至良所曰孺子可教後五日與我可期此良夜半往有頃父亦來喜出一編書曰讀是則爲王者師曰旦視其書乃太公兵法又曰願棄人間事欲從赤松子遊耳廼學道欲輕舉莊子曰華封人謂堯曰千歲厭世去而上僊乘彼白雲至于帝鄉毛詩曰肇允彼桃蟲翻飛維鳥鄭玄曰肇始也允信也薛君韓詩章句曰翻飛貌

惠心奮千祀清埃播無疆

周易曰有孚惠心勿問元吉清埃猶清塵也李尤武功歌曰清埃飛連日月毛詩曰惠我無疆

神武睦三正裁

成被八荒神武謂宋高祖也尚書益曰帝德廣運乃聖乃神乃武乃文孔安國尚書傳曰睦和也漢書曰三正子爲天正丑爲地正寅爲人正周易曰后以財成天地之道輔相天地之宜漢書曰監八方被八荒

明兩燭河陰慶霄薄汾陽明兩慶霄皆喻宋高祖燭幽明也薄猶輕易也河陰汾陽堯舜二帝所居也言以高祖譬舜則高祖光明又以方堯則堯可輕薄也周易曰明兩作離大人以繼明照于四方鄭玄曰明兩者取君明上下以明德相承其於天下之事無不見也孟子曰舜避丹朱於南河之南然河南則河陰也慶霄即慶雲也王逸楚辭注曰海內之政見四子藐姑射之山汾水之陽窅然喪其天下也

鑾旍歷頹寢飾像薦嘉嘗宋略曰大軍九月次彭城鑾旍鑾旗也公羊傳秋祭曰嘗

聖心豈徒甄惟德在無忘大戴禮曰神明自得聖心備矣鄭玄尚書緯注曰甄表也陸機高祖頌曰念功惟德鄭玄毛詩箋曰惟思也

逝者如可作揆子慕周行逝謂死也死者可起之而令仕度子之志亦慕此周行周行喻宋也國語曰趙文子與叔譽遊於九原曰死者若可

作也吾誰與歸毛詩曰嗟我懷人寘彼周行毛萇曰行列也周之列位

濟濟屬車士粲粲翰墨場漢書音義曰大駕屬車八十乘歸田賦曰揮翰墨以奮藻賓戲曰婆娑乎術藝之場項岱曰場圃講經藝之所

暫夫違盛觀竦踊企一方暫夫宣遠自謂也毛萇詩傳曰違離也莊子叔連曰暫者無以與乎文章之觀說文曰企舉踵也毛詩曰相怨一方

四達雖平直蹇步愧無良禮記曰周道四達尚書曰王道正直孔安國曰王道平直也說文曰蹇跛也左氏傳曰孟縶之足不良能行毛萇詩傳曰良善也

飡和志微遠延首詠太康莊子曰聖人其於人也故或不言而飲人以和郭象曰各自得斯飲和矣豈待言哉微遠亦自謂也阮瑀止欲賦曰飲延首以極視魏明帝野田黃雀行曰四夷重譯貢百姓謳吟詠太康琴操伍子胥歌曰庶此太康皆吾力兮

秋胡詩一首

五言列女傳曰魯秋胡潔婦者魯秋胡子之妻秋胡子既納之五日去而官於陳五年乃歸未至其家見路傍有美婦人方採桑秋胡子悅之下車謂曰今吾

有金願以與夫人婦人曰嘻夫採桑奉二親吾不願人之金秋胡子遂去歸至家奉金遺其母其母使人呼其婦婦至乃向採桑者也秋胡子見之而慙婦曰束髮脩身辭親往仕五年乃得還當見親戚今也乃悦路旁婦人而下子之裝以金與之是忘母不孝也妾不忍見不孝之人遂去而走自投河而死

顔延年

椅梧傾高鳳寒谷待鳴律毛詩曰其桐其椅其實離離又曰鳳皇鳴矣于彼高岡梧桐生矣于彼朝陽司馬紹統贈山濤詩曰昔也植朝陽傾枝俟鸞鷟劉向别録曰鄒衍在燕有谷寒不生五穀鄒子吹律而温至生黍也影響豈不懷自遠每相匹言椅梧佇鳳鳥之來儀寒谷資吹律而成煦類乎影響豈不相思故夫婦之儀自遠相匹尚書曰惠迪吉從逆凶惟影響鶡冠子曰影則隨形響則應聲毛萇詩傳曰懷思也婉彼幽閑女作嬪君子室毛萇詩傳曰婉然美貌又曰窈窕幽閑也爾雅曰嬪婦也峻節貫秋霜明豔侔朝日貫猶連也傅玄

有女篇曰容華既以豔志節擬秋霜鄭玄周禮注曰伴等也詩曰東方之日彼姝者子在我室兮薛君曰詩人言所說者顏色盛美如東方之日嘉運既我從欣願自此畢其一陸機從梁陳詩曰在昔蒙嘉運燕居未及好良人顧有違毛詩曰或燕燕居息又曰妻子好合孟子曰良人出必厭酒肉劉熙曰婦人稱夫曰良人毛詩曰行道遲遲中心有違鄭玄毛詩箋曰顧念也脫巾千里外結綬登王畿巾處士所服綬仕者所佩今欲宦於陳故脫巾而結綬也東觀漢記曰江革養母幅巾屐履漢書蕭育與朱博爲友長安諺曰蕭朱結綬言其相薦達也秋胡仕陳而曰王畿詩緯曰陳王者所起也戒徒在昧旦左右來相依易歸藏曰君子戒車小人戒徒左氏傳曰讒鼎之銘曰昧旦丕顯驅車出郊郭行路正威遲古詩曰驅車策駑馬毛詩曰四牡騑騑周道倭遲毛萇曰倭遲歷遠貌韓詩曰周道威夷其義同倭於危切存爲久離別沒爲長不歸其二蘇武詩曰生當復來歸死當長相思嗟余怨行役三陟窮

晨暮毛詩曰嗟予子行役夙夜無已又曰陟彼崔嵬我馬虺隤又曰陟彼高岡我馬玄黃又曰陟彼砠矣我馬瘏矣嚴駕越風寒解鞍犯霜露楚辭曰嚴車駕兮戲遊鄭玄禮記注曰越蹶也漢書李廣令曰下馬解鞍左氏傳太叔曰跋涉山川蒙犯霜露原隰多悲涼迴飆卷高樹宋均春秋緯注曰涼愁也離獸起荒蹊驚鳥縱橫去阮籍詠懷詩曰離獸東南下

悲哉遊宦子勞此山川路其三漢書薄昭與淮南王書曰士之諸侯遊宦事人毛詩曰山川悠遠維其勞矣超遙行人遠宛轉年運徂楚辭曰超逍遙兮今焉薄又曰愁脩夜而婉轉莊子老聃曰予年運而往矣將何以戒我哉良時為此別日月方向除李陵詩曰良時不再至離別在須臾毛詩曰昔我往矣日月方除毛萇曰除陳生新曰除鄭玄曰四月為除廣雅曰方始也孰知寒暑積僶俛見榮枯僶俛猶俯俛也程曉女典曰春榮冬枯自然之理歲暮臨空房涼風起座隅陸機青青河畔草詩曰空房來悲風

鵬鳥賦曰止于坐隅寢興日已寒白露生庭蕪其四毛詩曰言念君子載寢載興宋玉諷賦曰主人女歌曰歲已暮兮日已寒爾雅曰蕪草也勤役從歸願反路遵山河昔醉秋未素今也歲載華蠶月觀時暇桑野多經過毛詩曰蠶月條桑又曰蜎蜎者蠋烝在桑野阮籍詠懷詩曰趙李相經過佳人從此務窈窕援高柯楚辭曰聞佳人兮召予薛君韓詩章句曰窈窕貞專貌說文曰援引也傾城誰不顧弭節停中阿其五漢書李延年歌曰北方有佳人絶世而獨立一顧傾人城再顧傾人國寧知傾城國佳人不再得楚辭曰吾令羲和弭節兮鄭玄毛詩箋曰中阿阿中也大陵曰阿王逸曰弭安也年往誠思勞事遠闊音形楚辭曰年洋洋而日往曹子建荅楊德祖書曰思子為勞陸機贈顧彥先詩曰形影曠不接所說聲與音聲音日夜闊何以慰吾心雖為五載別相與昧平生廣雅曰昧闇也五載之別雖久論情無容不識直為先昧平生所以致謬孔安國論語注曰平生猶

少時也捨車遵往路鳧藻馳目成周易曰舍車而徒義弗乘也往路所來從之路也李陵詩曰行人懷往路班彪冀州賦曰感鳧藻以進樂兮楚辭曰滿堂兮美人忽獨與予兮目成王逸曰獨與我睍而相親成爲親也南金豈不重聊自意所輕毛詩曰元龜象齒大賂南金鄭玄毛詩箋曰聊且略之辭也義心多苦調密比金玉聲其六潘岳從姊誄曰義心清尚莫之與鄰調猶辭也毛詩曰無金玉爾音而有遐心高節難久淹朅來空復辭列女傳曰齊母乃作詩以砥礪女之心高其節劉向七言曰朅來歸耕永自踈王逸楚辭注曰朅去也遲遲前塗盡依依造門基上堂拜嘉慶入室問何之閑居賦曰太夫人在堂蘇亥織女詩曰時來嘉慶集室妻之所居女史箴曰正位居室楚辭曰浮雲兮容與導余兮何之日暮行采歸物色桑榆時物色桑榆言日晚也東觀漢記光武曰日出之東隅收之桑榆美人望昏至慙歎前相持其七楚辭曰美人皓齒嫮以姱有

懷誰能已聊用申苦難毛詩曰有懷于衛靡日不思鄭玄箋曰已止也離居殊年載一別阻河關楚辭曰折疏麻兮瑶華將以遺兮離居史記曰魏王豹至國即絶河關春來無時豫秋至恒早寒爾雅曰豫樂也明發動愁心閨中起長歎毛詩曰明發不寐曹子建美女篇曰中夜起長歎慘悽歲方晏日落遊子顔共入言情之慘悽在乎歲之方晏日之將落愈思遊子之顔楚辭曰歲既晏兮孰華予鄭玄毛詩箋曰方向也漢書高祖曰遊子悲故鄉高張生絶弦聲急由調起高張生於絶弦以喻立節期於效命聲急由乎調起以喻辭切興於恨深楊雄解嘲曰弦者高張急徽物理論曰琴欲高張瑟欲下聲演連珠曰繁會之音生乎絶弦說苑曰應侯與賈子坐聞有琴聲應侯曰今日琴一何悲賈子曰夫張急調下故使悲矣調猶韻也謂音聲之和自昔枉光塵結言固終始繁欽與魏文帝牋曰異事速訖旋侍光塵公羊傳曰結言而退楚辭曰解佩纕以結言周易曰歸妹人之終始也如何久

爲別百行愆諸己孔臧與從弟書曰學者所以飭百行也杜預左氏傳注曰愆失也論語曰君子求諸己君子失明義誰與偕没齒家語孔子曰淫亂者生於男女男女無別則夫婦失義昏禮聘享者所以別男女明夫婦之義也論語曰没齒無怨言愧彼行露詩甘之長川汜其九貞女不犯霜露而違禮而我貪生以棄義比之爲劣故有愧焉毛詩曰厭浥行露豈不夙夜謂行多露鄭玄曰豈不知當早夜成婚禮謂道中之露太多故不行耳爾雅曰水決復入河爲汜

五君詠五首

五言沈約宋書曰顏延年領步兵好酒踈誕不能斟酌當時劉湛言於彭城王義康出爲永嘉太守延年甚怨憤乃作五君詠以述竹林七賢山濤王戎以貴顯被黜詠嵇康曰鸞翮有時鎩龍性誰能馴詠阮籍曰物故不可論途窮能無慟詠阮咸曰屢薦不入官一麾乃出守詠劉伶曰韜精日沈飲誰知非荒宴此四句蓋自序也

顏延年

阮步兵袁宏竹林名士傳曰阮籍以步兵校尉缺廚中有數斛酒乃求爲校尉大將軍甚奇愛之

阮公雖淪跡識密鑒亦洞廣雅曰淪沒也識心之別名湛然不動謂之心分別是非謂之識廣雅曰鑒照也洞深也沈醉似埋照寓辭類託諷臧榮緒晉書曰籍拜東平相不以政事爲務沈醉日多善屬文論初不苦思率爾便成作五言詩詠懷八十餘篇爲世所重班固漢書述曰寓言淫麗託諷終始長嘯若懷人越禮自驚衆魏氏春秋曰籍少時常遊蘇門山有隱者莫知姓名籍從與談太古無爲之道及論五帝三王之義蘇門生蕭然曾不經聽籍乃對之長嘯清韻響亮蘇門生逌爾而笑籍既降蘇門生亦嘯若鸞鳳之音焉毛詩曰嗟我懷人孫盛晉陽秋曰阮籍嫂嘗歸家籍相見與別或以禮譏之籍曰禮豈爲我設邪嵆康司馬長卿讚曰長卿慢世越禮自放賈逵國語注曰越踰也物故不可論途窮能無慟臧榮緒晉書曰阮籍雖放誕不拘禮教發言玄

遠口不評論臧否人物魏氏春秋曰籍時率意獨駕不由徑路車跡所窮輒慟哭而返

嵇中散

中散不偶世夲自餐霞人孫盛晉陽秋曰嵇康性不偶俗呂氏春秋曰沈君筮謂孫叔敖曰耦世接俗子不如我飡霞謂仙也楚辭曰漱正陽而含朝霞司馬相如大人賦曰呼吸沆瀣飡朝霞

形解驗默仙吐論知凝神顧凱之嵇康讚曰南海太守鮑靚通靈士也東海徐寧師之寧夜聞靜室有琴聲怪其妙而問焉靚曰嵇叔夜寧曰嵇臨命東市何得在茲靚曰叔夜迹示終而實尸解桓子新論曰聖人皆形解仙去言死示民有終孫綽嵇中散傳曰嵇康作養生論入洛京師謂之神人向子期難之不得屈莊子曰藐姑射之山有神人居焉其神凝郭象曰行若曳枯木心若聚死灰是其神凝也廣雅曰疑定也

立俗迕流議尋山洽隱淪竹林七賢論曰嵇康非湯武薄周孔所以迕世爾雅曰迕逆犯也五故切非有先生論曰欲聞流議神仙傳曰王烈年已二百三十八歲康甚愛之數與共入

山遊戲採藥桓子新論
曰天神人五二曰隱淪
鸞翮有時鎩龍性誰能馴嵇
康
別傳曰康美音氣好容色龍章鳳姿天質自然淮南子
曰飛鳥鎩羽許慎曰鎩殘羽也左氏傳曰劉累學擾龍
于豢龍氏服虔漢書注
曰擾馴也鎩所例切

劉參軍袁宏竹林名士傳曰
劉靈爲建威參軍

劉靈善閉關懷情滅聞見言道德內充情欲俱閉既
無外累故聞見皆滅臧榮
緒晉書曰靈潛嘿少言老子曰善閉者無關鍵而不可
開王弼曰因物自然不設不施故不用關鍵繩約而不
可開解說文曰懷藏也莊子廣成子曰目
無所見耳無所聞汝神遊守形形乃長生
鼓鍾不足歡
榮色豈能眕夫鍾鼓以悅耳榮色以悅目今聞見既滅
聲色俱喪故鼓鍾不足以爲歡豈榮色之
能眕也賈逵國語注
曰眕惑也户徧切
韜精日沈飲誰知非荒宴廣雅曰
韜藏也
賈逵國語注曰精明也臧榮緒晉書曰靈常乘鹿車攜
一壺酒尚書曰羲和沈湎于酒孔安國曰沈謂醉冥也

毛詩曰好樂無荒鄭玄曰荒廢亂也謂中心也蒼頡篇曰衷別外之辭也

頌酒雖短章深衷自此見 頌酒即酒德頌也衷

阮始平 袁宏竹林名士傳曰阮咸字仲容籍之兄子也與籍俱爲竹林之遊官止始平太守

仲容青雲器實稟生民秀 青雲言高遠也史記太史公曰夫閭巷之人欲砥行立名者非附青雲之士惡能施於後代哉禮記曰人者五行之秀廣雅曰秀美也

達音何用深識微在金奏 傳暢晉諸公贊曰中護軍長史阮咸唱議荀勖所造樂聲高則悲亡國之音哀以思今聲不合雅懼非德政中和之善必古今長短之所致後掘地得古銅尺歲久欲腐壞以此尺度於勖今尺短四分時人明咸爲解班固匈奴傳贊曰遠見識微周官曰鍾師掌金奏凡樂事以鍾鼓奏九夏杜預左氏傳注曰擊鍾而奏樂

郭弈已心醉山公非虛覯 名士傳曰阮咸哀樂至過絶於人太原郭弈見之心醉不覺歎服列子曰有神巫自齊而來處於鄭命曰季咸列子見之而心醉向秀曰迷惑其道

也山濤啓事曰咸若在官之職必妙絶於時鄭玄毛詩箋曰覯見也屢薦不入官一麾乃出守曹嘉之晉紀曰山濤舉咸爲吏部郎三上武帝不能用也尚書曰學古入官麾指麾也言爲朂所指麾也傳暢諸公讚曰朂性自矜因事左遷咸爲始平太守

向常侍

向秀甘淡薄深心託豪素說文曰淡薄味也文賦曰唯豪素之所擬探道好淵玄觀書鄙章句謂注莊子也世說曰初注莊子者數十家莫能究其指要向秀於舊注外爲解義妙析奇致大暢玄風王逸妍蚩曰窮聖人之祕奧測六義之淵玄王逸楚辭注曰鄙耻也漢書曰費直治易長於卦筮無章句交呂旣鴻軒攀嵇亦鳳舉向秀別傳曰秀常與嵇康偶鍛於洛邑與呂子灌園於山陽收其餘利以供酒食之費王仲宣贈蔡子篤詩曰歸鴈載軒軒飛貌張衡髑髏賦曰星迴日運鳳舉龍驤流連河裏遊惻愴山陽賦漢書班伯曰式号式謼大

雅所以流連也服虔曰荒樂也魏氏春秋曰康寓居河内之山陽與河内向秀相友善遊於竹林思舊賦曰濟黄河以汎舟經山陽之舊居

詠史一首 五言　鮑明遠

五都矜財雄三川養聲利 漢書曰王莽於五都立均官更名雒陽邯鄲臨淄宛成都市長皆爲五均司市師鄭玄尚書大傳注曰矜夸也漢書曰班壹當孝惠高后時以財雄邊戰國策云張儀曰爭名於朝爭利於市今三川周室天下之朝市韋昭曰有河洛伊故曰三川

百金不市死明經有高位 史記陶朱公曰吾聞千金之子不死於市漢書夏侯勝常謂諸生曰士病不明經經術苟明其取青紫如俯拾地芥

京城十二衢飛甍各鱗次 西都賦曰立十二之通門吳都賦曰飛甍舛互李尤辟雍賦曰攢羅鱗次

仕子彯華纓遊客竦輕轡 七啓曰華組之纓楚辭曰竦余駕乎入冥廣雅曰竦上也

明星晨未稀軒蓋已雲至 毛詩曰明星有

爛鄭玄曰明爛然也說文曰希踈也希與稀通說苑曰翟璜乘車載華蓋田子方怪而問之對曰吾禄厚得此軒蓋尚書中候曰青雲浮至

賔御紛颯沓鞍馬光照地孔安國尚書傳曰御侍也吳質荅東阿王書曰情踊躍於鞌馬

寒暑在一時繁華及春媚周易曰日月運行一寒一暑應璩與曹長思書曰春生者繁華也

君平獨寂寞身世兩相棄言身棄世而不仕世棄身而不任漢書曰蜀有嚴君平卜於成都市日閱數人得百錢足自養則閉肆下簾而授老子楚辭曰野寂寞其無人莊子曰夫欲勉爲形者莫如棄世棄世則無累矣

詠霍將軍北伐一首　五言

虞子陽虞羲集序曰羲字子陽會稽人也七歲能屬文後始安王引爲侍郎尋兼建安征虜府主簿功曹又兼記室參軍事天監中卒

擁旄爲漢將汗馬出長城班固涿邪山祝文曰仗節擁旄鉦人伐鼓漢書公孫弘曰臣愚駑無汗馬之勞史記曰秦使蒙恬築長城

長城地勢嶮萬里與雲平涼秋

八九月虜騎入幽并宋子侯詩曰高秋八九月白露變爲霜飛狐白日晚
瀚海愁陰生漢書酈食其曰距飛狐之口臣瓚曰飛狐在代郡西南塞名漢書曰霍去病率師登
臨瀚海如淳曰瀚海海名說文曰陰雲覆日羽書時斷絕刁斗晝夜驚羽書即羽
檄也楚漢春秋曰黥布反羽書至上大怒漢書曰李廣
行無部曲不擊刁斗自衛孟康曰以銅作鐎受一斗晝
炊飲食夜擊持行名曰刁斗今在滎陽庫中刁音彫鐎音遥乘墉揮寶劍蔽日引高
旍周易曰乘其墉弗克攻杜預左氏傳注曰乘登也廣雅曰揮動也越絕書曰楚王使風湖子歐冶子干將
作劍曰太阿晉鄭聞而求之不得圍楚之城三年不解於是楚王引太阿之劍登城而麾之三軍爲之破敗史
記曰陸賈寶劍直百金楚辭曰旌蔽日兮敵若雲雲屯七萃士魚麗六郡兵晉陸
機從軍行曰胡馬如雲屯穆天子傳曰天子賜七萃之士郭璞曰萃聚也亦猶傳有七輿大夫皆衆聚集有智
力者爲王爪牙也左氏傳曰王伐鄭鄭原繁爲魚麗之陣漢書曰趙充國以六郡良家子善騎射補羽林服虔

曰金城隴西天水安定北地上郡也胡笳關下思羌笛隴頭鳴李陵書曰胡笳互動

沈約宋書有胡漢舊箏笛録有曲不記所出長笛賦曰近世雙笛從羌起骨都先自讋日逐

次亡精漢書匈奴有骨都侯又曰匈奴讋焉文穎曰恐懼也讋之涉切漢書匈奴有日逐王西京賦曰

喪精亡塊玉門罷斥候甲第始修營漢書曰龍勒有玉門關又曰李廣遠斥候未嘗

遇害又曰賜霍光甲第一區又曰上爲霍去病治第令視之對曰匈奴未滅臣無以家爲位登萬庾

積功立百行成論語曰子華使於齊冉子爲其母請粟子曰與之庾包咸曰十六斗爲庾百行

已見上文天長地自久人道有虧盈老子曰天長地久莊子曰天與地無窮人死者

有時爾雅曰虧毀也未窮激楚樂已見高臺傾楚辭曰宮庭震驚發激楚王逸曰激

楚清聲也言樂衆並會復作激楚之聲也桓子新論琴道雍門周說孟嘗君曰千秋萬歲後高臺既已傾曲池

又已平當令麟閣上千載有雄名漢書甘露三年單于始入朝上思股肱之美乃

圖畫其人於麒麟閣
法其形貌叙其姓名

百一

百一詩一首

五言張方賢楚國先賢傳曰汝南應休璉作百一篇詩譏切時事徧以示在事者咸皆怪愕或以爲應焚棄之何晏獨無怪也然方賢之意以有百一篇故曰百一李充翰林論曰應休璉五言詩百數十篇以風規治道蓋有詩人之旨焉又孫盛晉陽秋曰應璩作五言詩百三十篇言時事頗有補益世多傳之據此二文不得以一百一篇而稱百一也今書七志曰應璩集謂之新詩以百言爲一篇或謂之百一詩然以字名詩義無所取據百一詩序云時謂曹爽曰公今聞周公巍巍之稱安知百慮有一失乎百一之名蓋興於此也

應璩

文章録曰璩字休璉博學好屬文明帝時歷官散騎侍郎曹爽多違法度璩爲詩以諷焉典著作卒文章志曰璩汝南人也詩序曰下流應侯自誨也

下流不可處君子慎厥初論語曰紂之不善不如是之甚也是以君子惡居下流天下之惡皆歸焉尚書仲虺曰慎厥終惟其始名高不宿著易用受侵誣韓子曰說之以名高史記曰灌夫亦得竇嬰通列侯宗室爲名高三略曰侵誣下民國內諠譁前者隳官去有人適我閭高唐賦曰長吏隳官賢士失志田家無所有酌醴焚枯魚漢書楊惲書曰田家作苦蔡邕與袁公書曰酌麥醴燔乾魚欣然樂在其中矣問我何功德三入承明廬璩初爲侍郎又爲常侍又爲侍中故云三入陸機洛陽記曰吾常怪謁帝承明廬問張公張公云魏明帝在建始殿朝會皆由承明門然直廬在承明門側所占於此土是謂仁智居言今所占之土是謂仁智之所居乎亦問者之辭也爾雅曰隱占也郭璞曰隱度之也占之臨切論語曰智者樂水仁者樂山文章不經國筐篋無尺書典論論文曰文章經國之大業新序孫叔敖曰府庫之藏金玉筐篚之橐簡書說文曰筐篋笥也口頰切漢書曰廣武君曰奉咫尺之書以使

燕用等稱才學往往見歎譽言文章既不經國筐篋又無尺書乃用何等而稱才學往往而見譽問者之辭也避席跪自陳賤子實空虛孝經曰曾子避席漢書曰王邑請召賔邑稱賤子宋人遇周客慙媿靡所如言己妄竊崇班心常懷恥類宋人之遇周客慙媿而無所如闞子曰宋之愚人得燕石於梧臺之側藏之以爲大寶周客聞而觀焉主人齋七日端冕玄服以發寶華匱十重巾十襲客見免而掩口盧胡而笑曰此特燕石也其與瓦甓不殊主人大怒曰商賈之言醫匠之心藏之愈固守之彌謹杜預左氏傳曰如從也

遊仙

遊仙詩一首 五言

何敬宗

臧榮緒晉書曰何劭字敬宗陳國人也博學多聞善屬篇章初爲相國掾稍遷尚書左僕射薨

青青陵上松亭亭高山柏古詩曰青青陵上柏劉公幹贈從弟詩曰亭亭山上松亭

亭高貌光色冬夏茂根柢無凋落莊子曰受命於地唯松柏獨在冬夏青青爾雅曰柢本也焦貢易林曰温山松柏常茂不凋落吉士懷貞心悟物思遠託揚志玄雲際流目矚巖石尚書曰庶常吉士七啓曰抗志雲際思玄賦曰流目眺夫衡阿羨昔王子喬友道發伊洛迢遞陵峻岳連翩御飛鶴列仙傳曰王喬者周靈王太子晉也好吹笙作鳳鳴遊伊洛之間道人浮丘公接以上嵩高山三十餘年後求之於山上見柏良曰告我家七月七日待我於緱山頭果乘白鶴駐山頭望之不得到舉手謝時人數日而去立祠緱氏山下文子曰三皇五帝輕天下細萬物上與道爲友下與化爲人張湛曰上能友於道友或爲反呂氏春秋曰君子反道以修德思玄賦曰繽連翩兮紛暗曖說文曰御使馬也抗跡遺萬里豈戀生民樂廣雅曰抗舉也楚辭曰悲申屠之抗跡長懷慕仙類眩然心縣邈王逸楚辭注曰縣縣細微之思也又曰邈遠也

遊仙詩七首 五言

郭景純

凡遊仙之篇，皆所以滓穢塵網，錙銖纓紱，飡霞倒景，餌玉玄都。而璞之制，文多自叙，雖志狹中區，而辭無俗累，見非前識，良有以哉。

京華遊俠窟，山林隱遯棲。西京賦曰：都邑遊俠，張趙之倫。莊子曰：徐無鬼見魏武侯，武侯曰：先生居山林久矣。郭璞山海經注曰：山居爲棲。又曰：遯者，退也。周易曰：龍德而隱，遯世無悶。

朱門何足榮，未若託蓬萊。東方朔十洲記曰：臣故捨韜隱而赴王庭，藏養生而侍朱門矣。史記曰：李少君謂武帝曰：臣常遊海上，見安期生。仙者通蓬萊中也。

臨源挹清波，陵岡掇丹荑。毛萇詩傳曰：挹，斟也。又曰：掇，拾也。都活切。本草經曰：赤芝一名丹芝，食之延年。凡草之初生，通名曰荑，故曰丹荑。

靈谿可潛盤，安事登雲梯。靈谿，谿名也。庾仲雍荆州記曰：大城西九里有靈谿水。雲梯，言仙人昇天，因雲而上，故曰雲梯。墨子曰：公輸般爲雲梯，必取宋。張湛列子注曰：班輸爲梯可以陵虛**漆園有傲吏萊氏有逸妻**史記曰莊子者蒙人也名周嘗爲蒙漆園吏楚威王聞莊周賢使使厚幣迎許以爲相莊周笑謂楚使者曰亟去無汚我列女傳曰萊子逃世耕於蒙山之陽或言之楚楚王遂駕至老萊之門楚王曰守國之孤願變先生老萊曰諾妻曰妾之居亂世爲人所制能免於患乎妾不能爲人所制投其畚而去老萊乃隨而隱**進則保龍見退爲觸藩羝**進謂求仙也退謂處俗也周易曰九二見龍在田龍德而正中者也又曰羝羊觸藩羸其角不能退不能遂無攸利**高蹈風塵外長揖謝夷齊**左氏傳曰魯人之皋使我高蹈莊子曰孔子彷徨塵垢之外說文曰謝辭別也史記曰伯夷叔齊孤竹君之子也父欲立叔齊及卒叔齊讓伯夷伯夷曰父命也遂逃去叔齊亦不肯立而逃義不食周粟隱於首陽山

青谿千餘仞中有一道士庾仲雍荊州記曰臨沮縣有青溪山山東有泉泉側有道士精舍郭景純嘗作臨沮縣故遊仙詩嗟青溪之美**雲生梁棟間風出窻戶裏借**

問此何誰云是鬼谷子史記曰蘇秦東事師於齊而習於鬼谷先生徐廣曰潁川陽城有鬼谷鬼谷子序曰周時有豪士隱於鬼谷者自號鬼谷子言其自遠也然鬼谷之名隱者通號也翹迹企潁陽臨河思洗耳廣雅曰翹舉也呂氏春秋曰昔堯朝許由於沛澤之中請屬天下於夫子許由遂之潁川之陽琴操曰堯大許由之志禪爲天子由以其言不善乃臨河而洗其耳閶闔西南來潛波渙鱗起閶闔風已見西京賦高誘曰兊爲閶闔風周易曰風行水上渙靈妃顧我笑粲然啓玉齒靈妃宓妃也毛詩曰顧我則笑鄭玄曰顧猶視也穀梁傳曰軍人粲然皆笑莊子曰女商謂徐無鬼曰吾所以說君者吾未嘗啓齒司馬彪曰啓齒笑也蹇脩時不存要之將誰使楚辭曰吾令豐隆乘雲兮求宓妃之所在解佩纕以結言兮吾令蹇脩以爲理王逸曰古賢蹇脩而媒理也廣雅曰將欲也翡翠戲蘭苕容色更相鮮言珍禽芳草遞相輝映可悅之甚也蘭苕蘭秀也

綠蘿結高林，蒙籠蓋一山。陸機毛詩草木疏曰：松蘿蔓松而生，枝正青。毛詩曰：蔦與女蘿，施于松柏。毛萇曰：女蘿，松蘿也。中有冥寂士，靜嘯撫清絃。冥玄默也。放情陵霄外，嚼蕊挹飛泉。楚辭曰：放遊志乎雲中。淮南子曰：大丈夫乘雲陵霄，與造化逍遙。魏文帝典論曰：飢飡瓊蘂，渴飲飛泉。赤松臨上遊，駕鴻乘紫煙。列仙傳曰：赤松子者，神農時雨師也。服水玉，教神農，能入火不燒。至崑崙山上，常止西王母石室中，隨風雨上下。漢武內傳王母侍者歌曰：遂乘萬龍椿，馳騁九野。嵇康荅難曰：偓佺以栢實方目，赤松以水玉乘煙。古白鴻頌曰：茲亦耿介，矯翮紫煙。左挹浮丘袖，右拍洪崖肩。列仙傳曰：浮丘公接王子喬以上嵩高山。說文曰：拍，拊也。普白切。西京賦曰：洪崖立而指麾。神仙傳曰：衛叔卿與數人博，其子度曰：向與博者爲誰？叔卿曰：是洪崖先生。借問蜉蝣輩，寧知龜鶴年。大戴禮夏小正曰：蜉蝣朝生而暮死。養生要論曰：龜鶴壽有千百之數，性壽之物也。道家之言，鶴曲頸而息，龜潛匿而噎，此其所以爲壽也。服氣養性者法焉。

六龍安可頓運流有代謝 楚辭曰貫鴻濛以東揭兮維六龍於扶桑王逸曰結我車縶於扶桑以留日幸得延年壽也莊子黄帝曰陰陽四時運行各得其序淮南子曰二者代謝舛馳高誘曰代更也謝叙也 時變感人思已秋復願夏 爾雅曰感動也 淮海變微禽吾生獨不化 國語趙簡子歎曰雀入于海爲蛤雉入于淮爲蜃黿鼉魚鼈莫不能化唯人不能哀夫 雖欲騰丹谿雲螭非我駕 魏文帝典論曰夫生之必死成之必敗然而惑者望乘風雲冀與螭龍共駕適不死之國國即丹谿其人浮遊列缺翱翔倒景然死者相襲丘壟相望逝者莫反潛者莫形足以覺也 愧無魯陽德迴日向三舍 淮南子曰魯陽公與韓遘難戰酣日暮援戈而麾之日爲之反三舍許慎曰二十八宿一宿爲一舍 臨川哀年邁撫心獨悲吒 論語子在川上曰逝者如斯尚書曰日月逾邁孔安國曰如日月之並過儀禮曰婦人拊心不哭吒歎聲也楚辭曰憂不暇兮寢食吒增歎兮如雷

逸翮思拂霄迅足羨遠遊逸迅思拂霄及遠遊以喻仙者願輕舉而高蹈清源
無增瀾安得運吞舟清源不能行運吞舟之魚以喻塵俗不足容乎仙者劉公幹贈徐幹
詩曰方塘含清源楚辭曰谿谷嶄巖水增波韓詩外傳
孟子曰夫吞舟之魚不居潛澤度量之士不居汚世
珪璋雖特達明月難闇投珪璋明月皆喻仙也言珪璋雖有特達之美而明月皆喻
難闇投以喻仙者雖有超俗之譽非無捕影之譏禮記
孔子曰珪璋特達德也鄒陽上書曰明月之珠夜光之
璧以闇投人於道衆莫不案劍相眄者潛潁怨青陽陵苕哀素秋言世俗不娛求
仙而怨天施之偏又歎浮生之促類潛潁怨青陽之晚
臻陵苕哀素秋之早至也潛潁在幽潛而結潁也鄒潤
甫遊仙詩曰潛潁隱九泉女蘿緣高松義與此同爾雅曰春爲青陽又曰苕陵苕也素秋巳見上文悲來
惻丹心零淚緣纓流悲俗遷謝故惻心流涕周易曰謂我心惻諸葛亮與李平教曰詳思
斯戒明吾丹心淮南子曰雍門
子以哭見孟嘗君流涕霑纓

雜縣寓魯門，風爰將爲災。國語曰：海鳥曰爰居，止於魯東門外三日，臧文仲使國人祭之。展禽曰：越哉，臧文仲之爲政也。今海鳥至，已不知而祀之，以爲國典，難以言仁且知矣。今兹海其有災乎？夫廣川之鳥獸，常知風而避其災也。是歲也，海多大風，冬煖。文仲曰：信吾過也。賈逵注曰：爰居，雜縣也。

呑舟涌海底，高浪駕蓬萊。神仙排雲出，但見金銀臺。呑舟之魚，已見上文。漢書：齊威、宣，燕昭使人入海求蓬萊、方丈、瀛州，此三神山者，仙人及不死之藥皆在焉，而黃金白銀爲宮闕，未至，望之如雲。

陵陽挹丹溜，容成揮玉杯。列仙傳曰：陵陽子明者，銍鄉人也。好釣魚於涎溪，釣得白魚，腸中有書，教子明服食之法。子明遂上黃山，採玉石脂服之，三年，龍來迎去。抱朴子曰：流丹者，石芝赤精，蓋石流黃之類也。事見太一玉英。列仙傳曰：容成公者，自稱黃帝師，見於周穆王，能善補導之事，髮白復黑，齒落復生。事老子。亦云老子師。揮，謂以手揮之。神仙傳曰：茅君學道於齊，不見使人，金案玉杯自來人前。

姮娥揚妙音，洪崖頷其頤。淮南子曰：羿請不死之藥於西王母，常娥

竊而奔月許愼曰常娥羿妻也逃月中蓋虛上夫人是也史記蘇秦曰妙音美人以充後宮洪崖已見上列子曰頷其頤則歌合律廣雅曰頷動也五感切

升降隨長煙飄颻戲九垓列仙傳曰寗封子者黃帝時人也積火自燒而隨煙上下淮南子曰盧敖游乎北海至于蒙穀之上見一士焉盧敖仰視之乃與語曰唯敖爲背羣離黨窮觀於六合之外者非敖而已今卒覩夫子於是始可與敖爲交乎士笑曰今子遊始於此而語窮六合豈不亦遠哉然子處矣吾與汗漫期於九垓之上吾不可以久居士舉臂而竦身遂入雲中盧敖視之弗見乃止

奇齡邁五龍千歲方嬰孩鄭玄禮記注曰齡年也遁甲開山圖榮氏解曰五龍皇后君也昆弟五人皆人面而龍身長曰角龍木仙也次曰徵龍火仙也次曰商龍金仙也次曰羽龍水仙也次曰宮龍土仙也父與諸子同得仙治在五方孔安國論語注曰方比方也釋文曰人初生曰嬰兒說文曰孩小兒笑也

燕昭無靈氣漢武非仙才燕昭使人入海求蓬萊已見上文漢武內傳西王母曰劉徹好道然形慢神穢雖當語之以至道殆恐非仙才也

晦朔如循環月盈已見魄說文曰朔月一日始也晦月盡也尚書大傳曰三王之統若循連環禮記曰四時和而後月生是以三五而盈三五而闕尚書曰惟三月哉生魄孔安國曰十六日明消而魄生也蓐收清西陸朱羲將由白禮記曰孟秋之月其神蓐收司馬彪續漢書曰日行北陸謂之冬西陸謂之秋朱羲日也楚辭曰吾令羲和弭節兮王逸曰羲和日御也河圖曰立秋秋分月從白道漢書云月有九行立秋秋分西從白道左傳曰分同道謂春分秋分日月同道也寒露拂陵苕女蘿辭松栢淮南子曰斗指辛則寒露陵苕已見上文毛詩曰蔦與女蘿施于松柏毛萇曰蔦寄生也女蘿松蘿也蕣榮不終朝蜉蝣豈見夕潘岳朝菌賦序曰朝菌者時人以爲蕣華莊生以爲朝菌其物向晨而結絕日而殞毛萇詩傳曰蜉蝣朝生夕死圓丘有奇草鍾山出靈液外國圖曰圓丘有不死樹食之乃壽東方朔十州記曰北海外有鍾山自生千歲芝及神草靈液謂玉膏之屬也曹植苦寒行曰靈液飛波蘭桂參天王孫列八珍安期

鍊五石王孫列八珍以傷生安期鍊五石以延壽言優劣殊也漢書漂母謂韓信曰吾哀王孫而進食周禮曰食醫掌和王八珍之齊列仙傳曰安期生自言千歲抱朴子曰五石者丹砂雄黃白礬石曾青慈石也

長揖當塗人去來山林客當塗即當仕路也漢書武帝制曰守文法以戴翼其世者甚衆山林已見上文孟子曰公孫丑問曰夫子當路於齊管晏之功可復許乎趙岐曰當仕路也

文選卷第二十一

賜進士出身通奉大夫江南蘇松常鎮太等處承宣布政使司布政使胡克家重校刊

文選卷第二十二

梁昭明太子撰

文林郎守太子右內率府錄事參軍事崇賢館直學士臣李善注上

招隱

遊覽

謝叔源遊西池詩一首
謝惠連泛湖出樓中翫月詩一首
謝靈運從遊京口北固應詔詩一首
曉出西射堂詩一首
登池上樓詩一首
遊南亭詩一首
遊赤石進帆海詩一首
石壁精舍還湖中作一首
登石門最高頂詩一首
於南山往北山經湖中瞻眺詩一首

徐敬業古意酬到長史溉登琅邪城詩一首

招隱

招隱詩二首 五言韓子曰閑靜安居謂之隱

左太沖 雜詩左居陸後而此在前誤也

杖策招隱士荒塗橫古今 魯連子曰連却秦軍平原君欲封之遂杖策而去說文曰杖持也方言曰木細枝曰策董仲舒士不遇賦曰懼荒塗之難踐鄭玄周禮注曰荒蕪也郭璞山海經注曰橫塞也 巖穴無結構丘中有鳴琴 結構謂交結構架也魯靈光殿賦曰觀其結構尚書大傳子夏曰弟子受書於夫子者不敢忘雖退而巖居河濟之間深山之中作壤室尚彈琴其中以歌先王之風則可以發憤矣 白雪停陰岡丹葩曜陽林 尚書大傳曰相與觀乎南山之陰高誘戰國策注曰山北曰陰爾雅曰山脊曰岡鄭玄周禮注曰陽木生於山南也 石泉漱瓊瑤纖

鱗亦浮沈楚辭曰飲石泉兮蔭松栢漱猶蕩也毛萇詩傳曰瓊瑤美玉也非必絲與竹山水有清音禮記曰絲竹樂之器也何事待嘯歌灌木自悲吟毛詩曰其嘯也歌又曰集于灌木毛萇詩傳曰灌叢最也南都賦曰寡婦悲吟秋菊兼糇糧幽蘭間重襟楚辭曰朝飲木蘭之墜露夕餐秋菊之落英毛詩曰乃裹糇糧毛萇曰糇食也楚辭曰紉秋蘭以爲佩然蘭可爲佩故以間襟也躊躇足力煩聊欲投吾簪言世務勞促故足力煩殆也韓詩曰搔首躊躇阮嗣宗奏記曰負薪疲病足力不彊鄭玄毛詩箋曰聊且略之辭蒼頡篇曰簪笄也所以持冠也

經始東山廬果下自成榛王隱晉書曰左思徙居洛城東著經始東山廬詩毛詩曰經始靈臺高誘淮南子注曰叢木曰榛小栗小棘曰榛前有寒泉井聊可瑩心神周易曰井洌寒泉廣雅曰瑩磨也峭蒨青葱間竹栢得其眞峭蒨鮮明貌孫卿子曰桃

李蒨粲於一時時至而後殺至於松栢經隆冬而不彫蒙霜雪而不變可謂得其真矣

弱葉棲霜雪飛榮流餘津爵服無常玩好惡有屈伸言爵服之榮理無常玩時有好惡隨之屈伸管子曰將立朝廷者則爵服不可不貴也爵服加於不義則人賤爵服矣家語孔子曰君子之行已也可以屈則屈可以伸則伸東征賦曰行止屈伸與時息兮

結綬生纏牽彈冠去埃塵言人出仕非一途或結綬以生纏牽之憂或彈冠而去埃塵之累漢書曰蕭育與陳咸朱博爲友著聞當世往者有王陽貢禹故長安語曰蕭朱結綬王貢彈冠言其相薦達也說文曰纏繞也淮南子曰王喬赤松去塵埃之間離羣物之紛可謂養生矣

惠連非吾屈首陽非吾仁論語曰謂柳下惠少連降志辱身矣史記曰伯夷叔齊隱於首陽山論語子貢問曰伯夷叔齊何人也子曰古之賢人也曰怨乎曰求仁而得仁又何怨又子曰我則異於是無可無不可

相與觀所尚逍遥撰良辰趙岐孟子章句曰各崇所尚則義不虧矣廣雅曰尚高也謂中心之所高尚也莊子曰逍遥乎無事之業

東征賦曰撰良辰而將行

招隱詩一首　五言

陸士衡

明發心不夷，振衣聊躑躅。毛詩曰：明發不寐。楚辭曰：心蛩蛩而不夷。王逸曰：夷，悅也。新序曰：古老振衣而起。杜預左氏傳注曰：振，整也。說文曰：躊躅，住足也。躊與躑同。躑躅欲安之，幽人在浚谷。周易曰：履道坦坦，幽人貞吉。幽通賦曰：眷浚谷而勿墜。朝採南澗藻，夕息西山足。毛詩曰：于以采蘋，南澗之濱。于以采藻，于彼行潦。史記伯夷叔齊詩曰：登彼西山兮，採其薇。毛萇詩傳曰：麓，山足也。輕條象雲構，密葉成翠幄。劉公幹詩曰：大夏雲構。又齊都賦曰：翠幄浮游。杜預左氏傳注曰：幄，帳也。激楚佇蘭林，回芳薄秀木。上林賦曰：激楚結風。楚辭曰：遊蘭皋與蕙林。王逸楚辭注曰：薄，附也。廣雅曰：秀，美也。山溜何泠泠，飛泉漱鳴玉。枚乘上書曰：泰山之霤穿石。楚辭曰：吸飛泉之微液。鳴玉亦璚瑤也，見上注。哀音附靈波頹響赴曾曲至樂非有假安事澆醇樸莊子曰天下有至樂無有哉老聃曰夫得是至美至樂也得至美而遊乎至樂之謂至人又曰唐虞始爲天下梟淳散朴許慎淮南子注曰澆薄也梟與澆同富貴苟難圖稅駕從所欲論語子曰富而可求也雖執鞭之士吾亦爲之如不可求從吾所好稅駕喻辭榮也史記李斯曰當今人臣之位無居上者可謂富貴極矣吾未知所稅駕也方言曰舍車曰稅脫與稅古字通

反招隱詩一首 五言

王康琚 古今詩英華題云晉王康琚然爵里未詳也

小隱隱陵藪大隱隱朝市伯夷竄首陽老聃伏柱史史記曰老子名耳字聃列仙傳曰李耳字伯陽生於殷時爲周柱下史又曰武王平殷伯夷叔齊恥之義不食周粟隱於首陽山昔在太平時亦有巢居子皇甫謐逸士傳曰巢父堯時隱人常山居

不營世利年老以樹爲巢而寢其上故時人號曰巢父

今雖盛明世能無中林士

解嘲曰遭盛明之世毛萇詩傳曰中林林中也班固漢書序曰山林之士往而不能反

放神青雲外絶迹窮山裏

琴操曰許由云吾志在青雲何乃劣劣爲九州伍長乎莊子曰絶迹易無行地難郭象曰不行則易也王隱晉書李重奏曰陳原絶迹窮山韞櫝道藝

鵾雞先晨鳴哀風迎夜起

楚辭曰鵾雞嘲哳而悲鳴崔琦七蠲曰再奏致哀風

凝霜凋朱顔寒泉傷玉趾

楚辭曰漱凝霜之雰雰又曰容則秀雅朱顔毛詩曰爰有寒泉左氏傳楚太宰薳啓彊謂魯侯曰今君若步玉趾辱見寡君

周才信衆人偏智任諸已

以出仕爲周才隱居爲偏智傅子曰君子周才難論語子曰君子求諸已

推分得天和矯性失至理

劉向列子目録曰至於力命篇一推分命莊子曰夫明白於天地之德者此之謂太平大宗與天和者也淮南子曰顔回天死季由葅於衛皆迫性命之情而不得天和者也列子公孫朝曰矯性命以招名弗若死矣又曰均天下之至理

張湛曰物事皆均則理無不至郭象莊子注曰至理盡於自得歸來安所期與物齊終始莊子有齊物論又曰萬物一齊孰短孰長又曰遊乎萬物之所始孫卿子曰生人之始也死人之終也

遊覽

芙蓉池作一首　五言

魏文帝　魏志曰文帝諱丕字子桓太祖太子也爲五官中郎將太祖薨嗣位爲丞相魏王受漢禪即皇帝位

乘輦夜行遊逍遥步西園呂氏春秋曰乘輦于宮中毛萇詩傳曰乘升也雙渠相溉灌嘉木繞通川西京賦曰嘉木樹庭上林賦曰通川過於中庭卑枝拂羽蓋脩條摩蒼天子虛賦曰上拂羽蓋東方朔七言曰折羽翼兮摩蒼天驚風扶輪轂飛鳥翔我前張衡羽獵賦曰風翊翊其扶輪丹霞夾明月華星出雲間法言

日明星皓皓華藻之力也上天垂光采五色一何鮮壽命非松喬誰能得神仙列仙傳曰赤松子者神農時雨師也喬王子喬即周靈王太子晉也道人浮丘公接以上嵩高山遨遊快心意保己終百年莊子曰聖人其於人也樂物之通而保己焉養生經黃帝曰中壽百年

南州桓公九井作一首五言水經注曰淮南郡之于湖縣南所謂姑孰即南州矣庾仲雍江圖曰姑孰至直瀆十里東通丹陽湖南有銅山一名九井山山有九井井與江通何法盛桓玄錄曰桓玄字敬道出姑孰大築府第

郄仲文檀道鸞晉陽秋曰郄仲文字仲文陳郡人也爲驃騎行參軍以桓玄之姊夫玄僭立用爲長史帝反正出爲東陽太守愈益憤怒後照鏡不見其面數日禍及

四運雖鱗次理化各有準莊子黃帝曰陰陽四時運行各得其序李尤辟雍賦曰攢

羅鱗次字書曰準平也**獨有清秋日能使高興盡**潘安仁有秋興賦鄭玄周禮注曰興者託事於物也**景氣多明遠風物自淒緊**緊猶實也言欲成也**爽籟警幽律哀壑叩虛牝**言風之疾也激爽籟而起其幽律衡哀壑而叩其虛牝也爾雅曰爽差也簫管非一故言爽焉莊子南郭子綦謂子游曰汝聞地籟子游曰地籟則衆竅是已郭象曰人籟簫也夫簫管參差宮商異律故有長短高下萬殊之聲鄭玄禮記注曰警起也孔安國論語注曰叩擊也大戴禮曰丘陵為牡谿谷為牝**歲寒無早秀浮榮甘夙殞**爾雅曰不榮而實謂之秀賈逵國語注曰浮輕也**何以標貞脆薄言寄松菌**松貞菌脆也松菌殊質故貞脆異性也毛詩曰薄言采之毛萇曰薄辭也論語子曰歲寒然後知松柏之後凋莊子曰朝菌不知晦朔**哲匠感蕭晨肅此塵外軫**匠謂柏玄也蕭晨言秋晨也言秋晨蕭瑟鄧析子曰聖人逍遙一世之閒宰匠萬物之形廣雅曰感傷也鄭玄禮記注曰肅戒也莊子曰孔子彷徨塵垢之外逍遙無為之業郭象曰所謂塵

垢之外非伏於山林而已鄭玄考工記注曰軫輿後横木也言軫所以明車也廣筵散汎愛逸爵紆勝引論語子曰汎愛衆而親仁說文曰紆屈也勝引勝友也引猶進也良友所以進己故通呼曰勝引伊余樂好仁惑祛吝亦泯左氏傳曰族穆子曰請立起也與田蘇遊而曰好仁杜預曰蘇晉賢人也蘇言韓起好仁也范曄後漢書黄叔度傳陳蕃周舉常相謂曰時月之閒不見黄生則鄙吝之萌復存乎心薛君韓詩章句曰祛去也爾雅曰泯盡也猥首阿衡朝將貽匈奴哂阿衡喻玄也言己以凡猥妄首朝端匈奴聞之理將見哂許慎淮南子注猥猶凡也尚書曰惟嗣王不惠于阿衡孔安國曰阿倚也衡平也漢書曰車千秋以一言寤意旬月取宰相後漢使至匈奴單于問曰聞漢新拜丞相何用得之使者曰上書言事故單于曰苟如是漢置丞相非用賢也妄一男子上書即得之矣爾雅曰貽遺也馬融論語注曰哂笑也

游西池一首　五言

謝叔源臧榮緒晉書曰謝混少有美譽善屬文爲尚書左僕射以黨劉毅誅沈約宋書曰混字叔源西池丹陽西池混思與友朋相與爲樂也

悟彼蟋蟀唱信此勞者歌聲類曰悟心解也毛詩曰蟋蟀在堂歲聿云暮今我不樂日月其除韓詩曰伐木廢朋友之道缺勞者歌其事詩人伐木自苦其事故以爲文有來豈不疾良遊常蹉跎陸雲歲暮賦曰年有來而棄予時無筭而非我劉楨黎陽山賦曰良遊未厭白日潛暉楚辭曰驥垂兩耳中坂蹉跎逍遥越城肆願言屢經過說文曰越度也鄭玄禮記注曰肆市中陳物處也毛詩曰願言思子阮籍詠懷詩曰趙李相經過回阡被陵闕高臺眺飛霞廣雅曰被加也言加大阜而通城闕也惠風蕩繁囿白雲屯曾阿邊讓章華臺賦曰惠風春施廣雅曰屯聚也景昃鳴禽集水木湛清華蒼頡篇曰湛水不流也褰裳順蘭沚徙倚引芳柯毛詩曰褰裳涉溱鄭玄曰揭衣度溱水也

潘岳河陽詩曰歸鴈映蘭洔沚與洔同楚辭曰步徙倚而遥思美人愆歲月遲暮獨如何楚辭曰惟草木之零落兮恐美人之遲暮王逸曰遲晚也愆謂過期也無爲牽所思南榮誠其多莊子庚桑楚謂南榮趎曰全汝形抱汝生無使汝思慮營營趎勑朱切

泛湖歸出樓中翫月一首五言靈運山居賦注曰大小巫湖　謝惠連

日落泛澄瀛星羅游輕橈楚辭曰倚沼畦瀛兮遥望博王逸曰楚人名池澤中曰瀛羽獵賦曰漁若天星之羅楚辭曰荃橈兮蘭旌王逸曰橈小楫也憩榭面曲汜臨流對迴潮毛萇詩傳曰憩息也爾雅曰決出復入爲汜韓詩外傳阿谷之女曰阿谷之隧隱曲之汜輟策共駢筵並坐相招要李引軌法言注曰駢並也哀鴻鳴沙渚悲猨響山椒漢武帝李夫人賦曰釋予馬於山椒孟康曰山椒山陵名廣雅曰土高四墮曰椒丘亭亭映江月瀏瀏出谷飈亭亭迥貌王逸楚辭注曰瀏風疾貌寡婦賦曰風瀏瀏而夙興斐斐

氣幕岫泫泫露盈條斐斐輕貌泫泫垂貌近矚祛幽蘊遠視蕩諠囂李奇漢書注曰祛開散也王逸楚辭注曰蘊積也鄭玄禮記注曰聞諠囂則人意動作悟言不知罷從夕至清朝毛詩曰彼美淑姬可與晤言鄭玄曰晤對也悟與晤同

從游京口北固應詔一首五言水經注曰京口丹徒之西鄉也又曰京城西北有別嶺入江三面臨水高數十丈號曰北固　謝靈運

玉璽戒誠信黃屋示崇高言聖人佩玉璽所以儆戒誠信居黃屋所以顯示崇高鄧析子曰爲之符璽以信之蔡邕獨斷曰璽印也信也古者尊卑共之秦以來天子獨以印稱璽又獨以玉也漢書曰紀信乘王車黃屋左纛事爲名教用道以神理超言上二事乃爲名教之所用而其至道實神理而超然也文子曰聖人所由曰道所爲曰事三國名臣頌序曰名教束物也周易曰聖人以神道設教而天下服曹植武帝誄曰聰竟神理方言曰超遠也昔聞汾水游今見塵

外鑣莊子曰堯見四子藐姑射之山汾水之陽塵外已見上文說文曰鑣馬銜也言鑣以明馬猶軫以表車鳴笳發春渚稅鑾登山椒魏文帝書曰從者鳴笳以啓路稅鑾猶稅駕也山椒已見上文張組眺倒景列筵矚歸潮吳都賦曰張組帷構流蘇遊天台山賦曰或倒景於重溟王彪之遊仙詩曰遠遊絶塵霧輕舉觀滄溟蓬萊陰倒景崐崘罩曾城並以山臨水而影倒謂之倒景遠巖映蘭薄白日麗江皐蘭薄即蘭林也楚辭曰朝騁騖兮蘭薄戶樹瓊木籬此然此意微與王逸注異不可以王義非之楚辭曰朝騁騖兮江皐王逸曰澤曲曰皐原隰荑綠柳墟圃散紅桃大戴禮夏小正曰正月柳稊稊者發乎也桃則華荑與稊音義同廣雅曰墟居也皇心美陽澤萬象咸光昭莊子舜謂堯曰昔者十日並出萬物皆照司馬彪曰言陽光麗天則無不鑒孝經鉤命決曰地以舒形萬物咸載顧已枉維縶撫志慙場苗鄭玄毛詩箋曰顧念也毛詩曰皎皎白駒食我場苗縶之維之以永今朝工拙各所宜終

以反林巢呂氏春秋曰至治之世賢不肖各反其質若此則工拙愚智可得而知矣巢已見上文

曾是縈舊想覽物奏長謡毛詩曰曾是在位舊想謂隱居之志也歎逝賦曰覽前物而懷之劉琨苔盧諶詩曰引領長謡

晚出西射堂一首五言永嘉郡射堂　謝靈運

步出西城門遥望城西岑劉公幹贈徐幹詩曰步出北寺門遥望西苑園爾雅曰山小而高曰岑

連鄣疊巘崿青翠杳深沈爾雅曰山正鄣巘崿崿崖之别名爾雅曰重巘陳文字集略曰崿崖也王逸楚辭注曰杳深冥也

曉霜楓葉丹夕曛嵐氣陰楚辭曰與纁黄而爲期王逸曰黄昏時也夏侯湛山路吟曰道逶迤兮嵐氣清埋蒼曰嵐山風也嵐禄含切

節往慼不淺感來念已深羈雌戀舊侣迷鳥懷故林七發曰暮則羈雌迷鳥宿焉毛萇詩傳曰懷思也

含情尚勞愛如何離賞心言鳥含情

尚知勞愛況乎人而離於賞心也**撫鏡華緇鬢攬帶緩促衿**孫綽子曰撫明鏡則好醜之貌可見陸機東宮詩曰柔顏收紅藻玄鬢吐素華古詩曰衣帶日已緩**安排徒空言幽獨賴鳴琴**言安排之事空有斯言幽獨不悶唯賴鳴琴而已莊子曰仲尼謂顏回曰安排而去化乃入於寥天一郭象曰安於推移而與化俱去故乃入於寂寥而與天惟一也楚辭曰幽獨處乎山中琴賦曰處窮獨而不悶者莫近於音聲也

登池上樓一首 五言永嘉郡池上樓　謝靈運

潛虯媚幽姿飛鴻響遠音薄霄愧雲浮棲川怍淵沈虯以深潛而保真鴻以高飛而遠害今己嬰俗網故有愧虯鴻也說文曰虯龍有角者淮南子曰蛟龍水居又曰鳥飛於雲穀梁傳孔子曰聽遠音者聞其疾而不聞其舒王逸楚辭注曰泊止也薄與泊同古字通馬融論語注曰怍慚也**進德智所拙退耕力不任**周易子曰君子進德脩業欲及時也尸子

曰爲令尹而不喜退耕而不憂此孫叔敖之德也徇禄反窮海臥痾對空林趙岐孟子注曰徇從也窮海謂永嘉郡也說文曰痾病也傾耳聆波瀾舉目眺嶇嶔禮記曰傾耳而聽之廣雅曰聆聽也李陵書曰舉目言笑洞簫賦曰嶇嶔巋崎初景革緒風新陽改故陰楚辭曰款秋冬之緒風王逸曰緒餘也神農本草曰春夏爲陽秋冬爲陰池塘生春草園柳變鳴禽祁祁傷豳歌萋萋感楚吟毛詩豳風曰春日遲遲采蘩祁祁楚辭曰王孫遊兮不歸春草生兮萋萋索居易永久離羣難處心禮記子夏曰吾離羣索居亦已久矣詩曰我行永久穀梁傳曰鄭伯之處心積慮成於殺也持操豈獨古無悶徵在今莊子曰罔兩責影曰曩子坐今子起何其無持操與周易曰遯世無悶

遊南亭一首 五言永嘉郡南亭

謝靈運

時竟夕澄霽雲歸日西馳淮南子曰季夏之月大雨時行高誘曰是月有時雨也說

文曰霽雨止也曹子建詩曰朝雲不歸山霖雨成川澤然雨則雲出晴則雲歸也密林含餘清

遠峯隱半規呂氏春秋曰冬不用箑清有餘也張載歲夕詩曰白日隨天迴曒曒貞如規久

痾昏墊苦旅館眺郊歧毛萇詩傳曰痾病也尚書禹曰洪水滔天下民昏墊孔安國曰言天下民昏瞀墊溺皆困水災也杜預左氏傳注曰旅客會也澤蘭漸被逕芙蓉始發

池楚辭曰皐蘭被逕兮斯路漸廣雅曰漸稍也楚辭曰芙蓉始發雜芰荷王逸曰芙蓉蓮華也未厭

青春好已覩朱明移楚辭曰青春受謝白日昭爾雅曰夏爲朱明慼慼感物

歎星星白髮垂楚辭曰愁鬱鬱之無快居戚戚而不解古長歌行曰感物懷所思左思白髮賦曰星星白髮生於鬢垂藥餌情所止衰疾忽在斯餌藥既止故有衰病蒼頡篇曰餌食也

逝將候秋水息景偃舊崖毛詩曰逝將去汝莊子罔兩問影曰向也坐而今也起向也行而今也止何也影曰火與日吾屯也陰與夜吾代也彼吾所以有待也而況乎以有待者乎彼

來則我與之來彼往則我與之往司馬彪曰屯聚也火日明而影見故曰吾聚也陰闇則影不見故曰吾代也夜代謂使得休息也

我志誰與亮賞心惟良知毛萇詩傳曰亮信也尚書曰時惟良顯哉

遊赤石進帆海一首

五言靈運遊名山志曰永寧安固二縣中路東南便是赤石又枕海

謝靈運

首夏猶清和芳草亦未歇爾雅曰首始也歸田賦曰仲春令月時和氣清楚辭曰芳以歇而不比杜預左氏傳注曰歇盡也

水宿淹晨暮陰霞屢興沒河圖曰崐崘山有五色水赤水之氣上蒸爲霞陰而赫然

周覽倦瀛壖況乃陵窮髮登徒子好色賦曰周覽九土史記騶衍曰區中者乃有一州如此者九乃有大瀛海環之漢書曰盡河壖棄地韋昭曰謂

緣河邊地鄭玄禮記注曰陵躐也顧愷期婁地記曰浪山海中南極之觀嶺窮髮之人舉帆揚越以爲標的

川后時安流天吳靜不發洛神賦曰川后靜波楚辭曰使江水兮安流山海經曰朝陽之谷神曰天吳是水伯也其獸也八首八足八尾背黃青**揚帆采石華挂席拾海月**臨海志曰石華附石肉可啖又曰海月大如鏡白色揚帆挂席其義一也海賦維長綃挂帆席**溟漲無端倪虛舟有超越**莊子曰北溟有魚其名曰鯤海運則圖於南溟李弘範曰廣大窕冥故以溟爲名謝承後漢書曰陳茂常度漲海莊子孔子曰反覆終始不知端倪音義曰倪音崖莊子曰有虛舟來觸舟孔安國尚書傳曰越遠也**仲連輕齊組子牟眷魏闕**言仲連輕齊組而之海上明海上可悅既悅海上恐有輕朝廷之譏故云子牟眷魏闕史記曰田單攻聊城不下魯連乃爲書約之矢以射城中遺燕將燕將得書乃自殺遂屠聊城歸而言魯仲連欲爵之魯連逃隱於海上呂氏春秋曰中山公子牟謂詹子曰身在江海之上心居魏闕之下柰何高誘曰子牟魏公子一說魏象魏也言身在江海之上

心乃在王室也矜名道不足適己物可忽韓子白圭曰宋君少主也而務矜名郭象莊子注曰德之所以流蕩矜名故也史記曰莊子其言汪洋自恣以適己請附任公言終然謝天伐莊子曰孔子圍於陳太公任往弔之曰直木先伐甘泉先竭子其意者飾智以驚愚脩身以明汙昭昭若揭日月而行故不免也孔子曰善乃逃大澤之中入獸不亂羣入鳥不亂行鳥獸不惡而況人乎王逸楚辭注曰謝去也

石壁精舍還湖中作一首五言精舍今讀書齋是也謝靈運遊名山志曰湖三面悉高山枕水渚山溪澗凡有五處南第一谷今在所謂石壁精舍

謝靈運

昏旦變氣候山水含清暉清暉能娛人遊子憺忘歸楚辭曰羌聲色兮娛人觀者憺兮忘歸王逸曰娛樂也憺安也出谷日尚早入舟陽已微

左氏傳趙宣子將朝尚早正厤曰日太陽也楚辭曰陽杲杲其朱光鄭玄毛詩箋曰微不明也林壑斂暝色雲霞收夕霏霏雲飛貌芰荷迭映蔚蒲稗相因依杜預左氏傳注曰稗草之似穀者薄懈切阮籍詠懷詩曰寒鳥相因依披拂趨南逕愉悅偃東扉莊子曰雲者風起北方一西一東孰居無事而披拂是爾雅曰悅愉樂也賈逵國語注曰偃息也慮澹物自輕意愜理無違淮南子曰澹然無慮許慎曰澹猶足也孫卿子曰內省則外物輕矣廣雅曰愜可也寄言攝生客試用此道推楚辭曰願寄言於三鳥老子曰善攝生者不然劉淵林吳都賦注曰攝持也左氏傳劉子曰民受天地之中以生所爲命說文曰推排也爲推排以求也

登石門最高頂一首五言靈運遊名山志曰石門澗六處石門遡水上入兩山口兩邊石壁右邊石巖下臨澗水

謝靈運

晨策尋絕壁夕息在山棲江賦曰絕岸萬丈壁立霞駁郭璞遊仙詩曰山林隱遯棲

踈峯抗高館對嶺臨迴溪廣雅曰踈治也西京賦曰踈龍首以抗殿廣雅曰抗舉也

長林羅戶穴積石擁基階連巖覺路塞密竹使徑迷來

人忘新術去子惑故蹊景福殿賦曰欲反忘術魏武帝苦寒行曰迷惑失故路活

活夕流駛噭噭夜猨啼毛詩曰河水洋洋北流活活楚辭曰聲噭噭以寂寥廣雅曰噭鳴也

沈冥豈別理守道自不攜漢書曰蜀嚴湛冥久幽而不改其操孟康注曰蜀郡嚴君平沈深玄默無欲言幽深難測也尸子曰守道固窮則輕王公賈逵國語注曰攜離也心契九

秋幹目翫三春荑古樂府有歷九秋妾薄相行班固終南山賦曰三春之季孟夏之初九秋已見南都賦

居常以待終處順故安排新序榮啓期曰貧者士之常死者人之終居常待終何憂哉莊子曰老聃死秦失弔之曰適來夫子時也適去夫子順也安時而處順憂樂不能入也安

排已見上文惜無同懷客共登青雲梯陸機詩曰感念同懷子郭璞遊仙詩曰安事登雲梯張湛列子注曰雲梯可以陵虛

於南山往北山經湖中瞻眺一首五言靈運山居賦曰若乃南北兩居水通陸阻又曰來歸其路迺界北山注曰兩居謂南北兩處南山是開創卜居之處也又曰大小巫湖中隔一山然往北山經巫湖中過

謝靈運

朝旦發陽崖景落憩陰峯尚書大傳曰相與觀于南山之陽舍舟眺迴渚停策倚茂松側逕既窈窕環洲亦玲瓏曹攄贈石荆州詩曰轗軻石行難窈窕山道深甘泉賦曰和氏玲瓏晉灼曰明貌俛視喬木杪仰聆大壑灇毛詩曰南有喬木楚辭曰聽大壑之波聲薛綜西京賦注曰壑坑谷也毛詩曰鳧鷖在潨毛萇曰潨水會

也灇與潨同石横水分流林密蹊絶蹤解作竟何感升長皆丰容周易曰天地解而雷雨作雷雨作而百果草木皆甲圻爾雅曰感動也周易曰地中有木升丰容悦茂貌郭璞曰丰容也音蜂初篁苞緑籜新蒲含紫茸服虔漢書注曰篁叢竹也籜竹皮也蒼頡篇曰茸草貌然此茸謂蒲華也江賦曰擢紫茸茸海鷗戲春岸天雞弄和風南越志曰江鷗一名海鷗漲海中隨潮上下爾雅曰鶾天雞毛詩曰習習谷風毛萇曰習習和舒貌撫化心無厭覽物眷彌重郭象莊子注曰聖人遊於變化之塗萬物萬化亦與之萬化覽物已見上文眷猶戀也不惜去人遠但恨莫與同言獨在山中無人共遊人謂古人也孤遊非情歎賞廢理誰通言己孤遊非情所歎而賞心若廢茲理誰爲通乎

從斤竹澗越嶺溪行一首五言靈運遊名山志曰神子溪南山與七里山分流去斤竹澗數里

謝靈運

猨鳴誠知曙，谷幽光未顯。元康地記云猨與獮猴不共山宿臨旦相呼說文曰曙旦明也巖下雲方合，花上露猶泫。廣雅曰方始也逶迤傍隈隩，苕遞陟陘峴。說文曰隈山曲也爾雅曰隩隈也郭璞曰今江東呼爲浦隩於到切又於六切爾雅曰山絕曰陘郭璞曰連山中斷曰陘陘胡庭切聲類曰峴山嶺小高也峴與現同賢典切過澗既厲急，登棧亦陵緬。毛詩曰深則厲毛萇曰以衣渉水爲厲通俗文曰板閣曰棧漢書曰張良說漢王燒絕棧道廣雅曰陵乘也韋昭國語注曰緬猶邈也川渚屢逕復，乘流翫迴轉。楚辭曰川谷逕復流潺湲鵬鳥賦曰乘流則逝蘋萍泛沈深，菰蒲冒清淺。毛萇詩傳曰蘋大萍也又曰冒覆也企石挹飛泉，攀林摘葉卷。說文曰企舉踵也毛萇詩傳曰挹㪺也猶今言酌也飛泉已見上文想見山阿人，薜蘿若在眼。楚辭曰若有人兮山之阿披薜荔兮帶女蘿握蘭勤徒結折麻心莫展靈運南樓中望所知遲客詩曰瑶華未堪折蘭茝巴屢摘路阻莫贈問云何慰離析然握蘭摘茝咸以相贈問也楚辭曰被石蘭兮帶杜衡折芳馨兮遺所思王逸曰石蘭香草也秉據逸民賦曰沐甘露兮餘滋握春蘭兮遺芳楚辭曰折踈麻兮瑶華將以遺兮離居王逸曰踈麻神麻也司馬彪莊子注曰展申也又漢家侍中握蘭情用賞爲美事昧竟誰辨言事無高翫而情之所賞即以爲美此理幽昧誰能分別乎觀此遺物慮一悟得所遣淮南子曰吾獨懷慷慨遺物而與道同出是故有以自得也郭象莊子注曰將大不類莫若無心既遣是非又遣其所遣遣之以至於無遣然後無所不遣而是非去也

應詔觀北湖田收一首

五言丹陽郡圖經曰樂遊苑晉時藥園元嘉中築隄壅水名爲北湖集曰元嘉十年也太祖改景平十二年爲元嘉

顏延年

周御窮轍跡夏載歷山川左氏傳右尹子革對楚王曰昔周穆王欲肆其心周行天下將皆有車轍馬跡焉尚書禹曰予乘四載隨山栞木孔安國曰所載者四謂水乘舟陸乘車泥乘輴山乘樏樏力追切蓄軫豈明懋善遊皆聖仙蓄軫不行豈是欽明懋德之后善遊天下皆是睿聖神仙之君孔安國尚書傳曰蓄積也范曄後漢書劉安奏曰安皇帝聖德明懋聖謂夏禹仙謂周穆帝暉膺順動清蹕巡廣廛周易曰聖人以順動而民服漢儀注曰皇帝輦動出則傳蹕止人清道漢書曰揚雄有田一廛晉灼曰廛一百畝也樓觀眺豐潁金駕映松山孔安國尚書傳曰潁穗也金駕金輅也言上樓看穗也映猶蔽也飛奔互流綴緹彀代迴環飛奔車也陸景典語曰飛車策馬橫騰超進越絕書曰車奔馬騰緹彀騎也續漢書曰緹騎一百人屬執金吾吳都賦曰彀騎煒煌神行埒浮景爭光溢中天列子黃帝夢遊華胥國其神行而已孟康漢書注曰埒等也張孟陽七哀詩曰浮景忽西沈史記曰與日月爭光可也列子曰穆王築臺號曰

中天之臺開冬眷徂物殘悴盈化先言開冬而視徂落之物雖已殘悴而尚盈於殘
悴之先言可觀也開冬猶開春開秋也楚辭曰開春發歲羽獵賦曰玄冬季月萬物徂落於外孔安國尚書傳
曰眷視也白虎通曰春萬物始生鄭玄禮記注曰化猶生也陽陸團精氣隂谷曳寒
煙吳越春秋越王曰崐崘乃天地之鎮柱也五帝勵其陽陸賈逵國語注曰精明也山北曰隂攅素
旣森藹積翠亦葱仟廣雅曰攅聚也息饗報嘉歲通急戒無年
禮記曰蜡者索也歲十二月合聚萬物而索饗之黃衣黃冠息田夫也又曰國無六年之畜曰急三年耕必有
一年之食九年耕必有三年之食以三十年之通雖有凶旱水溢人無菜色周禮曰無年則公旬用一日焉鄭
玄曰無歲無贏儲也急要也通百姓之急者預戒於無年之時溫渥浹輿隸和惠屬後
筵說文曰溫仁也毛萇詩傳曰渥厚也字書曰浹洽也左氏傳曰人有十等皁臣輿輿臣隸孔安國尚書傳
曰屬逮也觀風久有作陳詩愧未妍禮記曰歲二月東巡狩命太師陳詩以觀民風

疲弱謝淩遽取累非纆牽言已才疲弱而謝急遽其所取累非由纆牽西京賦曰百禽淩遽戰國策段干越謂新城君曰王良子弟駕千里之馬過京父之弟子曰駕千里之馬而不能取千里何京父弟子曰纆牽長故纆牽於事萬分之一也而難千里之行

車駕幸京口侍遊蒜山作一首五言劉楨京口記曰蒜山無峯嶺北臨江集曰元嘉二十六年也蒜山在潤州西二里京口在潤州

顏延年

元天高北列日觀臨東溟莊子曰闕弈之隸與䢵翼之孫遏氏之子三士相與謀致人於造物共之元天之上元天者其高四見列星司馬彪曰元天山名也漢書儀曰泰山東南日觀者雞一鳴時見日始欲出長三丈所言日觀者望見長安其高如視浮雲孫綽菩許詢詩曰倒景淪東溟元天山最高在東北日出即見入河起陽峽踐華因削成史記曰秦使蒙恬築長城制險塞起臨洮

至遼東於是度河據陽山王逸楚辭注曰陿山側峽與陿通過秦論曰踐華爲城山海經曰泰華之山削成四方**巖險去漢宇衿衛徙吴京**言巖險之固去彼漢宇衿帶周衛徙此吴京宋都吴地故曰吴京也西京賦曰巖險周固衿帶易守吴都賦曰山川不足以周衛**流池自化造山闢固神營**鄭玄周禮注曰能生非類曰化魯靈光殿賦曰神之營之**園縣極方望邑社摠地靈**園縣廟園之縣也邑社陵邑之社也漢書元帝詔曰徙人以奉園陵今所爲陵者勿置縣邑然陵傍置園起縣邑也公羊傳曰天子有方望之事無所不通何休曰方望謂郊時所望祭四方羣神日月星辰及五岳四瀆也廣雅曰摠皆也大戴禮天地祝曰皇皇上天照臨下土集地之靈降甘風雨**宅道炳星緯誕曜應神明**孔安國尚書傳曰宅居也道經界也郭璞南郊賦曰宅是星紀奄有衛霍吴都賦曰固其經略上當星紀誕曜浮曜也禮斗威儀曰君乘水而王辰星揚光尚書曰洪範五行傳曰辰星者北方水精也宋爲水德故云應也**睿思纏故里巡駕帀舊坰**爾雅曰林外謂

之峒陟峯騰輦路尋雲抗瑤甍薛君韓詩章句曰騰乘也西都賦曰輦路經營甍服傳曰抗極也羊祜請伐吳表曰高山尋雲霓杜預左氏傳注曰甍屋棟也春江壯風濤蘭野茂稊英宣遊引下濟窮遠凝聖情楚辭曰宣遊兮列宿順極兮彷徨周易曰天道下濟而光明晉中興書孝武詔曰躬儉以引下濟之惠嶽濵有和會祥習在卜征國語曰齊桓公嶽濵諸侯莫不來服尚書曰新作大邑于東國洛四方人大和會左氏傳鄭太宰石奐曰先王卜征五年歲卜其祥祥習則行周南悲昔老留滯感遺氓昔老謂司馬談也遺氓自謂也言帝方卜征以登封而已巖耕以謝職不獲預觀盛禮所以悲同昔人漢書曰天子始建漢家之封而太史公留滯周南不得與從事曰今天子接千歲統封泰山而予不得從行是命也如淳曰周南洛陽也空食疲廊肆反稅事巖耕空食猶素餐也王逸楚辭注曰不空食祿而曠官也廊巖廊朝廷所在也文頴漢書注曰巖廊殿下小屋杜預左氏傳注曰肆列肆也說文曰稅租也楊子法言曰谷口

鄭子真不詘其志耕於巖石之下名震乎京師

車駕幸京口三月三日侍遊曲阿後湖作一首

五言水經注曰晉陵郡之曲阿縣下陳敏引水爲湖水周四十里號曰曲阿後湖集曰元嘉二十六年也

顔延年

虞風載帝狩夏諺頌王遊尚書虞書曰歲二月東巡狩載謂載之於策也孟子夏諺曰吾王不遊吾何以休

春方動辰駕望幸傾五州禮記曰東方曰春論語子曰爲政以德譬如北辰故謂天子爲辰也司馬相如封禪文曰太山梁父設壇望幸尚書有十二州宋得其七故謂北境云五州

山祇蹕嶠路水若警滄流山祇山神也管子曰登山之神有俞兒者長尺人物具焉霸王之君興登山之神見且走馬前導也爾雅曰山銳而高曰嶠楚辭曰使湘靈鼓瑟兮令海若舞王逸曰海若海神名

神御出瑤軫天儀降藻舟瑤軫玉軫也藻舟畫舟也王符

羽獵賦曰天子乘碧瑤之彫軫建曜天之華旗東觀漢記曰東平王蒼上疏曰賜奉朝請咫尺天顏**萬軸脩行衛千翼汎飛浮**萬軸謂車也千翼謂舟也越絶書伍子胥水戰兵法内經曰大翼一艘廣一丈五尺二寸長十丈中翼一艘廣一丈三尺五寸長五丈六尺小翼一艘廣一丈二尺長九丈**彫雲麗琁蓋祥飈被綵斿**天台山賦曰彫雲斐亹以翼櫺桓子新論曰乘車玉爪蓋禮緯曰君政頌平則祥風至斿旌旗之旒也**江南進荆豔河激獻趙謳**吳都賦曰荆豔楚舞列女傳曰趙津女娟者趙河津吏之女也初簡子南擊楚將渡河用楫者少一人娟攘袂操楫而請簡子造之遂與渡中流爲簡子發河激之歌其辭曰升彼河兮而觀清水揚波兮杳冥冥禱求福兮醉不醒誅將加兮妾心驚罰既釋兮瀆乃清妾持楫兮操其維交龍助兮主將歸呼來櫂兮行勿疑簡子大悦以爲夫人**金練照海浦笳鼓震溟洲**金練金甲組練也蔡邕女琰詩曰卓衆來東下金甲燿日光左氏傳曰被練三千西京賦曰囂聲震海浦列子曰北極之北有溟海**藐盼覩青崖衍漾**

觀緑疇藐盼窈藐顧盼也衍漾遊衍漂漾也杜預左氏傳注曰並畔爲疇人靈騫都野

鱗翰聳淵丘騫聳皆鶱懼之意也都野民靈所居淵丘鱗翰所處也曾子曰陰之精氣爲靈德

禮旣普洽川嶽徧懷柔尚書曰道洽政治澤潤生民孔安國曰道至普洽其德惠施乃浸潤生民毛詩曰以洽百禮鄭玄曰洽合也毛詩曰懷柔百神及河喬嶽毛萇曰懷來也柔安也喬高也鄭玄曰王行狩來安羣神也

行藥至城東橋一首　五言　鮑明遠

雞鳴關吏起伐鼓早通晨史記曰關法雞鳴出客嚴車臨迥陌延瞰歷城闉楚辭曰嚴車駕兮戲遊神女賦曰望余帷而延視廣雅曰瞰視也毛萇詩傳曰闉城曲也

蔓草緣高隅脩楊夾廣津隅城隅也迅風首旦發平路塞飛塵楚辭曰軼迅風於清涼又曰爲余先乎平路擾擾遊宦子營營市井人枚乘

七發曰擾擾若三軍之騰裝漢書薄昭與淮南王書曰遊宦事人列子林類曰吾又安知營營而求生之非惑乎莊子仲尼曰商賈旦於市井以求其贏司馬彪曰九夫爲井井有市

懷金近從利撫劍遠辭親范曄後漢書耿弇曰懷金玉者至不生歸抱朴子曰夫程鄭王孫羅裒之徒乘肥衣輕懷金挾玉者爲之倒屣說文曰懷藏也左氏傳曰子朱怒撫劍從之列女傳秋胡子妻謂秋胡曰子辭親往仕

爭先萬里塗各事百年身王羲之荅許詢詩曰爭先非吾事靜照在忘求百年已見上文

開芳及稚節含采吝驚春以草喻人也草之開芳宜及少節旣以含彩理惜驚春夫草之驚春花葉必盛盛必有衰固所當惜也陸機桑賦曰疊稚節以夙茂蒙勁風而後凋曹毗冶城賦曰含彩可以寶貴珍孔安國尚書傳曰吝惜也

尊賢求昭灼孤賤長隱淪說苑曰子賤至單父請耆老尊賢與之共治范曄後漢書黃香上疏曰江淮孤賤愚朦小生隱淪謂幽隱沈淪也

容華坐消歇端爲誰苦辛陸機長歌行曰容華宿夜零無故自消歇古詩曰轗軻長苦辛

游東田一首 五言　謝玄暉 眺有莊在鍾山東游還作

慼慼苦無悰攜手共行樂 慼慼已見上文漢書廣陵王胥歌曰出入無悰爲樂亟韋昭曰悰樂也魏文帝折楊柳行曰端居苦無悰駕遊博望山悰裁宗切揚惲報孫會宗書曰人生行樂耳須富貴何時

尋雲陟累榭隨山望菌閣 尋雲已見上文楚辭曰層臺累榭臨高山王逸曰層累皆重也尚書曰隨山刊木楚辭曰菌閣兮蕙樓

遠樹曖仟仟生煙紛漠漠 廣雅曰芊芊盛也仟與芊同

魚戲新荷動鳥散餘花落不對芳春酒還望青山郭 言野外昭曠取樂非一若不對茲春酒還則望彼青山魏武帝短歌行曰對酒當歌陸機悲行曰遊客芳春林毛詩曰爲此春酒

從冠軍建平王登廬山香爐峯一首 五言　沈約 宋書曰建平王景素爲冠軍將軍湘州刺史劉璠梁典曰江淹年二十以五經授宋建平王景素待

以客禮遠法師廬山記曰山東南有香爐山孤峯秀起游氣籠其上即氤蘊若煙氣

江文通

廣成愛神鼎淮南好丹經神仙傳曰廣成子者古之仙人也居崆峒之山石室中抱朴子曰服九轉丹內神鼎中夏至之後暴之神仙傳曰淮南王劉安者漢高皇之孫也好道術之士於是八公乃往遂授以丹經此山具鸞鶴往來盡仙靈張僧鑒豫州記曰洪井西有鸞崗舊說云洪崖先生乘鸞所憩處也鸞崗西有鶴嶺云王子喬控鶴所經處也東方朔十洲記曰崐崘山正東曰天墉城其北戶出承淵山西王母之所治真官仙靈之所宗也瑤草正翕赩玉樹信葱青瑤草玉芝也本草經曰白芝一名玉芝琴賦曰瑤瑾翕赩甘泉賦曰翠玉樹之青葱絳氣下縈薄白雲上杳冥王逸楚辭注曰草木交曰薄楚辭曰杳杳冥冥而薄天中坐瞰蛻虹俛伏視流星西京賦曰瞰蜿虹之長鬐魯靈光殿賦曰中坐垂景頫視流星不尋遐

怪極則知耳目蔫言未盡尋遐怪則知其至此耳目必蔫也鄭玄禮記注曰極盡也日落長沙渚曾陰萬里生曾重也蔡邕月令章句曰陰者衆雲也藉蘭素多意臨風默含情多意多佳意也含情情未申也隱顯交慮所以未申嘯賦曰藉臯蘭之猗靡楚辭曰臨風怳兮浩歌王仲宣公讌詩曰今日不極歡含情欲待誰臨風已見月賦方學松柏隱羞逐市井名方猶將也言將隱而棄榮利也楚辭曰山中人兮芳杜若飲石泉兮蔭松柏市井已見上文幸承光誦末伏思託後旍光誦猶華篇也後旍猶後乘也

鍾山詩應西陽王教一首五言徐爰釋問略曰建康北十里有鍾山

沈休文裴子野宋略曰孝武封皇子子尚爲西陽王

靈山紀地德地險資嶽靈說苑齊景公曰天不雨寡人欲祠靈山可乎鄭玄周禮注曰鎮名山安地德者也周易曰地險山川丘陵王隱晉書苟晞曰淮陽之地北阻塗山南枕靈嶽終南

表秦觀少室邇王城毛詩曰終南何有有條有枚史記曰始皇表南山巔以爲闕南山則終南也爾雅曰觀謂之闕戴延之西征賦曰嵩中嶽也東謂太室西謂少室相去十七里嵩高總名也漢武帝作登仙臺在少室峯下東京賦曰然後以建王城翠鳳翔淮海衿帶繞神坰鳳翔淮海喻宋之興也東京賦曰龍飛白水鳳翔參墟李斯上書曰今陛下建翠鳳之旗然但引翠鳳之文不取旗義也衿帶神坰並見上文北阜何其峻林薄杳葱青其一北阜鍾山也西都賦曰睋北阜陸機擬古詩曰西山何其峻又赴洛詩曰林薄杳阡眠發地多奇嶺干雲非一狀子虛賦曰其山則交錯糾紛上干青雲合沓共隱天參差互相望謝靈運登廬山詩曰巒巃有合沓揚雄蜀都賦曰蒼山隱天子虛賦曰岑崟參差尚書曰終南惇物至于鳥鼠孔安國注曰三山名言相望也鬱律構丹巘崚嶒起青嶂西京賦曰隱轔鬱律巘已見上文魯靈光殿賦曰崱繒綾而龍鱗勢隨九疑高氣與三山壯其二楚辭曰道幽谷於九

疑山海經曰南山崐崘其氣魂魂漢書曰蓬萊方丈瀛州此三神山者僊人在焉九疑山在長沙零陵三山在海中

即事既多美臨眺殊復奇即事即此山中之事也列子曰周之尹氏有老役夫書則呷呼即事

南瞻儲胥觀西望昆明池儲胥觀昆明池皆在西京此皆假言之

山中咸可悅賞逐四時移春光發壟首秋風生桂枝其三

多值息心侶結架山之足大灌頂經曰息心達本源故號爲沙門山足已見上文

八解鳴澗流四禪隱巖曲維摩經曰八解之浴池定水湛然滿大品經曰初禪二禪三禪四禪山海經曰和山五曲郭璞曰曲迴也

窈冥終不見蕭條無可欲老子曰窈兮冥其中有精王弼曰窈冥深遠貌深遠不可得而見然而萬物由之不可得見以定其真故曰窈兮冥其中有精老子曰不見可欲使心不亂

所願從之遊寸心於此足其四家語孔子曰無聲之樂所願志從莊子曰魯有兀者王駘從之遊者與仲尼相若列子文摯謂叔龍曰吾見子之心矣方寸之

地虛矣君王挺逸趣羽斾臨崇基說文曰挺拔也斾旒旗之垂者旍旗以羽爲飾故云羽斾陸機樂府詩曰羽旗棲瓊鸞崇基山也春秋運斗樞曰山者地基也白雲隨玉趾青霞雜桂旗玉趾已見上文曹毗臨園賦曰青霞曳於前阿楚辭曰辛夷車兮結桂旗淹留訪五藥顧步佇三芝楚辭曰攀桂枝兮聊淹留周禮鄭玄曰五藥草木蟲石穀也曰出東南隅行曰顧步咸可懽蒼頡篇曰顧旋也王逸楚辭注曰步徐行也抱朴子曰參成芝木渠芝建實芝此三芝得而服之白日升天於焉仰鑣駕歲暮以爲期其五歲暮喻年老也韓詩曰蟋蟀在堂歲聿其暮薛君曰暮晚也言君之年歲已晚

宿東園一首 五言

沈休文

陳王鬬雞道安仁采樵路陳思王名都篇曰鬬雞東郊道走馬長楸間潘岳詩曰東郊歎不得志也出自東郊憂心搖搖遵彼萊田言采其樵東郊豈異昔聊可閑余

步七啓曰雍容閑步野徑既盤紆荒阡亦交互子虛賦曰其山則盤紆岪鬱

槿籬疎復密荆扉新且故謝靈運詩曰插槿當列墉鄭玄禮記注曰華門荆竹織門也郤仲堪誄曰荆門晝掩樹頂鳴風飈草根積霜露驚麏去不息征鳥時相顧毛詩曰野有死麏今以江東人呼鹿曰麏呂氏春秋曰征鳥厲號高誘曰征猶飛也鄭玄毛詩箋曰迴首曰顧茅棟嘯愁鴟平岡走寒兎任預雪詩曰寒鳶嚮雲嘯悲鴻竟夜噭

夕陰帶曾阜長煙引輕素飛光忽我遒寧止歲云暮古董桃行曰年命冉冉我遒毛詩曰歲聿云暮若蒙西山藥頹齡儻能度魏文帝詩曰西山一何高高高殊無極上有兩仙童不飲亦不食與我一丸藥光輝有五色服藥四五日身體生羽翼陸機應詔曰悲來日之苦短悵頹年之方侵

遊沈道士館一首 五言

沈休文

秦皇御宇宙漢帝恢武功過秦論曰始皇振長策而御宇內漢書曰武帝征討四夷銳志武功懽娛人事盡情性猶未充何休公羊傳注曰充滿也銳意三山上託慕九霄中銳意已見上注西征賦曰切託慕於闕庭潘岳書曰長自絕於埃塵超遊身乎九霄既表祈年觀復立望仙宮廟記曰祈年宮在城外秦穆公所造望仙宮在華陰漢武帝所造寧為心好道直由意無窮漢武內傳曰帝好長生之道曰余知止足是願不須豐老子曰知足不辱知止不殆周易曰豐多也遇可淹留處便欲息微躬淹留已見上文山嶂遠重疊竹樹近蒙籠開衿濯寒水解帶臨清風曹子建閑居賦曰愬寒風而開衿所累非外物為念在玄空慎子曰夫德精微而不見聰明而不發是故外物不累其內廣雅曰玄道也然道體無形故曰空朋來握石髓賓至駕輕鴻袁彥伯竹林名士傳曰王烈服食養性嵇

康甚勁信之隨入山烈嘗得石髓柔滑如飴即自服半餘半取以與康皆凝而爲石郭璞遊仙詩曰駕鴻乘紫煙

都令人逕絶唯使雲路通吴都賦曰逕路絶風雲通張昶華山堂闕銘曰必雲霄之路可升而起

一舉陵倒景無事適華嵩漢書谷永曰及言世有仙人服食不終之藥遥興輕舉登遐倒景如淳曰在日月之上日月反從下照故其景倒廣雅曰陵乘也列仙傳曰呼子先者漢中關下卜師也壽百餘年夜有仙人持二竹竿來至呼子先子騎之乃龍也上華陰山又曰王子喬好笙浮丘公接以上嵩山

寄言賞心客歲暮爾來同歲暮已見上文

古意詶到長史溉登琅邪城詩一首五言何之元梁典曰到溉字茂灌爲司徒長史沈約宋書曰南琅邪郡琅邪國人隨晉元帝過江大興三年立懷德縣隸丹楊無土地成帝咸康元年桓温領郡鎮江乘縣境立郡鎮輿地圖曰梁武改南琅邪爲琅邪郡在潤州江寧縣西北十八里

徐敬業何之元梁典曰徐勉第三息悱字敬業晉安內史有學業最知名卒於郡府

甘泉警烽候上谷拒樓蘭漢書揚雄上䟽曰孝文時匈奴侵暴北邊候騎至雍烽火通甘泉又曰上谷郡秦置又曰鄯善國夲名樓蘭王治杅泥城杅音烏此江稱豁險茲山復鬱盤蜀都賦曰豁險吞若巨防子虛賦曰其山則盤紆岪鬱表裏窮形勝襟帶盡巖巒左氏傳咎犯曰表裏山河必無害也漢書田肯賀上曰秦形勝之國也衿帶巳見上文說文曰巒小山而高脩篁壯下屬危樓峻上干子虛賦曰下屬江河上干巳見上注登陴起遐望迴首見長安左氏傳曰鄭子產授兵登陴杜預曰陴城上睥睨也王仲宣七哀詩曰南登霸陵岸迴首望長安金溝朝灞滻甬道入鴛鸞戴延之西征記曰御溝引金谷水從閶闔門入灞滻二水名也雍州圖經曰金谷水出藍田縣西終南山西入灞水小水入大水曰

朝尚書曰江漢朝宗于海甬道閣道也淮南子曰**鮮車**甬道相連潘岳關中記曰未央殿東有鴛鸞殿**鵷華轂汗馬躍銀鞍**范曄後漢書曰蜀地饒富吏民鮮車駕馬以財貨自達漢書劉向上封事曰今王氏一姓乘朱輪華轂者二十三人又公孫弘曰臣愚駑無汗馬之勞辛延年羽林郎詩曰銀鞍何煜爚翠蓋空踟躕**少年負壯氣耿介立衝冠**漢書音義曰負恃也韓子曰耿介之士史記曰藺相如怒髮上衝冠**懷紀燕山石思開函谷丸**范曄後漢書曰竇憲爲車騎將軍與北單于戰于稽落山破之遂登燕然山刻石勒功紀威德又曰隗囂據天水王元說囂曰東收三輔之地案秦舊迹表裏山河元請以一丸泥爲大王東封函谷關此萬世一時也**豈如霸上戲羞取路傍觀**漢書曰匈奴入邊遣宗正劉禮軍霸上帝勞軍直馳入帝曰鄉者霸上軍如兒戲古樂府日出東南隅行曰兄弟兩三人中子侍中郎黃金絡馬頭觀者滿路傍**寄言封侯者數奇良可歎**漢書李廣與望氣王朔語曰自漢擊匈奴廣未嘗不在其中而諸將校尉以軍功取侯者數十人廣

不爲人後然終無尺寸之功以得封邑者何也豈吾相不當侯耶又曰大將軍衛青陰受上旨以爲李廣數奇孟康曰奇隻不耦也如淳曰數爲匈奴所敗數所具切奇居宜切

文選卷第二十二

賜進士出身通奉大夫江南蘇松常鎮太等處承宣布政使司布政使胡克家重校刊

傳古樓景印